maritim

Das Buch

1776: Auf dem europäischen Kontinent herrscht Frieden, doch England muss sich mit den aufmüpfigen Kolonisten in Amerika herumquälen. Seine Truppen müssen über See versorgt werden, doch scheint es an höchster britischer Stelle vor Ort einen Verräter zu geben, der den amerikanischen Freibeutern wie auch den Franzosen Informationen über britische Versorgungsschiffe zuspielt. Die Admiralität in London entschließt sich deshalb, die von den Yankees erbeutete und mittlerweile mit neuartigen Karronaden aufgerüstete Kriegsslup *Shark* dem Kommando eines kleinen Leutnants namens William Turner anzuvertrauen, weil den niemand kennt. Sein Geheimauftrag, den Maulwurf aufzuspüren, entpuppt sich als höllische Mission …
Der spannende erste Band einer neuen marinehistorischen Reihe über den abenteuerlichen Aufstieg des jungen William Turner in der Royal Navy.

Der Autor

Paul Quincy begann seine seemännische Laufbahn als Schiffsjunge auf einem Frachter in der Nordsee und wechselte dann als Matrose auf einen Stückgutfrachter. Nach mehreren Jahren in der Karibik befuhr er mit Steuermanns- und Kapitänspatent in der Tasche alle Ozeane der Welt. Wenn es ihm seine Zeit erlaubt, ist der Autor nach wie vor als Skipper auf diversen Yachten in der Ostsee und im Mittelmeer unterwegs.

Paul Quincy

Schwarze Flagge – Rote Segel

Roman

Ullstein

Besuchen Sie uns im Internet:
www.ullstein-taschenbuch.de

Umwelthinweis:
Dieses Buch wurde auf chlor- und säurefreiem Papier gedruckt.

Originalausgabe im Ullstein Taschenbuch
1. Auflage Juli 2007

Umschlaggestaltung: HildenDesign, München, und Buch und Werbung, Berlin
Titelabbildung: © Accornero, Franco via Schlück GmbH
Satz: Pinkuin Satz und Datentechnik, Berlin
Gesetzt aus der Sabon
Druck und Bindearbeiten: Ebner & Spiegel, Ulm
Printed in Germany
ISBN 978-3-548-26649-7

Prolog

Im Jahre des Herrn 1776 herrschte auf dem europäischen Kontinent ausnahmsweise einmal Frieden. Nur England hatte in den amerikanischen Kolonien Probleme mit seinen Siedlern. Offiziell ging es um das Mitspracherecht im englischen Unterhaus. In den Geschichtsbüchern macht die demokratische Forderung *»no taxation without representation!«* einen guten Eindruck. Aber viel mehr hat damals die Siedler das Verbot der Krone erbittert und aufsässig gemacht, nicht über festgesetzte Grenzen jenseits der Appalachen in das Indianerland vorzudringen. Wohlgemerkt, die meisten Kolonisten wohnten damals an der Küste in Kleinstädten wie Boston oder New York. Das Hinterland war keineswegs überbevölkert! Habgier, gepaart mit dem Massenmord an den uneinigen Stämmen und daher zahlenmäßig sowie waffentechnisch unterlegenen Eingeborenen, macht sich in den Geschichtsbüchern allerdings weniger gut!

Die englischen Truppen mussten über See versorgt werden, da die Landwege unsicher waren, denn die Kolonisten hatten die Taktik der Indianer übernommen: Möglichst keine offene Feldschlacht, sondern Überfälle auf kleine abgelegene Posten und Nachschubtransporte.

Die Versorgung erfolgte von den britischen Stützpunkten

in Kanada und Westindien. Da gab es für wagemutige Männer viel zu verdienen.

Amerikanische Blockadebrecher exportierten die begehrten Waren des Landes an der Royal Navy vorbei in Drittländer und brachten dafür Waffen und andere Versorgungsgüter für die eigene Armee wieder mit zurück. Das war in den Augen der Briten ein schwerer Gesetzesverstoß – den ertappten Seeleuten drohte als Schmuggler und Hochverräter der Galgen.

Die Kolonien verfügten naturgemäß über keine eigene Marine, der Kontinental-Kongress stellte daher kleinen schnellen Schiffen Kaperbriefe aus. Da die Briten die Kolonien aber nicht als souveränen Staatenverbund anerkannten, winkte auch den Besatzungen dieser Freibeuter als Hochverräter selbstverständlich der Galgen – wenn man sie stellen konnte.

Während des vergangenen Siebenjährigen Krieges operierten viele französische Freibeuter mit offiziellen Kaperbriefen im Bereich der nordamerikanischen Küste. Sie waren also de facto Hilfskriegsschiffe, ihre Kapitäne Kriegsunternehmer, die auf eigene Rechnung der Handelsschifffahrt des Gegners möglichst großen Schaden zufügten – oder bösartiger ausgedrückt: legale Piraten. Nach dem Friedensschluss verloren die Kaperbriefe natürlich ihre Gültigkeit, aber viele Kaperer mochten auf das schnelle Geld nicht verzichten, zumal die französische Regierung aus verständlichem Ärger über die Niederlage und die daraus resultierenden Gebietsverluste beide Augen zudrückte. Wurde so ein illegaler Freibeuter von den Briten auf frischer Tat ertappt, wurde die Besatzung – Sie ahnen es – gehängt.

Ähnlich verhielt es sich mit spanischen Freibeutern. Traditionell waren die Gefühle der Spanier gegenüber den Briten nicht von überbordender Herzlichkeit geprägt. Mit dem Namen von Francis Drake pflegten in der Karibik und den Häfen am Golf von Mexiko die Mütter ihre kleinen Kinder zu erschrecken. Auch hier pflegten die zuständigen Gouverneure in die andere Richtung zu schauen, wenn von Freibeutern die Rede war.

Schließlich gab es da noch die freie Bruderschaft des Meeres. Zwar war die große Zeit der Piraten vorbei, aber wo es nach viel Geld riecht, sind Aasgeier nicht weit. Ihre Mitglieder bestanden aus höchst unterschiedlichen Männern – und Frauen. Viele waren ganz einfach Schwerverbrecher, Mörder, Totschläger und gewissenlose Räuber. Andere waren aus der Royal Navy desertiert, weil brutale Vorgesetzte ihnen das Leben zur Hölle gemacht hatten oder ihnen wegen ihrer sexuellen Präferenzen die Todesstrafe drohte. Die Organisationsform der Seeräuber war erstaunlich basisdemokratisch. Aber das konnte die Krone keineswegs beeindrucken, im Gegenteil! Man stelle sich vor, die Besatzung eines Schiffes des Königs hätte ihren Kommandanten wählen können und jeder Bestrafung eines Seemannes zustimmen müssen! Eher wäre die Sonne im Westen aufgegangen!

Logisch, nach einer Gefangennahme konnte das Urteil für einen Piraten nur lauten: Tod durch den Strick.

In dieser verzwickten Situation hatte die englische Regierung ein Problem. In den Kolonien musste an höchster Stelle ein Verräter sitzen, der die diversen Gegner der Briten mit Informationen über den Schiffsverkehr versorgte. Es war der Royal Navy nicht möglich, den gesamten Nachschub durch Sloops, Fregatten und Linienschiffe abzusichern, zumal das Parlament in Friedenszeiten das Budget der Marine gekürzt hatte.

Auf höchster Ebene entschließt man sich, ein kleines Schiff, die Kriegsslup *Shark*, unter dem Kommando eines zwar fähigen, aber unbedeutenden jungen Leutnants ohne

Einfluss als Joker gegen die Handelstörer einzusetzen. Hat er Erfolg, ist es gut, versagt er, kann man ihn problemlos zum Teufel jagen – wenn ihn seine Gegner nicht schon vorher dorthin befördert haben. Mit seinem schnellen, in Amerika gebauten großen Schoner und den neuen, in Schottland entwickelten Karronaden soll Leutnant Turner RN den Verräter finden – und notfalls ermorden! Wird Leutnant William Turner diese Herausforderung erfolgreich bestehen? Darauf kann es nur eine Antwort geben: Er muss es schaffen, sonst ist er ein für alle Mal erledigt! Sein Schicksal wäre es, bis zum Sankt-Nimmerleins-Tag auf Halbsold als auf den Strand geworfenes Treibgut ein tristes Leben zu fristen.

Kapitel 1

April 1776, Biskaya

Hohe, lange schwarzblaue Wellenfronten, von deren Köpfen weiße Gischt abgerissen und nach Lee verweht wurde, kamen aus Westen in Reih und Glied wie unbeirrt, blindwütig angreifende Linien von Grenadieren herangerollt. Soweit das Auge unter dem dunklen, mit tiefhängenden Wolken bedeckten Himmel schauen konnte, überall dasselbe Bild, und im Rigg jaulte der Wind wie der Höllenhund persönlich. Die kleinen braunen Sturmsegel aus extra starkem Tuch mit den dicken Taulieken standen steif wie Bretter. Das winzige Schiff erzitterte in der weiten schäumenden See vom Kiel bis hoch zu den Marsen, wenn ein Brecher gegen die Bordwand krachte, und schüttelte sich wie ein geschlagenes Pferd.

Der Kommandant der misshandelten Nussschale, Leutnant William Turner RN, stand in Ölmantel, Südwester und Seestiefeln wie ein Fels in der Brandung auf der Luvseite des Achterdecks Seiner Britannischen Majestät Kriegsslup *Shark*. Er hatte sich mit einem Arm in die Wanten des achteren Masts eingehakt und blickte aus schmalen Augenschlitzen von den heranschnaubenden Wogen in die Segel, dann zum Kommandowimpel oben im Topp, weiter zu den Männern am Ruder und wieder zurück. Er war jetzt schon seit fast zwei Tagen und Nächten an Deck, um genau zu sein, seit vorgestern Morgen, als sie die ersten Anzeichen des heraufziehenden Sturms ausgemacht hatten. Das war bei den Scilly Islands gewesen. Der Horizont im Westen hatte sich verdüstert, der Wind war launisch hin und her gesprungen und ab und zu war eine kurze Bö über die See gefegt. Einen Augenblick lang hatte Turner den Gedanken erwogen, umzukehren und in Falmouth Schutz zu suchen, denn mit den Frühjahrsstürmen in der Biskaya war nicht zu spaßen. Aber dann hatte sein Stolz gesiegt. Er befehligte ein gutes, seetüchtiges Schiff, das gerade nach einer Grundüberholung aus der Werft gekommen war. Die Besatzung bestand zum größten Teil aus gestandenen, erfahrenen Seeleuten, die schon während der Reise den Kanal hinunter beim Drill gezeigt hatten, dass sie ihr Handwerk verstanden. Außerdem hatte in den Befehlen der Admiralität gestanden: »*... haben Sie sich ohne jede Verzögerung mit allen Ihnen zur Verfügung stehenden Mitteln unverzüglich auf die Ihnen zugewiesene Station nach Antigua/Westindien zu begeben*«. Nun stand diese Floskel zwar immer in den Befehlen der hohen Herren, aber Turner nahm diese Anweisung ernst. So hatte er den Bootsmann »Alle Mann!« pfeifen lassen.

Es waren hektische Stunden gefolgt. Sein Erster (und einziger) Leutnant hatte die Arbeiten am Vormast, der Segelmeister die am achteren Mast überwacht. Sie hatten die Rahen der Toppsegel und der Fock und beide Toppstengen an Deck gegeben, außerdem wurde der Klüverbaum vom Bugspriet gelöst und zurück auf das Deck geholt. Anschließend hatten sie vorne den Sturmklüver gesetzt und gerade noch rechtzeitig die Gaffelsegel gegen die Sturmbesegelung ausgetauscht. Hatten die Seeleute zuerst noch untereinander getuschelt, dass der neue Kommandant wohl ein kleiner Angsthase wäre, gab sich das schnell, als sich das schwarze

Wolkengebirge gegen Mittag immer drohender über sie schob, die Böen immer giftiger einfielen und das Schiff auf die Seite legten. Kaum waren die Luken und Niedergänge sturmfest verschalkt, Strecktaue über das Deck gespannt, die Geschütze, die Boote und die Anker mit zusätzlichen Laschings gesichert, ein letztes warmes Essen zubereitet, das Feuer in der Kombüse gelöscht und Reservetaljen für das Ruder aufgeriggt worden, als der Sturm mit brutaler Wucht über sie herfiel.

Ein alter Matrose, sein Name war Pat Grant, sagte langsam zu seinen Messekameraden, als sie zusammen hungrig ihre Schüsseln mit kaltem Erbsenbrei und Salzfleisch leerten: »Was habe ich euch gesagt, der Alte hat den siebenten Sinn, der kann riechen, wenn es dicke kommt! Das weiß ich von einem Kumpel, der zusammen mit Wild Bull Turner auf einer Fregatte gefahren ist. Wenn der seinen dicken Zinken in den Wind hält und sich den Nacken kratzt, dann wird es Zeit, sich aus den Kinken zu bergen.«

»Na ja, diesmal hat er ja recht behalten. Aber eigentlich ist er ja noch verdammt jung ...«

»Der fährt schon seit seinem vierzehnten Lebensjahr bei der Navy zur See und vorher soll er schon auf dem Logger seines Vaters im Kanal mit zum Fischen und Schmuggeln gefahren sein. Der Kerl ist ein besserer Seemann als die meisten Käpt'ns mit 'nem dicken Titel vor dem Namen oder einem prallen Sack voller Gold in der Hinterhand, da gibt es kein Vertun.«

»Na ja, wenn du es sagst. Und wie ist er, wenn der Feind in Sicht kommt?«

Der alte Grant grinste und verkeilte sich fester, damit er von den wilden Bewegungen des Schiffes nicht aus dem Gleichgewicht gebracht werden konnte. Er leckte sich die fettigen Lippen, rülpste und meinte nur lässig: »Glaubst du etwa, der heißt Wild Bull, weil er den Froschfressern die Füße küsst?«

Seitdem waren knapp achtundvierzig Stunden vergangen, und der Kommandant hatte an Deck ausgeharrt. Weil sie der Sturm am Ausgang des Kanals erwischt hatte, waren sie nicht in der Lage gewesen, ausreichend Raum nach Westen gutzumachen. Als Faustregel galt, dass man mindestens auf 12 Grad West stehen sollte, bevor man nach Süden abfallen konnte, ohne bei Weststurm Gefahr zu laufen, in die weite, tiefe Bucht der Biskaya gedrückt zu werden oder gar an den Felsen von Kap Finisterre an der Nordwestspitze Spaniens zu scheitern. Daher lauerte der Kommandant an Deck auf jede Gelegenheit, Raum nach Luv zu machen, aber der Sturm bot ihm keine. Bei den herrschenden Seegangsbedingungen und ihrer Besegelung war es schwer, ihren Kurs über Grund abzuschätzen. Sicher machten sie auch unter den reduzierten Segeln vier, fünf Knoten Fahrt, vielleicht auch mehr, aber um wie viel Grad wurden sie durch Wind und Seegang von ihrem Kartenkurs nach Lee versetzt? Hier kam auch zum Tragen, dass alle Nautiker neu auf dem Schiff waren und in dieser Beziehung noch keine Erfahrungen hatten sammeln können. Der Bootsmann, der als Deckoffizier schon länger auf dem Schiff gedient hatte, hatte ihnen zwar versichert, dass die *Shark* aufgrund ihres langen und tiefen Lateralplans nur verhältnismäßig wenig Abdrift haben würde, aber konnte er das richtig einschätzen? Und was hieß schon wenig?

Der Erste Leutnant, Patrick O'Bailey, machte vor dem Beginn einer jeden seiner Wachen zusammen mit dem Bootsmann einen Rundgang über das Deck, um alle Laschings und – soweit möglich – das stehende sowie das laufende Gut zu kontrollieren. Der Segelmeister machte dasselbe mit dem Zimmermann unter Deck im Laderaum. Ihr besonderes Augenmerk richteten sie auf das Rudergeschirr und den Wasserstand in den Bilgen. Aber bis jetzt hatten sie dem Kommandanten immer melden können, dass es keine besonderen Vorkommnisse gab.

Auch jetzt näherte sich wieder der Erste Leutnant der starren Gestalt in Luv. Mühsam kämpfte er sich gegen den Wind an seinen Kommandanten heran. Er versuchte zu salutieren, musste dann aber schnell eine Want packen, um seinen Platz zu behaupten. Turner blickte ihn aus müden, rot unterlaufenen Augen an.

O'Bailey brüllte: »An Deck ist alles fest und sicher, Sir!«

»Danke, Mister O'Bailey«, schrie Turner zurück.

»Herr Kapitän, Sie sollten nach unten gehen und sich ein paar Stunden ausruhen. Im Augenblick können Sie hier oben auch nichts ändern, Sir.«

Turner musterte ihn unter dem tropfenden Rand des Südwesters hervor. Man meinte fast zu sehen, wie schwer ihm das Denken fiel. Sein Gesicht war grau vor Müdigkeit und vom Salz verkrustet, die Augen waren geschwollen und rot. »Sie haben recht, Sir. Ich kann verdammt nichts ändern. Wir stehen mitten in dieser verfluchten überschwemmten Wüste mit dem Namen Biskaya. Ich weiß, dass ich mich auf Sie verlassen kann. Wecken Sie mich bei jeder Wetteränderung, spätestens aber zur ersten Hundewache, verstanden?«

»Aye, aye, Sir!«

Der Kommandant löste sich von den Wanten, rutschte mehr, als dass er ging, zum Ruder hinunter und kontrollierte den anliegenden Kompasskurs, dann schwankte er zum Niedergang zu seinem Logis. Es war erstaunlich, wie vergleichsweise ruhig es unter Deck war, weil das Jaulen und Heulen des Sturmes gedämpft wurde. Jedenfalls hatte man während der ersten Minuten diesen Eindruck. In der großen Kabine riss er sich das Ölzeug vom Leib und zog sich mühsam die Seestiefel aus, wobei ihm sein Bursche half, der plötzlich wie aus dem Nichts vor ihm auftauchte.

»Sör, ich habe Ihre Waschschüssel in Ihrem Schlafraum bereitgestellt, damit Sie sich das Salz aus dem Gesicht waschen können. Danach sollten Sie eine Kleinigkeit essen, Sör.«

William sah den hochgewachsenen, schlanken und verhältnismäßig hellhäutigen Schwarzen aus Westindien zweifelnd an. Wie sollte bei diesen Schiffsbewegungen auch nur ein Tropfen Wasser in der Schüssel verblieben sein! Aber er war zu müde, um mit seinem Aufklarer Tom zu streiten. Steif ging er in die winzige Kabine, wo seine Koje an den Decksbalken aufgehängt war. *Verdammt,* dachte er, *dieser Teufelsbraten Tom hat nachgedacht.* Er hatte die Schüssel in zwei Hahnepoten gestellt, die er um neunzig Grad zueinander gedreht und ebenfalls an der Decke befestigt hatte. Diese ganze Einrichtung schwang zwar heftig hin und her, aber kein Wasser wurde verschüttet. Es war eine wahre Lust, sich das Salz aus den entzündeten Augen, der brennenden Nase, den Ohren, dem verkrusteten Gesicht, dem verklebten Bart und dem wundgescheuerten Hals zu waschen und sich mit einem weichen Handtuch abzutrocknen.

Er passte den richtigen Moment ab und ließ sich in voller Montur in die frei pendelnde Koje fallen. Nur einen kleinen Augenblick, dann gehe ich rüber und sehe mal nach, was der gute Tom für seinen ollen Käpt'n zum Frühstück organisiert hat, dachte er.

Die Augen fielen ihm zu, und seine Gedanken begannen zu wandern. Wie war er eigentlich als Kommandant hier auf dieses Schiff gekommen? Er, William Turner, Leutnant RN, ohne Beziehungen, ohne Vermögen, ohne Titel und dazu auch noch als eher unbequemer Untergebener und

Querkopf verschrien, der seinen Mund nicht halten konnte, wenn er meinte, etwas besser als seine Vorgesetzten zu wissen oder zu können – und das war zum Leidwesen aller Beteiligten recht häufig der Fall gewesen. Da sein Vater Fischer und, man muss es gestehen, Schmuggler in Littlehampton, einem kleinen Hafen am Kanal, war, hatte er Salzwasser in den Adern und kannte sich mit Wind, Wetter und den Gezeiten aus wie ein papistischer Vikar in seinem Brevier.

Nachdem sein letztes Schiff, die Fregatte *Ajax*, nach den üblichen vier Jahren aus dem aktiven Dienst genommen worden war, um einer Grundüberholung unterzogen zu werden, war er auf Halbsold gesetzt und nach Hause entlassen worden. Seine Eltern und Geschwister hatten ihn freudig begrüßt, und zuerst war William die Zeit durch das Wiedersehen mit alten Freunden und das Knüpfen neuer Bekanntschaften auch rasch vergangen. Er war einige Male zum Essen auf das Gut des örtlichen Junkers eingeladen worden, mit dessen Söhnen zusammen er seine Schulbildung erhalten hatte. Das hatte er seiner Mutter zu verdanken, die Gesellschafterin der Lady war. Als Tochter des örtlichen Pfarrers gehörte sie zur »besseren« Gesellschaft.

Aber nach einiger Zeit hatte er abends immer öfter vorn auf der Mole gestanden und den in der Ferne unter vollen Segeln vorbeiziehenden Schiffen nachgeschaut. Auch die gelegentlichen Ausfahrten auf dem Boot seines Vaters hatten seine Sehnsucht nach den Planken eines Kriegsschiffs nicht stillen können.

Zum Glück war dann unvermutet ein reitender Bote mit einem Befehl der Admiralität zu Hause bei seinen Eltern erschienen, der ihn nach London vorlud. Einem überhasteten Aufbruch war eine unbequeme Reise über holprige Straßen nach London gefolgt. Die Wege waren mindestens so voller Schlaglöcher gewesen wie jetzt die verfluchte Biskaya. Dann war noch ein wilder Abend im Nachtjackenviertel von London mit einem Haufen zufälliger Saufkumpane gefolgt …

Wenig später betrat Tom die kleine Schlafkabine und blickte mitleidig auf seinen Kapitän, der fest eingeschlafen war. Vorsichtig legte er einen aus der Koje hängenden Arm auf Turners Brust und deckte ihn fürsorglich mit einer Decke zu.

In seinen wirren Träumen waren die Gedanken von William Turner zurück nach London gewandert, wo vor einem guten Monat an einem regnerischen grauen Morgen im März alles begonnen hatte. Oder besser gesagt, am Abend und in der Nacht vor dem besagten trüben Morgen …

Kapitel 2

März 1776, London

Unruhig warf sich William Turner in seinem quietschenden Bett in der billigen Londoner Absteige hin und her. Ein Alptraum quälte ihn, einer, der ihn sehr häufig heimsuchte, wenn er zu viel getrunken hatte. Er war dann wieder auf seinem letzten Schiff, der *Ajax*, und irrte mit ihm orientierungslos durch dichte Nebelbänke. »Dieser verfluchte Nebel!«, stöhnte er, und in der Tat konnte man vom Achterdeck nicht den Bugspriet, geschweige denn den Klüverbaum erkennen. Seiner Britannischen Majestät Fregatte *Ajax* glitt fast lautlos vom Gezeitenstrom des Englischen Kanals angetrieben durch die dicke wattige, von Feuchtigkeit gesättigte Luft. Von den Tauen des stehenden und laufenden Gutes sowie den schlaff herabhängenden Segeln klatschten dicke Wassertropfen auf das von Nässe schwarze Deck. Von Zeit zu Zeit fiel ein leichter Lufthauch in die Segel ein, die sich daraufhin müde rauschend aufzublähen begannen, nur um anschließend wieder schlaff in sich zusammenzufallen. So ging das nun schon seit vielen Stunden. Als Turner um 12.00 Uhr auf Wache gekommen war, hatte er mit dem Dritten Leutnant Hastings darüber spekuliert, ob die Frühlingssonne am Nachmittag genügend Kraft haben würde, den Nebel aufzulösen, aber diese Hoffnung hatte sich als trügerisch erwiesen. Immer wieder wanderte Turners Blick nach oben, wo sich schon die Marsstengen in der grauen Suppe verloren. Dort oben schien zwar das Grau etwas heller zu sein als rings um sie her, aber von der Sonnenscheibe war nicht das Geringste zu sehen. So irrten sie weiter wie mit verbundenen Augen durch die graue Waschküche, ohne genau zu wissen, wo sie sich befanden. Die Koppelrechnung des Segelmeisters besagte zwar, dass sie mitten im Kanal zwischen dem Kap de la Hague und Portland Bill standen, aber William Turner, Zweiter Leutnant der *Ajax*, hatte da so seine Zweifel. Hier war sein Hausrevier, das er mit dem Logger seines Vaters von frühester Jugend an befahren hatte, um die harte Arbeit eines Fischers zu erlernen – oder sich die Tricks eines erfolgreichen Schmugglers anzueignen. Seine Erfahrung sagte ihm, dass sie sich viel dichter unter der französischen Küste befanden als ratsam. Zum einen lauerten dort die gefährlichen Untiefen der Kanalinseln, zum anderen konnte man auch in Friedenszeiten nicht ausschließen, dass ein französischer Freibeuter, voll gestopft mit beutehungrigen normannischen und bretonischen Seeleuten, etwas außerhalb der Legalität auf Beute aus war. Bei derartigen Wetterbedingungen konnte schon mal ein Schiff spurlos verschwinden, wer wollte später sagen, ob es auf den messerscharfen Klippen gestrandet oder gekapert worden war? Turner sah zu seinem Kommandanten, Kapitän zur See Balthasar Pendyke, hinüber, der rastlos mit gesenktem Kopf und auf dem Rücken verschränkten Armen auf der Luvseite auf und ab marschierte. Turner seufzte. Pendyke war ein gebildeter, künstlerisch veranlagter Mensch, der auf jeder Soiree in den Londoner Salons reüssieren konnte, aber er war ganz und gar kein Seemann. Geld und Einfluss hatten ihm den Rang eines Vollkapitäns beschert und leider auch das Kommando auf dieser kleinen schneidigen Fregatte mit zweiunddreißig

Zwölfpfündern. Was die Sache noch schlimmer machte: Er vertraute blind seinem Ersten Leutnant Will Cordinghouse, der bei jeder Gelegenheit den Anschein zu erwecken suchte, dass er die Seefahrt persönlich erfunden hatte, aber in der Praxis keinen Achtknoten stecken konnte. Auch dieses Großmaul verfügte über einen hochrangigen Gönner in der Admiralität und hatte eine reiche Familie im Hintergrund. So kam es, dass die fundierten Ratschläge des Segelmeisters und des Zweiten Leutnants häufig leichtfertig vom Ersten verworfen wurden, was sie oft in brenzlige Situationen gebracht hatte, in der die Versäumnisse dann unter Zeitdruck mit Alle-Mann-Manövern ausbügelt werden mussten. Auch jetzt stellte sich Cordinghouse dem Kommandanten in den Weg und trompete lauthals über das Deck: »Etwas unsichtig heute, Sir, ha, ha. Aber die gute, alte *Ajax* sucht sich hier in dieser Gegend ihren Kurs alleine, fast wie ein edles Ross, das immer seinen Weg in den Stall zurückfindet, ha, ha!«

»Sehr richtig, Mister Cordinghouse, absolut richtig. Man muss es nur gewähren lassen.«

Turner verdrehte die Augen, ballte eine Hand zur Faust und ging zu den beiden Gentlemen hinüber: »Mit Verlaub, Sir, meiner Meinung nach stehen wir zu weit unter der französischen Küste, wir sollten vorsichtshalber das Schiff gefechtsklar machen lassen!«

Cordinghouse musterte ihn hochnäsig von oben herab. »Mister Turner, wir stehen mitten im Kanal, und außerdem befinden wir uns im Frieden mit Frankreich.« Er wandte sich an den Kapitän: »Habe ich nicht recht, Sir?«

»Ahem, Mister Cordinghouse, ja, natürlich, mein Bester.«

Cordinghouse grinste höhnisch. »Und, falls Sie es vergessen haben sollten, Mister Turner, dieses Gewässer hier nennt man den *Englischen* Kanal!«

»Wenn Sie es sagen, Sir«, schnarrte Turner mit unbewegtem Gesicht, machte auf dem Absatz kehrt und stellte sich wieder neben das Kompasshaus, um festzustellen, welcher Kurs anlag. Er wusste nur, dass sich sein Nackenhaar aus einem unerfindlichen Grund sträubte, und auf dieses warnende Anzeichen konnte er sich für gewöhnlich verlassen

Wieder fiel Wind in die Segel ein, aber diesmal schien er länger durchzustehen, denn die Segel füllten sich prall, und das Schiff nahm Fahrt auf. Kleine Wellen begannen an der Bordwand zu plätschern.

»Ruder im Schiff!«, meldete der Rudergänger.

»Danke, Quartermaster!« Turner nickte ihm zu. »Kurs NE!«

»Kurs NE, Sir.«

»Bootsmann! Klar zum Trimmen der Segel auf raumen Wind!«

»Aye, Sir, raumer Wind!«

»Was soll das, Turner?«, fauchte Cordinghouse.

»Ich habe die Wache, Sir!«, erwiderte Turner kurz angebunden.

Cordinghouse begann sich mächtig aufzupumpen wie ein Ochsenfrosch, aber bevor er losbrüllen konnte, rief der Ausguck auf der Back: »Ein Schatten zwei Strich an Steuerbord!«

Alle an Deck erstarrten. Turner hatte sich als erster wieder gefasst und eilte auf der Steuerbordseite nach vorne bis an die Reling des Achterdecks. Tatsächlich! Vor ihnen, aber gut frei von ihrem Bug, schälte sich ein mächtiger dunkler Umriss mit drei Masten aus dem Grau. Auch auf diesem Schiff füllten sich jetzt die Segel, aber es würde aufgrund seiner Masse langsamer Fahrt aufnehmen als die kleine flinke Fregatte.

»Nun wenn schon«, überlegte Turner laut, »wir kommen

gut klar voneinander.« Es musste sich um ein Linienschiff handeln, vielleicht um einen 74er. Aber ein zweiter Blick belehrte ihn eines Besseren: Es war ein dicker, vermutlich welscher Ostindienfahrer, der sich auf der Heimreise befand. Schade, dachte Turner, in Kriegszeiten wäre das eine saftige Prise gewesen, auch wenn der sicher schwer bewaffnet ist und uns einen höllischen Kampf geliefert hätte. Inzwischen befanden sie sich fast auf gleicher Höhe mit dem Dickschiff und dann fiel ihnen buchstäblich der Himmel auf den Kopf. Die Bordwand des Frachters schien zu explodieren, lange orangefarbene Feuerlanzen zuckten aus den Geschützpforten, mächtige Qualmwolken folgten und nahmen ihnen die Sicht auf den Gegner. Über Turners Kopf krachte und splitterte es. Die Großmarsstenge schwankte, zerrte an ihren Wanten und Stagen, dann kam sie mit Donnergetöse von oben gepoltert. Der Feind verwendete nach französischer Sitte Ketten- und Stangengeschosse, um das Rigg zu demolieren. An Deck der *Ajax* schrien Männer vor Schmerz, aber auch vor hilfloser Wut auf. Die Spieren und Segel stürzten polternd und krachend an der Backbordseite auf das Deck, aber zum größten Teil laut aufklatschend in die glatte See. Die Bramstenge des Fockmasts und der Klüverbaum folgten kurz darauf.

Turner brüllte: »Alle Mann an Deck! Steuerbordbatterie besetzen! Pulver und Kugeln an Deck! Los, los, los! Die Kuhlgäste Äxte fassen und den Plunder, der über Bord hängt, kappen!« Er blickte sich um. Die Rudergänger waren unverletzt, meldeten aber, dass sie kein Ruder mehr im Schiff hätten. Der Wind war wieder eingeschlafen, aber durch die Abschüsse hatte sich der Nebel etwas gelichtet, was ein häufig zu beobachtendes Phänomen bei Artilleriekämpfen im Nebel war. Turner hätte in diesem Augenblick gut auf die verbesserten Sichtverhältnisse verzichten können. Wieder donnerte drüben die Breitseite und schickte diesmal aus der sie weit überragenden Bordwand massive Kugeln herüber. Da waren mindestens 18-Pfünder am Werk, vielleicht auch ein paar 24er. Die meisten Kugeln jaulten über die verkrüppelte Fregatte ohne weiteren Schaden anzurichten hinweg, aber einige schlugen mit dumpfem Krachen in den Rumpf ein. Einige der Geschützführer da drüben mussten wohl Order gegeben haben, die Richtkeile bis zum Anschlag einzuschlagen.

Die Bootsmannspfeifen schrillten, laute Kommandos wurden in die Niedergänge hinunter gebrüllt.

»Mist, verdammter!«, fluchte Turner. Wo war bloß der Kommandant? Er blickte zur Steuerbordverschanzung hinüber. Kapitän Pendyke lag lang ausgestreckt auf dem Deck, jedenfalls das, was von ihm übrig war. Eine Kugel hatte ihm den Kopf vom Rumpf abgetrennt, eine große Blutlache bildete sich auf dem Deck. Von Leutnant Cordinghouse war nichts zu sehen. Verstörte Seeleute trugen verwundete Kameraden unter Deck ins Lazarett zum Schiffsarzt, während gleichzeitig die Matrosen der Freiwache und Marineinfanteristen aus den Niedergängen an Deck strömten. Pulveräffchen mit bleichen Gesichtern kamen mit Lederbeuteln voller Pulverkartuschen zu den Geschützen geeilt. Die Bedienungsmannschaften öffneten die Geschützpforten und holten die Stücke so weit es ging binnenbords, hantierten mit den Rammern und luden ihre Kanonen. Wieder hüllte sich die Bordwand des Gegners in braungraue Abschusswolken und wieder heulten die Kugeln über ihre Köpfe hinweg, durchschlugen das Gaffelsegel oder rammten ihre eiserne Fracht durch die Planken der Außenhaut. Ein Hexensabbat konnte nicht schauriger sein.

An Bord herrschte ein vollkommenes Tohuwabohu. Der Dritte Offizier, Mister Harwich, kam, sich hastig den Uniformrock zuknöpfend, auf das Achterdeck gestolpert, wo sich schon der Segelmeister Cool eingefunden hatte; auch das halbe Dutzend Midshipmen versammelte sich verstört und blickte mit weit aufgerissenen Augen erschrocken auf die gefallenen Kameraden. Es waren die ersten Toten, die sie so zugerichtet zu sehen bekamen.

»Mister Harwich, Sie übernehmen das Kommando der Steuerbordbatterie in der Kuhl! Midshipman Forrest zu den Kanonen auf die Back, Midshipman Fishley zu denen auf dem Achterdeck! Feuer frei, sobald Ziel aufgefasst! Midshipman Finch bleibt bei mir. Die anderen machen Druck, dass wir den hinderlichen Ballast außenbords loswerden, verstanden?«

»Aye, aye, Sir!«, antworteten sie im Chor und eilten von dannen.

Der Leutnant der Seesoldaten Bradburry stand jetzt vor ihm und sah sich mit unbewegter Miene kurz suchend um, dann fragte er gelassen: »Ihre Befehle, Sir?«

»Nehmen Sie mit Ihren Scharfschützen das Achterdeck dieses Hundesohns unter Beschuss!«

»Aye, Sir!«

Die erste ungleichmäßige Salve der *Ajax* verließ die Mündungen. Obwohl die *Ajax* durch die im Wasser treibenden Wrackteile behindert war, befand sich der Gegner – wohl durch eine Laune des Stromes – im Schussbereich ihrer Stücke. Trotz des allgemeinen Durcheinanders fanden ihre Kugeln ihr Ziel. Aber der Gegner antwortete und diesmal verwendete er Traubengeschosse. Auf dem Deck wurden Männer wie Stoffpuppen von den Füßen gerissen, abgetrennte Arme, Hände, Beine flogen umher, auf dem Deck bildeten sich klebrige Blutlachen. Getroffene pressten ihre Hände gegen ihre Bäuche, um die herausquellenden Gedärme wieder hineinzudrücken. Ein Mann lag mit zerquetschtem Unterkörper unter einer umgestürzten Lafette und brüllte sich vor Schmerzen die Lunge aus dem Hals. Er verstummte schnell. Andere Unglückliche versuchten sich armlange gezackte Holzsplitter aus den Körpern zu reißen. Ein Seesoldat hielt seinen Kameraden schützend im Arm, dem beide Beine und ein Arm abgerissen worden waren. Jetzt war nicht nur sein Waffenrock blutrot, sondern auch seine ehemals weiße Hose. Wieder eine Salve. Hinter ihm ein Aufschrei, der Quartermaster und die Matrosen am Ruder lagen in ihrem Blut auf dem Deck, auch das Rad war schwer beschädigt. Turner schluckte, er war halb betäubt und sah die Szene wie durch ein verkehrt herum gehaltenes Fernglas, alles war weit weg, hatte mit ihm eigentlich gar nichts zu tun. Die braungelben Schwaden des Pulverqualms vermischten sich mit den wirbelnden hellgrauen Fetzen des Nebels. Der Kanonendonner schlug dumpf den Takt zu einem makabren Totentanz: Die Tänzer waren die Geschützbedienungen, die mit den Rammern und Auskratzern, Kartuschen und Kugeln sehr anmutig ein irrsinniges Ballett um ihre Kanonen aufführten, bis sie von einer schweren Kugel durch die Luft gewirbelt und zerfetzt wurden. »Ich muss diesem Wahnsinn ein Ende bereiten«, krächzte er hustend, »ich muss die Flagge streichen!« Er wankte auf unsicheren Beinen nach achtern und zog seinen Säbel. Aber da war keine Flaggenleine mehr. Ihre Nationale war schon längst weggeschossen worden, aber der Gegner hatte das Feuer nicht eingestellt.

Urplötzlich war es vorbei. Wieder umhüllte sie der graue Mantel des Nebels, aber diesmal war er willkommen. Kein Kanonendonner mehr, keine dumpfen Einschläge im Rumpf, nur das erbärmliche Jammern und Stöhnen der Verwundeten war noch zu hören. Mit schweren Schritten schleppte sich Turner zurück zum Kompasshaus. Sein Blick fiel auf Midshipman Finch. Der Junge saß wie betäubt an den Besanmast gelehnt, starrte ihn mit glasigen Augen an und stammelte wirr unzusammenhängende Worte vor sich hin.

»Hoch mit Ihnen, Mister Finch! Setzen Sie achtern eine neue Kriegsflagge!«

Der Junge, er mochte vielleicht fünfzehn Jahre alt sein, sah ihn aus weit aufgerissen Augen an, schüttelte verwirrt den Kopf und versuchte sich dann mühsam aufzurichten.

»Nein, Sir, das ... das kann ich nicht. Ich ... ich kann nicht mehr gehen!«, wimmerte er.

Turner blickte auf die Beine des Midshipman, die einen völlig unversehrten Eindruck machten, beugte sich herunter und schlug ihm mit der flachen Hand rechts und links ins Gesicht.

»Komm auf die Füße, Junge! Das ist ein Befehl!«

Schwankend kam Finch auf die Beine und versuchte Haltung anzunehmen.

»Aye, Sir, Flagge setzen! Jawohl!«

An dieser Stelle seines Traums wachte Turner regelmäßig auf. Nie im Leben würde er die Augen des jungen Finch vergessen, die das maßlose Entsetzen über das Grauen widergespiegelt hatten, das so völlig unvermutet über sie hereingebrochen war.

William Turner faltete die Arme hinter seinem Kopf und starrte blicklos zur Decke des dunklen Zimmers hinauf. Draußen prasselte ein heftiger Regenguss herab und klatschte gegen die Fensterläden. Der Rest der unrühmlichen Geschichte kam ihm wieder in den Sinn, und er schluckte schwer.

Er und Harwich hatten ihre Wachen gemustert. Sie hatten zu diesem Zeitpunkt siebenundzwanzig Tote und über sechzig Verwundete notieren müssen, das war ein ungewöhnlich hoher Blutzoll. Wie viele gute Männer die Behandlung durch den Schiffsarzt nicht überleben oder später an Wundbrand sterben würden, wussten die Götter allein. Als keine Schüsse mehr fielen, war auch Mister Cordinghouse wieder auf Deck erschienen. Nachdem alle hinderlichen oder beschädigten Riggteile abgehackt, abgesägt oder abgeschnitten worden waren, hatten sie mit Hilfe einer Reserverah, ein paar anderen Spieren und Segeln zuerst ein Notrigg am Fockmast improvisiert. Mit dessen Hilfe und der ausgebesserten Besegelung am Besanmast konnten sie bei dem aufkommenden Westwind nach Nordosten in Richtung des Solent ablaufen. Später kam auch noch eine Notbesegelung am Großmast hinzu. Die Leckagen im Bereich der Wasserlinie wurden so gut es ging abgedichtet, aber da sie jetzt mit Backbordhalsen segelten, lagen viele der Lecks unter Wasser und so mussten sie alle Stunde die Bilgen lenzen. Doch schließlich erreichten sie unter vielen erstaunten und ungläubigen Blicken aus eigener Kraft die Reede von Spithead und humpelten auf ihren Ankerplatz. Als Cordinghouse sich während der Arbeiten mal wieder als Antreiber aufspielen wollte, obwohl die erschöpften Männer taten, was sie konnten – und mehr –, zischte Turner ihn wütend auf dem Achterdeck an, ohne dass es dafür Ohrenzeugen gegeben hätte.

»Mister Cordinghouse, wir hätten Ihr lautes Organ gerne an Deck gehört, als es hier ums Überleben ging! Jetzt ist es zum Brüllen ein wenig zu spät ... Sir!«

Cordinghouse war kreidebleich geworden, hatte die Lippen aufeinander gepresst und war nach unten in die Kammer des Kommandanten verschwunden. Turner war sich bewusst, dass auch schon vorher zwischen ihnen kein herzliches Verhältnis bestanden hatte, aber jetzt – da war er sich ganz sicher – hatte er sich einen Feind fürs Leben geschaffen.

Als er jetzt in der Dunkelheit des Zimmers an das Kriegsgericht dachte, das auf dem Flagschiff einberufen worden war, musste er gegen einen Anfall von Übelkeit ankämpfen. Vor den versammelten Kapitänen, die unter dem Vorsitz des Admirals tagten, hatte Turner ausgesagt, dass er Leutnant Cordinghouse während des Gefechts nicht gesehen hätte, dass dieser sich aber wahrscheinlich in der Kuhl befunden hätte, um für die Beseitigung der Takelage zu sorgen. Die anderen Zeugen konnten das zwar nicht bestätigen, aber auch nicht ausschließen, schließlich war alles drunter und drüber gegangen. Allerdings hatte Leutnant Bradburry von den Seesoldaten ausdrücklich darauf hingewiesen, dass er den Ersten Leutnant nach Beendigung des Beschusses aus der Kammer des Kommandanten hatte kommen sehen. Da das Schiff nicht gefechtsklar gemacht worden war, waren auch die Schotte nicht niedergelegt worden, die das Logis des Kapitäns vom normalen Schiffsvolk trennten. Auch die dort aufgestellten Geschütze waren nicht zum Einsatz gekommen. Die Offiziere des Tribunals hatten sich daraufhin mit zu Schlitzen zusammengekniffenen Augen unter gerunzelten Brauen angeblickt. Leutnant Cordinghouse hatte vorgebracht, dass er während der ganzen Zeit ständig an Deck und im Schiff unterwegs gewesen wäre, um das Ausmaß der Schäden festzustellen. Schließlich habe er nicht gewusst, dass der Kapitän gefallen war. Keiner der Befragten konnte oder wollte seiner Aussage widersprechen, aber alle waren einhellig der Meinung gewesen, dass der Zweite Leutnant, Mister Turner, während des gesamten Zwischenfalls die Führung des Schiffes übernommen und mit seinen klaren Befehlen noch Schlimmeres verhindert hatte. Während der Verhandlung konnte nicht festgestellt werden, um was für ein Schiff unter welcher Flagge es sich gehandelt hatte, mit dem sie aneinandergeraten waren, aber es wurde vermutet, dass es ein französischer Ostindienfahrer gewesen war, der nach dem Motto gehandelt hatte: Erst feuern, dann fragen! So kurz vor seinem Heimathafen hatte er kein Risiko mehr eingehen wollen.

Am Ende wurden alle Offiziere von einem schuldhaften Verhalten freigesprochen, da das andere Schiff unprovoziert in Friedenszeiten das Feuer eröffnet hatte. Es war der *Ajax* unter den gegebenen Umständen an Feuerkraft weit überlegen gewesen. Am Ausgang des ungleichen Kampfes hätte es wohl auch nicht viel geändert, wenn die Fregatte klar zum Gefecht gewesen wäre, wie es Leutnant Turner empfohlen hatte, aber der Blutzoll wäre vermutlich geringer gewesen. Cordinghouse allerdings wurde mit ein paar eisigen, missbilligenden Blicken bedacht, die ihm deutlich machten, dass sich die hohen Herren seinen Namen gut merken würden, und zwar keineswegs, um ihn zur nächsten Dinnerparty einzuladen. Sein Platz wäre unter allen Umständen auf dem Achterdeck gewesen, in Kriegszeiten wäre er wahrscheinlich wegen Feigheit vor dem Feind verurteilt worden. Das war ihm durchaus bewusst, daher war er aschfahl geworden und hatte seine blutleeren Lippen zu einem dünnen Strich zusammengepresst.

Turner wurde für seine Umsicht und seinen Einsatz belobigt.

»Aber dafür kann ich mir auch nichts kaufen«, murmelte William bitter, dem der hasserfüllte Blick von Cordinghouse nach der Verhandlung noch gut in Erinnerung war. Nach wie vor hatte er keine Beziehungen, keinen Gönner in der Admiralität, kein Vermögen und keinen Adelstitel. Wie es aussah, würde er seine Karriere in der Navy irgendwann als kauziger und trunksüchtiger alter Leutnant beenden, der wegen seiner seemännischen Erfahrung zwar geschätzt wurde, hinter dessen Rücken man aber mitleidig lächelte, weil er es nicht weiter gebracht hatte. Für einen ehrgeizigen und fähigen jungen Mann waren das keine sehr ermutigenden Aussichten. Er schluckte schwer und wischte sich den kalten Schweiß von der Stirn.

»Oh je, mein Kopf! Verdammt, der letzte Eiergrog gestern Abend muss vergiftet gewesen sein! Oder war es schon heute früh gewesen? Scheißegal, jedenfalls platzt mir gleich die Birne ...«, krächzte William und hielt sich den schmerzenden Kopf. Die Zunge lag wie ein aufgequollener pelziger Fremdkörper in seinem trockenen Mund und der Geschmack, den er unangenehm wahrnahm, erinnerte ihn an ... nein, er wollte ihn lieber nicht präziser beschreiben, weil er nicht sicher war, ob er sich dann nicht auf der Stelle übergeben würde. Durst! Trinken! Ja, das war es. Er schlug das Deckbett zurück, unter dem hell der nackte füllige Körper einer Frau in der Dunkelheit schimmerte. »Verdammt, wie kommt die denn hierher?«

Nur langsam kehrte die Erinnerung an die Ereignisse der vergangenen Nacht zurück. Die Frau knurrte ärgerlich und zog das wärmende Deckbett wieder über ihren Körper. Bildfetzen zogen vor seinem geistigen Auge vorbei, von einem Tisch mit grölenden Saufkumpanen, grell geschminkten Mädchen mit aufreizenden Blicken und tief ausgeschnittenen Kleidern.

»Verdammt!«, knurrte er nochmals, schwang die Beine aus dem Bett und richtete sich schwungvoll auf. Das hätte er besser nicht getan. Schmerzvoll stöhnte er auf, beugte sich vor und hielt sich den Kopf mit beiden Händen. Er blieb einige Zeit so sitzen, bis der Schmerz und das Schwindelgefühl etwas nachließen, dann richtete er sich vorsichtig ganz auf, stemmte sich in die Höhe und ging nackt mit schwankenden Schritten zu dem kleinen Waschtisch, auf dem eine Kanne Wasser stand. Er verschmähte das bereitstehende

Glas, griff gierig gleich nach der Kanne. Hemmungslos begann er zu trinken. Das zwar kühle, aber abgestandene Nass lief ihm über Kinn, Brust, Bauch und Schenkel. Als er die Kanne schließlich absetzte, entfuhr ihm donnernd ein heftiges Aufstoßen, das nicht enden wollte. Er stellte die Kanne ab und suchte nach dem Nachtgeschirr, in das er sein Wasser abschlug. Derart erleichtert öffnete er das Fenster, klappte die Läden zur Seite und blickte hinaus. Draußen kündigte sich die düstere, graue Dämmerung eines ungemütlichen Londoner Wintermorgens an. Es regnete und ein kalter Wind ließ die losen Fensterläden klappern, die wenigen Laternen an den Häusern schwanken und gespenstische Schatten werfen.

»Verfluchte Hurenscheiße, in was für einem Rattenloch bin ich denn diesmal gelandet«, überlegte er halblaut. Wütend auf sich selbst, ließ er sich den Wind um die Nase wehen, doch die hereinströmende Kälte ließ ihn erschaudern und jagte ihm eine Gänsehaut über den Körper. Fluchend packte er das Nachtgeschirr und entleerte es in die Gasse. Von unten erklang kein Protestgeschrei, was wohl an der frühen Stunde und dem scheußlichen Wetter lag. Wäre es anders gewesen, hätte es William Turner auch kaum etwas ausgemacht, denn mit einem derartigen feuchten Gruß und auch festeren Bestandteilen musste man in diesem Teil des Hafenviertels immer rechnen.

Das hastig heruntergekippte Wasser war ihm nicht bekommen, es drängte wieder nach oben und folgte dem Inhalt des Nachttopfs in einem dicken Strahl hinunter in die Gasse. Er stützte sich mit beiden Händen auf das Fensterbrett, nachdem er alles wieder herausgewürgt hatte, und wischte sich mit der Rückseite der rechten Hand über die Augen und die Lippen. Bis auf den Ekel erregenden Geschmack im Mund fühlte er sich besser. Sein Blick fiel auf eine bauchige Flasche auf dem Nachttisch. Er wankte unsicher hinüber, zog den Korken mit zittrigen Fingern heraus und nahm einen langen Zug. Der schwere dunkelrote Portwein floß wie glühende Lava durch seinen Schlund, dann die Speiseröhre hinunter und breitete sich schließlich warm in seinem Magen aus. William seufzte tief auf und schüttelte benommen den Kopf wie ein Stier, der gerade mit dem Schädel eines Widersachers zusammengeprallt war. Schon wollte er die Flasche wieder ansetzen, aber seine Hand blieb auf halber Höhe in der Luft schweben. »Vergiss es!«, knurrte er, blickte angeekelt auf das Etikett, trieb den Korken mit einem heftigen Schlag tief in den Flaschenhals, ging zurück zum Fenster und holte schwungvoll aus. Da sah er auf der anderen Gassenseite eine zusammengekrümmte schattenhafte Gestalt mit hochgezogenen Schultern an der Hauswand entlangschleichen und erschrocken zu ihm emporblicken. William musste grinsen.

»Das hätte klappen können«, murmelte er, dann rief er: »Fang auf, Macker!«

Die Pulle segelte auf einer ballistischen Bahn durch die Luft und wurde von dem zerlumpten Mann geschickt aufgefangen. Er warf einen schnellen prüfenden Blick auf den Inhalt, tippte dann mit zwei Fingern an seine Mütze und rief ihm ein dankbares »Vergelt's Gott, Herr Graf!« zu. Gleich darauf war er in den Schatten der Häuser und Gassen verschwunden.

William verriegelte das Fenster, ging zum Bett und riss das Deckbett weg. »Aufstehen, Molly! Es ist Zeit zum Ablegen!«

Die Frau fuhr erschrocken in die Höhe, verschränkte die Arme vor den zwar fülligen, aber traurig herabhängenden Brüsten. »Was soll das, mein Schätzchen? Es ist doch noch dunkel, und ich bin noch soooo müde.«

»Vergiss es! Lüft an das Gatt, setz die Segel und lauf vor dem Wind ab. Und das ein bisschen *pronto*, wenn ich bitten dürfte!«

Sie verzog wütend das Gesicht und setzte zu einer Schimpftirade an, aber als sie sah, dass er nach der Wasserkanne griff und ausholte, kniff sie die Lippen zusammen und zischte nur giftig: »Es ist immer dasselbe mit euch Kerlen, am Abend schnurrt ihr wie die Kater und am Morgen beißt ihr um euch.«

»Tja, das ist wohl der Lauf der Welt, Molly. Nun aber genug der Philosophie, raus hier!«

»Schon gut, schon gut.«

Sie stand auf, strich sich die zerzausten Haare glatt und blickte sich suchend um.

»Pinkeln kannst du auf dem Hof, Molly. Brass an die Rahen und ab in Richtung Heimat!«

Mürrisch schlüpfte sie in ihre Kleider. Obwohl sie erst Anfang Zwanzig sein mochte, wies ihr Gesicht schon deutliche Spuren ihres liederlichen Lebenswandels auf, der verschmierte Puder machte es auch nicht schöner. Sie ließ sich Zeit und murrte ungehalten vor sich hin, während er aus dem Fenster in den wenig einladenden Morgen blickte. Es war kaum heller geworden, nur der Regen schien noch stärker als vorher zu rauschen. Was hatte er sich da bloß wieder für einen Käfer angelacht. Um diese Frau schön und begehrenswert zu finden, musste er in der Tat voll wie eine Strandhaubitze gewesen sein. Er konnte sich nicht erinnern, ob er in seinem Brausebrand überhaupt noch in der Lage gewesen war, mit ihr Bettspielchen zu treiben. Wenn nicht, war das vielleicht auch besser so.

Plötzlich gurrte sie honigsüß, presste sich von hinten an ihn und langte nach vorn an sein Glied. »Wollen wir nicht noch ein schönes Morgennümmerchen machen, mein starker Stier? Vorhin ist dir ja nach dem ersten Gefecht die Großstenge abgeknickt, und dann war Ruhe im Schiff.«

»Vergiss es, Molly.«

Böse zischte sie: »Ich heiße nicht Molly! Außerdem wolltest du mir etwas schenken, wenn ich mit dir aufs Zimmer gehe.«

»Bei mir heißen alle von deiner Sorte Molly ... Molly.« Er fasste in die Tasche seines Rocks, der über der Stuhllehne hing, fingerte eine Münze heraus und warf sie ihr zu. »*Adios* und leb wohl, Molly.« Er machte eine deutliche Handbewegung in Richtung der Tür.

Sie blickte ihn giftig an und schien protestierend zetern zu wollen. Er fixierte sie nur starr aus schmalen Augenschlitzen. Mürrisch öffnete sie die Tür und zischte beim Herausgehen höhnisch: »So schlecht wie du hat schon lange keiner seinen Speer bei mir geführt, du Schlappschwanz!«

William zuckte gleichmütig mit den Schultern. »Um dich schön zu saufen, war einfach zu viel Eiergrog nötig, Molly. Dabei ist mir wohl das Pulver feucht geworden.« Er drückte die Tür hinter ihr zu und verriegelte sie wieder.

Müde ging er zum Bett zurück und ließ sich hineinfallen. Unter dem dicken Deckbett war es warm, aber es müffelte nach ungewaschenen Körpern und menschlichen Ausdünstungen. Er verschränkte die Arme hinter dem Kopf, blickte zur Zimmerdecke empor und versuchte seine Gedanken zu ordnen. Wie war er hier gelandet? Richtig, ein reitender Bote der Admiralität war zu Hause in Littlehampton erschienen und hatte ihm gegen Quittung einen braunen Umschlag übergeben. Nachdem er das Siegel mit dem unklaren Anker erbrochen hatte, flogen seine Augen hastig über die Zeilen des Befehls. Er sollte sich auf der Admiralität melden, sobald es ihm möglich sein würde. Was im Klartext bedeutete, dass er umgehend dort vorzusprechen hatte. Da er schon über ein halbes Jahr auf Halbsold gestanden und das Landleben hinreichend genossen hatte, war er froh gewesen, wieder seine Seekiste packen zu können. Außerdem hatte sich eine gewisse junge Lady aus Bognor Regis schon verdächtig intensiv nach seinen Zukunftsplänen – Heirat und so – erkundigt.

Nach einer ermüdenden Fahrt in diesem knochenbrechenden Gefährt, das sich Postkutsche nannte, hatte er sich in London ein Zimmer gesucht, noch einige Einkäufe getätigt, um seine Ausrüstung zu vervollständigen, und war dann am Abend – entgegen seinen festen Vorsätzen – doch der Versuchung erlegen, in Zivil ins Nachtjackenviertel abzutauchen. Schnell hatten sich ein paar gestandene Salzbuckel gefunden, mit denen man ein gutes Garn spinnen und den einen oder anderen Becher leeren konnte. Die Zeit war wie im Fluge vergangen, dann hatten sie noch ein paar Dockschwalben aufgegabelt und schon war er mit Molly – oder wie auch immer ihr richtiger Name sein mochte – in der Koje gelandet.

»Verflucht und zugenäht, die Admiralität!« Er sprang auf und eilte wieder an das Waschbuffet. Schwungvoll goss er das verbliebene Wasser in die Schüssel, mit beiden Händen klatschte er sich einen Schwall ins Gesicht und einen zweiten über den Kopf, dann rieb er sich mit einem nicht allzu sauberen Lappen den Körper ab. Von der Benutzung des Handtuchs sah er ab, da es einen sehr fragwürdigen Eindruck machte. Aus dem Spiegel starrten ihn zwei blutunterlaufene trübe graue Augen an, der Teint war bleich und käsig, die krausen rotbraunen Haare und der Bart waren zerzaust und struppig. Alles in allem kein sehr attraktiver Anblick. »Nicht nur der *letzte* Eiergrog muss vergiftet gewesen sein …«, seufzte er resignierend.

Er zog seine Zivilklamotten an, dunkelblaue Hosen, einen

gleichfarbigen Rock und schwarze halbhohe Stiefel. Mit einem geschnitzten Kamm aus Schildpatt versuchte er sein Haupthaar und den Bart zu bändigen. Schließlich schlang er noch nachlässig die Halsbinde, schlüpfte in den dicken Bootsmantel und drückte sich den Hut auf den Kopf. Nach einem letzten Blick in das Zimmer packte er seinen Stock, öffnete die Tür und trat auf den Gang hinaus. Unsicher stieg er die Treppe hinunter. Er blickte den unverschämt grinsenden Portier scharf an, als der ihn ansprach.

»Guten Morgen, Sir, haben Sie gut *geschlafen*?« Er betonte das Wort geschlafen auffällig, also musste ihm Molly alles über die wenig berauschende Liebesnacht gesteckt haben. »Sie möchten das Appartement bezahlen, Sir?«

»Vergiss es, mein Süßer, wir wissen doch beide, dass man derartige Luxussuiten immer im Voraus bezahlt, nicht wahr?«

Der ölige Typ guckte etwas enttäuscht, rieb sich die Hände, gab vor, prüfend in einer Liste zu suchen, und verbeugte sich dann beflissen. »Ach richtig, hier steht es ja, die Nummer Achtundzwanzig ist bereits bezahlt. Beehren Sie uns bald wieder, Sir.«

William musterte ihn angeekelt: »In sechs Monaten vielleicht, aber dann auch nur, wenn Sie mir versprechen, dass bis dahin die Bettwäsche gewechselt ist!«

Turner drehte sich abrupt um und trat grußlos hinaus in den Regen. Er hielt sich dicht an den Hauswänden und versuchte den größten Schlammpfützen auszuweichen. Nach ungefähr zehn Minuten Fußmarsch, der eher einer Springprozession ähnelte, erreichte er eine breite Straße, die in die Innenstadt führte und auf der es sich etwas besser gehen ließ. Er blickte sich suchend um, aber wegen der frühen Stunde war weit und breit keine Mietdroschke zu sehen. Daher blieb ihm nichts anderes übrig, als zu seinem Quartier zurückzulaufen. Nach einer langen feuchten halben Stunde erreichte er es, fühlte sich aber durch den Fußmarsch wesentlich frischer. Ungesehen schlüpfte er in sein Zimmer, wo er sich seiner nassen Kleidung entledigte und sie zum Trocknen aufhängte. Er warf einen sehnsüchtigen Blick auf das einladende saubere Bett und konnte der Versuchung nicht widerstehen, hineinzuschlüpfen. Genüsslich reckte und streckte er sich. Wann sollte er auf der Admiralität antanzen? Eine Uhrzeit war nicht angegeben, aber zehn Uhr würde sicher ausreichen, dachte er gähnend. Gerade als er sich zusammenrollen wollte, fiel ihm ein, dass die Kirchturmuhr bei seiner Ankunft vor der Pension halb acht geschlagen hatte. Erschrocken fuhr er in die Höhe und sprang fluchend aus dem Bett.

Eine Stunde später nahm er im Speiseraum sein Frühstück ein. Er trug jetzt die Extrauniform eines Leutnants der Royal Navy und eine weißgepuderte Kurzhaarperücke, die in einem seltsamen Kontrast zu seinem rotbraunen krausen Vollbart stand. Nach der dritten Tasse Kaffee fühlte er sich allen Widrigkeiten des Lebens gewachsen und bedankte sich mit einem strahlenden Lächeln bei der kleinen Zofe, die ihn umsorgt und hinter seinem Rücken mit schmachtenden Blicken bedacht hatte.

Gerade fuhr auch die bestellte Kutsche vor, und so kam es, dass der Sehr Ehrenwerte William Turner, Leutnant in Seiner Britannischen Majestät Marine, pünktlich um zehn Uhr vor der Admiralität in Whitehall vorfuhr. Er drückte dem Türsteher die obligatorische Münze in die dezent aufgehaltene Hand, worauf ihm dieser die Tür öffnete. Kein Mensch wusste, warum man diesem Mann eigentlich ein Trinkgeld geben musste, aber alle Offiziere bis hinauf zu den Admiralen taten es. Wenn sich in England einmal eine Sitte – oder auch Unsitte – eingebürgert hatte, dann konnte man sie so schnell nicht wieder ausrotten. Turner meldete sich beim Schreiber am Empfang an, der umständlich in seinen Papieren herumsuchte, bis er seinen Namen gefunden hatte. Er blickte scheinbar angewidert von seiner Liste auf und musterte ihn misstrauisch, dann schnarrte er: »Mister Fearne, der 2. Sekretär der Admiralität, wird Sie empfangen.« Es klang so, als könne er nicht verstehen, dass sich eine derart wichtige gottähnliche Persönlichkeit mit so einer niederen Kreatur, wie es ein simpler Leutnant war, abgeben konnte. »Erster Stock, Zimmer 44. Warten Sie draußen, bis man Sie hereinruft!«

Falls er es wagen sollte, einfach anzuklopfen und einzutreten, würde man ihn wahrscheinlich sofort hinten auf dem Hof standrechtlich mit spitzen Gänsekielen erschießen, überlegte William amüsiert. Wieder einmal wurde ihm klar, warum er eine tiefe Abneigung gegen diese Sesselpuper hegte. Übertrieben höflich verbeugte er sich und sagte honigsüß: »Ich bin Ihnen wirklich sehr verbunden, Sir. Vielen Dank für Ihre freundlichen Anweisungen: Mister Fearne, erster Stock, Zimmer 44, draußen warten. Richtig, Sir?«

Der Schreiber blickte ihn ungerührt an, ohne eine Miene zu verziehen. »Richtig, Leutnant Turner.«

William fand sich ohne Probleme zurecht und ließ sich auf den Stuhl fallen, der im Gang vor der Bürotür stand. Der Stoff der Sitzfläche war von den vielen Offiziershintern blank gescheuert, deren Besitzer hier ungeduldig darauf gewartet hatten, was man ihnen drinnen über ihr weiteres Schicksal eröffnen würde. Achter Leutnant auf einem Linienschiff, Vierter auf einer Fregatte, Zweiter auf einer Brigg und was es da noch an Möglichkeiten gab. Nach erstaunlich kurzer Zeit öffnete sich die Tür, und eine sonore Stimme bat ihn herein. Er trat ein und nahm auf dem angebotenen Stuhl vor dem Schreibtisch Platz. Charles Fearne war ein untersetzter Mann mit einem roten Gesicht und einem weißen Haarkranz. Seine blauen Schweinsaugen unter den hellblonden Augenbrauen blickten aufmerksam über die Brillengläser.

»Wir haben zum ersten Mal das Vergnügen, nicht wahr, Leutnant Turner?«

»In der Tat, Sir.«

»Nun, Sir, ich will mich nicht lange mit Vorreden aufhalten. Ich weiß zwar nicht warum, denn Ihre bisherige Karriere weist keine besonderen, äääh, positiven Höhepunkte auf, aber Ihre Lordschaften und mein Chef, Sir Stephens, haben in ihrer großen Weisheit beschlossen, Ihnen das Kommando auf Seiner Majestät Kriegsslup *Shark* zu übertragen. *Murmel ... murmel ... murmel ...*«

Das Blut in Turners Ohren brauste, vor seinen Augen drehten sich bunte Kreise. Er verstand kein Wort mehr von der langen umständlichen Ansprache Fearnes. Nur ein Satz hatte sich unauslöschlich eingebrannt: *Kommando auf Seiner Majestät Kriegsslup* Shark! Er ein eigenes Kommando? Er musste an Halluzinationen leiden, dieser verdammte Grog gestern Abend! Wovon redete dieser Mann überhaupt?

»Leutnant! Leutnant Turner, ist Ihnen nicht gut? Was ist los mit Ihnen? Trauen Sie sich nicht zu, das Kommando zu übernehmen? Kein Problem, ich werde das hier vermerken ...«

»Nein, nein, Sir! Ich werde selbstverständlich mein Bestes geben, um die Erwartungen der Admiralität zu erfüllen, äh, dem Vertrauen, das man in meine Fähigkeiten gesetzt hat, gerecht zu werden ...«

»Ich habe nichts anderes erwartet. Hier ist Ihre Bestallung. Ihr Schiff liegt nach einer Grundüberholung noch in der Königlichen Werft in Chatham, Sie haben sich umgehend an Bord zu begeben und das Kommando zu übernehmen. Sobald Sie seeklar sind, machen Sie Meldung, Sie bekommen dann weitere Befehle.« Er schob William einen braunen Umschlag über die Tischplatte zu. »Quittieren Sie bitte den Empfang. Noch Fragen? Keine. Dann gratuliere ich Ihnen zu Ihrem ersten selbständigen Kommando und wünsche Ihnen viel Erfolg ... und das nötige Quäntchen Glück.« Er reichte ihm die Hand.

William Turner wusste kaum, wie er wieder aus dem Zimmer gekommen war. Er schwebte die Treppenstufen in die Halle hinunter, lächelte dem Schreiber am Empfang glücklich zu und drückte dem Portier einen ganzen Shilling in die Hand, der ihn daraufhin verblüfft anstarrte, denn *das* war keineswegs üblich. Hoffentlich hatte William damit nicht den Grundstein zu einer neuen Unsitte gelegt.

Oben blickte Fearne aus dem Fenster und sah, wie der junge Leutnant wie auf rosa Wolken durch den Regen über den Vorplatz wandelte. Der alte Zyniker seufzte und murmelte: »Viel Glück, junger Mann, das war ausnahmsweise ehrlich gemeint. Sie werden jede Menge brauchen können, wenn ich mich nicht sehr irre.« Er seufzte, ging zurück an seinen Schreibtisch und wiederholte nochmals: »Viel Glück!« Dann wandte er sich wieder seiner Arbeit zu.

Kapitel 3

April 1776, Biskaya

Ein böser Geist, der rachsüchtig in den Tiefen des Ozeans auf ihn lauerte, hatte ihn in das Innere einer großen Trommel – oder war es eine Kesselpauke – gezaubert. William hatte ihm so oft ein Schnippchen geschlagen, dass sich die Spukgestalt eine besonders perfide Folter für ihn ausgedacht hatte. In regelmäßigen Abständen hieb das Monster mit einem großen Schlegel auf die Trommel, dass Bill fast die Trommelfelle platzten, dazu schüttelte und rüttelte die Spukgestalt noch an dem engen Gefängnis, um ihn zusätzlich zu quälen und ihm keinen Schlaf zu gönnen. Jetzt packte er ihn am Arm, um ihn zu sich hinab in sein nasses Reich zu zerren ...

»Nein!« William fuhr schweißgebadet in die Höhe.

»Sör! Mit den besten Empfehlungen vom Ersten Leutnant, es glast gleich zur ersten Hundewache.« Tom hatte seinen Arm gepackt und ihn wachgerüttelt.

»Danke, Tom. Meinen verbindlichsten Dank an den Ersten Leutnant, ich komme sofort an Deck«, krächzte Turner und schüttelte benommen den Kopf

Rumms! Wieder krachte ein Brecher gegen die Bordwand und das Schiff schüttelte sich unter dem Anprall der Wassermassen. William Turner schwang die Beine aus der Koje, rieb sich die müden Augen und reckte dann die Arme. Die wenigen Stunden Schlaf hatten ihm gutgetan, aber ausgeschlafen hatte er natürlich nicht. Er klatschte sich mit beiden Händen aus der frei schwingenden Waschschüssel Wasser ins Gesicht und hangelte sich dann in die große Kabine. Dort wartete Tom mit einer Mahlzeit auf ihn, die er in einem Korb verstaut hatte, sodass nichts rutschen und auf das Deck fallen konnte. William nahm ihm den Korb ab und verkeilte sich in Lee in einer Ecke der Heckbank. Als er hineinblickte, stellte er fest, wie hungrig er war. Er machte sich über das kalte Fleisch mit Mostrich, den Käse und die dick mit Butter bestrichenen Brotscheiben her. Unter den jetzigen feuchten Bedingungen unter Deck würde das Brot noch schneller verschimmeln, als es schon sonst üblich war, daher genoss er den Luxus des fast frischen Brotes, bevor der obligatorische Schiffszwieback mit seinen Untermietern wieder ständiger Begleiter aller Mahlzeiten wurde. Als Getränk gab es leider keinen Kaffee, da das Feuer in der Kombüse immer noch gelöscht war, sondern nur einen Krug Dünnbier. Nachdem er alles verputzt hatte, zog er mit Hilfe seines Burschen wieder die Seestiefel an und vermummte sich mit dem steifen Ölzeug. Um den Hals hatte er sich ein frisches Handtuch geschlungen, das aber nicht lange trocken bleiben würde. Schon nach wenigen Minuten oben an Deck würde das Wasser wieder Wege finden, am Hals herunterzulaufen und schließlich auch die Kleidung, die er gerade erst trocken geschlafen hatte, am Rücken und der Brust durchnässen.

Er warf noch einen schnellen Blick auf die Seekarte. Die Distanz von den Scilly Islands bis zur Nordwestspitze Spaniens betrug rund vierhundert Seemeilen. Rechts von der Kurslinie erstreckte sich die weite Wasserfläche des Golfs von Biskaya, aber am unteren Rand drohte die scharf gezackte Küste Spaniens, die zum einen nach Süden, zum anderen aber fast in Westostrichtung verlief.

Er hatte keine Möglichkeit, seine aktuelle Position exakt zu bestimmen, da eine Sonnenbeobachtung unmöglich war. Schon die Festlegung des gegissten Ortes bereitete erhebliche Schwierigkeiten, denn bei diesem Seegang war die Ablesung der Logge sehr ungenau, von den völlig unbekannten Größen des Wind- und Stromversatzes ganz zu schweigen. Lange Rede, kurzer Sinn, dachte er, wir irren hier über die See wie ein Blinder mit verbundenen Augen ohne Laterne durch einen fensterlosen Kellerraum. In seinem Magen breitete sich ein unangenehm flaues Gefühl aus. Er tröstete sich damit, dass sie zurzeit ganz gewiss noch reichlich Raum nach Lee hatten und daher keine unmittelbare Gefahr für das Schiff und seine Besatzung bestand – aber es blieb doch ein scheußliches Gefühl, nicht zu wissen, wo man sich befand.

William zog sich die steile Treppe zum Deck empor und öffnete die Tür, die ihm vom Sturm um ein Haar aus der Hand gerissen worden wäre. Das Heulen des Windes betäubte ihn fast und raubte ihm beinahe die Atem. Er drückte die Tür ins Schloss und stampfte schwerfällig und weit nach vorn gebeugt zum Ruder hinüber. Der Erste grüßte ihn und kam auf ihn zugerutscht. Zusammen prüften sie den anliegenden Kompasskurs, die Windrichtung und die Segelstellung. Die Rudergänger an dem großen Rad stemmten sich schwer in die Speichen. In die Wanten in Lee waren während der letzten Stunden Lose gekommen, weil der ständige Druck auf dem stehenden Gut in Luv dort das Tauwerk gereckt hatte.

Der alte Segelmeister erschien jetzt ebenfalls an Deck und gesellte sich schnaufend zu ihnen. Unter seinem Südwester lugten vorwitzig ein paar nasse weiße Haarsträhnen hervor.

»Sir, das Wasser in den Bilgen steigt jetzt doch allmählich. Aber das ist kein Wunder, der Schiffsrumpf wird schließlich extrem beansprucht.«

Turner blickte Lennon aus zusammengekniffenen Augen misstrauisch an. War in dieser Bemerkung eine unterschwellige Kritik an seiner Schiffsführung enthalten gewesen? Aber aus der Miene des alten Seemanns – soweit man etwas erkennen konnte – war kein entsprechender Hinweis darauf abzulesen. Er beschloss, dieses Thema nicht zu vertiefen. Was wollten sie denn auch anders machen? Sie liefen mit halbem Wind, der im Durchschnitt mit geschätzten vierzig bis fünfundvierzig Knoten wehte – in Böen noch mehr. Bei diesem Kurs liefen die Wogen schräg von Steuerbord achtern auf. Wenn sie anluvten, würde der scheinbare Wind weiter zunehmen, fielen sie ab, führte sie das zwangsläufig tiefer in die Falle der Biskaya. William bezweifelte, dass es ihnen unter den augenblicklichen Umständen, falls sich das Wetter nicht grundlegend besserte, gelingen würde, klar von Kap Finisterre und Kap Villano zu kommen, aber abfallen und vor dem Wind ablaufen konnten sie immer noch, wenn es keine andere Möglichkeit mehr gab. Das große Fragezeichen blieb, wann der richtige Zeitpunkt gekommen war, sich dafür zu entscheiden. Er hoffte, dass sich der Sturm spätestens morgen früh ausgetobt hatte und sie sich langsam Luvraum nach Westen holen konnten.

»Was haben Sie im Pumpensumpf gepeilt, Mister Lennon?«

»Drei Fuß, Sir. Das ist noch nicht beunruhigend, zeigt aber, dass die Plankenstöße arbeiten.«

»Lassen Sie die Bilge alle zwei Stunden lenzen! Dann haben die Männer etwas zu tun.«

»Aye, aye, Sir!«

Die Wachen wurden gemustert, die Männer am Ruder

und im Ausguck abgelöst, die anderen suchten sich ein einigermaßen geschütztes Plätzchen, an dem der ungestüme Angriff des Sturmes etwas abgemildert war. Die Freiwache verschwand unter Deck, wo sie ein frugales kaltes Abendessen verdrücken würden. Das Zwischendeck war zurzeit alles andere als ein gemütliches Zuhause. Alles war nass, Wasser tropfte von der Decke und lief über das Deck. Es würde nicht lange dauern, dann würden sich die ersten Pilzkolonien bilden. Es stank nach ungewaschenen Männerkörpern, verwesten Ratten, fauligem Bilgenwasser und was es an unappetitlichen Gerüchen sonst noch gab, die entstanden, wenn siebzig Leute auf engstem Raum in einer ungelüfteten Örtlichkeit zusammengepfercht waren.

Die meisten würden versuchen, ein Auge voll Schlaf zu nehmen, bevor sie bei vier Glasen wieder für die letzte Hundewache für zwei Stunden an Deck mussten. Das reichte nicht aus, um trocken zu werden oder gar neue Energie zu tanken. Aber immerhin war man in dieser Zeit nicht dem giftigen Biss des heulenden Sturmes ausgesetzt. Die altgedienten Matrosen erduldeten dies alles mit stoischer Gelassenheit, nur die wenigen neu angemusterten Landratten starrten mit weit aufgerissenen ängstlichen Augen in das unheimliche Zwielicht des Zwischendecks.

An Deck hatte der Kommandant wieder seinen Platz in Luv eingenommen und stierte düster nach Westen. Seine Lippen bewegten sich langsam.

Einer der Toppgäste stieß seinen Kumpel an. »Schau nur, der Alte spricht mit den Meergeistern!« Er erschauderte. »Bestimmt versucht er Triton persönlich zu besänftigen. Ich möchte wissen, was er ihm verspricht, wenn er von seinem Toben ablässt.«

»Mit wem soll er quatschen?«

»Mann, bist du blöd, und so etwas nennt sich Vollmatrose. Na, mit Triton natürlich, dem großen Wellenaufwühler, den kennt doch jeder!«

»Ich nich, was ist denn das für ein Kerl?«

»Der ist so etwas wie der Erste Offizier vom Käpt'n der Meeresgeister, Poseidon heißt der, den wirst du doch kennen! Praktischerweise ist Triton sein Sohn, so bleibt alles schön in der Familie.«

»Ich kannte mal ein Schiff dieses Namens, war ein ganz hübscher Eimer. Und diese Familien-Bande ist für den Sturm da draußen verantwortlich?«

»Na klar, schon seit undenklichen Zeiten rühren sie mit dem Dreizack im Ozean herum und blasen auf dem Muschelhorn, wenn sie übel gelaunt sind, und wir müssen es dann ausbaden – sozusagen.«

»Und du meinst, der Alte kann mit denen reden?«

»Na klar, der schon! Der ist nicht wie die meisten anderen. Ich wette um meine Grogration mit dir, dass der Sturm morgen Mittag vorbei ist!«

»Donnerwetter, dann musst du dir aber verdammich sicher sein! Nee, nee, da setze ich lieber nicht dagegen. Aber was hat das mit dem Versprechen auf sich?«

»Na, die ollen Kerls da unten sind wie alle hohen Herren bestechlich. Wenn man ihnen ein Opfer bringt, lassen sie sich milde stimmen.«

»Was muss man denn da so anlegen? Einen blanken Shilling?«

»Pah! Das kommt ganz darauf an, aber unter einer dicken goldenen spanischen Dublone geht da gar nichts.« Der Toppgast blickte seinen Macker ernst an. »Und wenn es ganz eng wird, dann muss auch schon mal ein knackiger Kajütjunge daran glauben! Man munkelt, dass die alten Meeresgötter da unten in ihrem goldenen Palast es auch mit Knaben treiben«, flüsterte er schaudernd.

»Oh je!«, stöhnte sein Kumpel. »Das sind ja ganz üble Kerle.«

»Aber sie sind mächtig ... sehr mächtig, das kannst du mir glauben!«

»Das müssen sie auch sein, denn schließlich wird man bei der Navy den Kriegsartikeln gemäß für so 'ne Schweinerei gehenkt.«

»Tscha, es sind eben hohe Herren, da kannst du mal sehen ...«

Ein besonders hoher Brecher knallte unter das Heck und hob es hoch. Turner wurde von einer Gischtwolke eingehüllt, stampfte wütend mit einem Fuß auf, hob drohend die geballte Faust, riss sich dann das durchnässte Handtuch vom Hals und schleuderte es fluchend weit in die Dunkelheit über Bord.

Die beiden Matrosen erstarrten ehrfürchtig. Später erzählten sie unter Deck beim Backen und Banken, dass der Skipper sich eine dicke goldene Kette vom Hals gerissen und sie unter beschwörenden Formeln dem Meer übergeben hätte. Andere bezeugten, dass sie das auch gesehen hätten. Anschließend hatte man die Chance, seinen Gewinn zu verzehnfachen, wenn man in den laufenden Wetten darauf setzte, dass der Sturm sie noch morgen Mittag durchschütteln würde.

Turner laschte sich mit einem Tampen an eine Nagelbank, um festen Halt zu haben, und starrte verbiestert in die rabenschwarze Nacht. Nur die weißen brechenden Schaumkronen und hellen Gischtwolken sorgten für etwas Abwechslung. Düster wanderten seine müden Gedanken zurück nach London. Schlief er, wachte er? Er befand sich wohl in einem Zustand, den man als Wachschlaf bezeichnen konnte. Sein Kopf lehnte an einem Want, den Arm hatte er durch die Webeleinen gesteckt, der Lasching hielt seine

Hüfte in Position, was zwar nicht besonders bequem war, ihm aber erlaubte, seine Gedanken schweifen zu lassen. Bei jeder Veränderung der Schiffsbewegungen oder einem neuen Geräusch schreckte er sofort hellwach auf.

Ein glückliches Lächeln breitete sich auf seinen Zügen aus, als er an die Übernahme des Kommandos auf der *Shark* in Chatham dachte …

Kapitel 4

März 1776, London und Chatham

Nachdem sich die erste Überraschung über seine unverhoffte Beförderung gelegt hatte, packte er seine sieben Sachen in der Pension zusammen und erkundigte sich nach einer Fahrgelegenheit nach Chatham. Da am Medway mehrere Werften für die Royal Navy tätig waren, war es kein Problem, eine fahrplanmäßig verkehrende Kutsche zu finden, auf der er einen Platz buchen konnte.

So kam es, dass er am frühen Nachmittag London hinter sich ließ und wieder auf den schlechten Straßen durchgeschüttelt wurde. Da die Strecke nur etwa dreißig Meilen betrug, konnte er damit rechnen, dass er am späten Abend in Chatham eintreffen würde – und das würde er überstehen. Er lehnte sich müde in die Polster zurück und versuchte sich vorzustellen, was für ein Schiff dort auf ihn warten würde. Unter der Bezeichnung Slup konnte sich alles Mögliche verbergen, das konnte eine umgebaute Mörserketsch, ein als Schoner getakeltes Schiffchen sein, vielleicht auch ein großer Kutter oder ein Kuriosum, das sich in keine der üblichen Kategorien der Marine einordnen ließ. Nur so viel war sicher, es war ganz bestimmt keine Sloop, also ein vollgetakelter Dreimaster, oder eine Brigg bzw. Schnau, denn diese »richtigen« Schiffe wurden nie von einem simplen Leutnant kommandiert, sondern von einem Master and Commander. Er seufzte schicksalsergeben auf. Egal, was für ein schwimmender Untersatz es auch immer sein würde, jedenfalls war es sein erstes selbständiges Kommando, und er nahm sich vor, das Beste daraus zu machen. Falls er erfolgreich war, konnte das ein wichtiger Schritt auf der Karriereleiter sein ... zum Commander und später zum Vollkapitän. Er seufzte wieder. Kapitän zur See William Turner – ja, das wäre was! So ein Kapitän konnte sogar von seinem Halbsold ganz anständig leben, wenn er keine zu großen Ansprüche stellte.

Ihm schräg gegenüber saß ein alter Segelmeister, dessen Dienststellung sich ganz zweifellos aus seiner schlichten blauen Uniformierung ergab. Er hatte langes weißes Haar, das hinten sorgfältig zu einem Zopf zusammengebunden war. Seine Physiognomie erinnerte stark an einen Raubvogel, denn seine Nase war groß und krumm wie ein Adlerschnabel und seine hellblauen Augen blickten scharf und durchdringend. Seine Lippen bildeten einen dünnen Strich und als Turner aufgeseufzt hatte, hatte er sie missbilligend noch stärker zusammengepresst. Seine Haut wies die für alte Seeleute typische gelblichbraune Farbe auf, die in unzähligen Stunden unter tropischer Sonne eingebrannt und von den scharfen Nadeln der Salzkristalle eingeätzt worden war. Er machte nicht den Eindruck, als sei mit ihm gut Kirschenessen. Höchstwahrscheinlich war er, bevor er zur Navy gestoßen war, als Kapitän auf Frachtern über alle Meere dieser Erde gefahren und verachtete in seinem tiefsten Inneren die Offiziere der Royal Navy als seemännische Amateure, womit er bei einem beträchtlichen Prozentsatz von Turners Kollegen gar nicht mal so verkehrt lag. William seufzte wieder. Nepotismus und ein Beutel Geld in die richtige Hand hatten schon so manchen Dummkopf auf der Karriereleiter weit nach oben steigen lassen, dem man besser noch nicht einmal eine aufgelegte Gefangenenhulk anvertraut hätte. Der Segelmeister blickte ihn wieder strafend an und schaute dann angewidert aus dem Fenster. Vermutlich führte er Turners Seufzer darauf zurück, überlegte William, dass der Alte ihn in Gedanken noch bei der tränenreichen Abschiedsszene mit seiner Herzallerliebsten wähnte. William grinste in sich hinein. Völlig falsch, ich bin gerade erst auf dem Weg zu meiner großen Liebe, auch wenn ich noch nicht weiß, wie sie aussieht und welche Eigenschaften sie hat. Tut nichts – geheiratet wird sie auf alle Fälle! Nachdem ich mich eingelesen habe und mein Kommandantenwimpel am Top weht, gehört sie mir – mit Rumpf, Takelage und allem, was dazugehört. Fast wie in einer richtigen Ehe, dachte er.

So rumpelten sie während die Dunkelheit hereinbrach, parallel zur Themse durch das weite düstere Marschland des Medway. Nachdem sie die noch aus dem Mittelalter stammende Steinbrücke von Rochester überquert und bald darauf die Poststation in Chatham erreicht hatten, war es bereits völlig finster. Trotz aller Ungeduld entschied sich Turner dafür, diese Nacht in der Herberge zu verbringen. Grinsend stellte er sich vor, was für einen Aufstand er an Bord verursachen würde, wenn er plötzlich die Gangway heraufgestampft käme und die verschlafene Hafenwache anpfiff, weil man ihn nicht mit allen ihm zustehenden Ehren begrüßt hatte. Nein, so schwer es ihm auch fiel, aber morgen früh war wohl der bessere Zeitpunkt. Außerdem hatte er einen Bärenhunger, denn schließlich hatte er seit dem Morgen nichts mehr zwischen die Zähne bekommen.

⚓

Am nächsten Morgen wartete er im Gastraum mit seinem Gepäck auf die Kutsche, die ihn zur Werft bringen sollte. In einer anderen Ecke erspähte er wieder den weißhaarigen Segelmeister, den er insgeheim Weißkopfseeadler getauft hatte. Auch er schien auf etwas zu warten. Plötzlich öffnete sich die Tür und ein Fuhrmann trat ein und rief: »Die Kutsche zur *Shark*, Gentlemen!«

Turner sprang auf und warf sich den dicken Bootsmantel über, dabei sah er, dass auch der alte Segelmeister drüben aufgestanden war und nach seinen Plünnen griff. Verblüfft sahen sie sich quer durch den Raum an. William ging zur Tür, wo sie sich trafen. Der Blick des älteren Mannes schien ihn durchbohren zu wollen, doch dann verzogen sich seine Lippen zu einem dünnen Lächeln und er nahm so etwas wie Haltung an.

»Paul Lennon, Segelmeister, kommandiert auf Seiner Majestät Kriegsslup *Shark*, Sir.«

»Leutnant William Turner, Mister Lennon, designierter Kommandant der *Shark*.«

Er reichte ihm die Hand, die der andere zögernd nahm, dann aber herzhaft drückte. »Mit Verlaub, Sir, könnte es sein, dass man Sie mit dem Spitznamen Wild Bull beehrt hat?«

»Ich will verdammt sein, Sir, woher wissen Sie das denn. Ach, schon gut! Ich weiß, in der Navy geht es zu wie in einer großen Familie, jeder kennt irgendwie jeden. Besonders die mit einem herausragenden guten Ruf sind bekannt – und die mit einem besonders schlechten. Ich will Sie jetzt nicht dadurch in Verlegenheit bringen, indem ich Sie frage, in welche Kategorie Sie mich eingeordnet haben, Sir.«

Lennon lächelte jetzt aufrichtig und er schien dadurch mehrere Jahre jünger zu werden. »Sie sollen ein harter Brocken sein, der sein Geschäft versteht, aber viele Ecken und

Kanten hat. Einige Herren haben sich daran schon Schrammen und blaue Flecken geholt, erzählt man sich …«

»Mag sein«, wiegelte Turner ab, »aber in der Navy wird viel Garn gesponnen, man kann froh sein, wenn zehn Prozent davon wahr sind, Mister Lennon.«

»Wenn man so lange zur See fährt wie ich, Sir, dann zieht man von allen Storys ohnehin neunzig Prozent ab, und wenn ich das bei den Geschichten über Sie tue, dann bleibt unter dem Strich immer noch übrig, dass Sie zur Gattung der Widder und nicht zu den Schnecken gehören.«

Turner blickte ihn verständnislos an. Aber bevor er nachfragen konnte, was er damit gemeint hatte, machte sich der Kutscher mit heftigem Füßescharren bemerkbar. Es fiel ihm sichtlich schwer, die Form zu wahren, aber er brachte schließlich doch einigermaßen höflich heraus: »Gentlemen, wenn ich Sie bitten dürfte! Ich habe schon andere Vorbestellungen, daher bin ich etwas in Eile.«

Lennon musterte ihn scharf und stieß seinen Adlerschnabel nach vorne, sodass der Mann erschrocken einen Schritt zurücktrat. »Mister, es dauert so lange, wie es dauert, verstanden?«

»Aye, aye, Sir!« Unwillkürlich nahm der Kerl Haltung an. Auch er war früher zur See gefahren und wusste, wann ein zackiges »aye« die einzig möglich Antwort war.

Als sie vor die Tür traten, sahen sie zu, wie die Knechte der Herberge ihr Gepäck verstauten. Eine zweite Kutsche näherte sich und kam hinter der ihren zum Stehen. Der Kutscher sprang herunter und blökte durch die Tür: »Die Kutsche zur *Shark*!«

Turner grinste Lennon an, kniff ein Auge zu und rief: »Zu spät, Mister, der Kerl ist schon weg. Pech gehabt!«

Der Kutscher stampfte wütend mit dem Fuß auf und wandte sich fluchend zum Gehen. Turner warf ihm eine kleine Münze zu und schwang sich dann hinter Lennon in die Kutsche.

Nachdem sie den Posten der Marineinfanterie am Werfttor in der mehr als doppelt mannshohen roten Ziegelsteinmauer mit dem großen königlichen Wappen hinter sich gelassen und erfahren hatten, dass ihr Schiff auf dem Fluss ankerte, meinte William: »Mister Lennon, ich muss mich beim Werftdirektor melden. Ich wäre Ihnen sehr verbunden, wenn Sie dafür sorgen würden, dass mein Gepäck schon an Bord genommen wird. Ich denke, dass ich in einer guten halben Stunde an Bord kommen werde.«

»Aye, Sir. Ein Boot wird auf Sie warten.«

Die Begrüßung durch den Verwaltungsdirektor der Werft war kurz. William erfuhr, dass sein Schiff im Prinzip fertig zum Auslaufen war. Es waren nur noch Kleinigkeiten an Bord zu nehmen, allerdings musste noch weit draußen auf dem Strom, fernab von jeder Siedlung, das Schießpulver übernommen werden.

Danach holte sich William aus dem Lager seinen persönlichen Kommandantenwimpel und steckte ihn griffbereit in die Tasche, anschließend marschierte er hinunter zum Fluss zum Bootsanleger, wo mehrere Boote wartend lagen.

»*Shark!*«

In einer typischen Kommandantengig schoss ein Arm in die Höhe. Ein kräftiger, untersetzter junger Mann um die zwanzig in der Uniform eines Midshipman erhob sich.

»Aye, Sir!«

Turner sprang in das Boot und setzte sich auf die Achterducht. »Ablegen, Sir!«

»Aye, aye, Sir! Midshipman Arnold Armstrong, Herr Kapitän.«

Diese Anrede war Musik in Turners Ohren. Es war das erste Mal, dass ihn jemand so ansprach. Natürlich war er streng genommen kein Kapitän, aber an Bord von kleinen Schiffen wurde der Kommandant, auch wenn er nur im Rang eines Leutnants stand, so angeredet. Er nickte und machte eine Handbewegung, die vom Midshipman richtig als Aufforderung gedeutet wurde, in die Gänge zu kommen.

»Klar bei Vor- und Achterleinen! Klar bei Bootshaken!«

»Vorleine ist klar!«

»Achterleine ist klar!«

»Bootshaken ist klar!«

»Leinen los!«

»Vorleine ist los und ein!«

»Achterleine ist los und ein!«

»Klar bei Riemen! Setz ab vorne!«

Der Bugmann drückte den Bug mit Hilfe des Bootshakens kräftig von der Pier ab, das Boot wurde von der Strömung erfasst und drehte hinaus in den Strom.

»Riemen bei!«

Die Riemen fielen polternd in die Dollen.

»Ruder an! Und legt euch ins Zeug. Unser Kapitän will sehen, ob ihr schlappen Säcke das Wasser nur durchrührt oder Strudel produziert, die bis zum Grund reichen!«

Eine leise Stimme, deren Urheber nicht auszumachen war, zischte: »Das dürfte auf dieser überschwemmten Schlickbank kein Kunststück sein!«

Um die Lippen des Midshipman kräuselte sich ein Lächeln, aber er fauchte: »Ruhe im Boot!«

Turner musterte die Bootsbesatzung. Sie trugen alle saubere Sachen, wenn auch jeder der Männer ganz individuell gekleidet war, und pullten tadellos im Takt. Nein, es gab nichts auszusetzen. Er schaute nach vorn. Sein Atem stockte. Das musste *sein* Schiff sein. Verdammt, es war ein richtig großes Schiff. Es maß mindestens neunzig Fuß über Deck, der Klüverbaum ragte bestimmt nochmals fünfzehn bis achtzehn Fuß über den Vorsteven hinaus und der Großbaum des achteren Gaffelsegels zeigte weit über den Spiegel nach achtern. Die beiden Masten waren gleich hoch und hatten einen leichten Fall nach achtern, an beiden waren große Gaffelsegel angeschlagen, die den Hauptantrieb liefern würden, dazu kamen am Vormast an Rahen zwei Toppsegel, am Schonermast nur ein Rahsegel. Es handelte sich also um einen Topp- oder Marssegelschoner. Die Vorsegelgarderobe bestand aus Vorstengestagsegel sowie Innen- und Außenklüver. Er zählte acht Geschützpforten. Aber was ihn am meisten beeindruckte waren die eleganten Linien des Glattdeckers. Das Schiff war wirklich eine Schönheit. Irgendwie war er sich ganz sicher, dass dieser Riss nicht auf dem Schnürboden einer britischen Werft entstanden war.

Der Midshipman brüllte hinüber: *»Shark!«* Damit zeigte er dem Wachhabenden an Deck an, dass sich der Kommandant an Bord der Gig befand.

»Klar bei Bootshaken!«

»Ist klar!«, bestätigte der Bugmann.

»Auf Riemen!«

Die Männer hörten auf zu pullen, die Riemen standen sauber waagerecht ausgerichtet über der Wasserfläche.

»Riemen ein!«

Geschickt steuerte Armstrong mit dem restlichen Schwung die Gig an die Bordwand, der Bugmann hakte in die Rüsten ein.

Turner erhob sich, schob den Säbel am Gürtel weiter nach achtern, um ihn beim Hinaufsteigen nicht zwischen die Beine zu bekommen. Er wäre beileibe nicht der erste Offizier gewesen, der durch einen Sturz beim Anbordgehen für einen großen Heiterkeitsausbruch gesorgt hätte.

Turner wandte sich an den Midshipman: »Mister Armstrong, gut gemacht!« Er packte die beiden weißen Handläufer und enterte geschickt die wenigen Stufen zum Oberdeck hinauf. Als sein Kopf auf Höhe des Decks war, begannen die Pfeifen des Bootsmanns und seiner Maaten zu zwitschern. Auch das war eine Premiere für Turner, und er spürte, dass ihn wieder dieses Gefühl überkam, schwerelos auf einer rosa Wolke zu wandeln. Er betrat das Deck und machte einen großen Schritt von der offenen Relingspforte weg, dann sah er sich um. Die Schiffsjungen standen mit weißen Leinen Spalier. Ein Leutnant erwartete ihn in strammer Haltung. Neben ihm stand Lennon und grinste dünn. Verdammt, es gab sogar eine Abteilung Seesoldaten unter der Führung eines Sergeanten und eines Korporals. Die Besatzung musste ohne die Seesoldaten über sechzig Köpfe stark sein. Wohin war er bloß geraten? Das musste ein Versehen sein. Ein Kutter, ja, das wäre in Ordnung gewesen, vielleicht auch eine Ketsch. Aber das sah hier ganz so aus, als ob das Schiff nur aus Versehen nicht als Sloop klassifiziert worden war. Nun ja, bei der Takelung war das nicht möglich, aber sonst …

Der Leutnant trat vor, salutierte zackig und meldete: »O'Bailey, Erster Leutnant, Sir. Die Mannschaft ist vollzählig angetreten!«

Turner tastete in seinem Uniformrock nach dem zusammengerollten Wimpel, reichte ihn dem Bootsmann, der mit unbewegter Miene und wie aus Fels gehauen vor seinen Maaten stand, dann suchte Turner nach seiner Bestallung, zog sie hervor, räusperte sich und begann sie mit lauter, weithin zu hörender Stimme zu verlesen:

»Hiermit werden Sie angewiesen, ohne Verzug das Kommando auf Seiner Britannischen Majestät Kriegsslup Shark *zu übernehmen, das Schiff seeklar zu machen und baldmöglichst klar zu melden …«*

Bei seinen letzten Worten wurde oben im Topp das Bündel des Kommandowimpels aufgerissen und der lange Wimpel schien sich zuerst zögerlich zu drehen und zu strecken, um dann elegant nach Lee auszuwehen. Diesen Augenblick würde William sein Lebtag nicht vergessen, und wenn er so alt wie der biblische Methusalem werden würde. Es war ein einschneidendes Erlebnis im Leben eines jungen Mannes, vielleicht vergleichbar mit dem ersten Kuss – nur schöner.

Als er geendet hatte, faltete er das Dokument zusammen und ließ seinen Blick langsam über die versammelte Mannschaft seines Kommandos gleiten. Was er sah, gefiel ihm. An der Kleidung, der Haartracht und den Gesichtern konnte er ablesen, dass der größte Teil der Besatzung aus alten Muschelrücken bestand, die ihr Handwerk von der Pike auf gelernt hatten. Was ihn etwas verwunderte, war der verhältnismäßig hohe Anteil an farbigen Seeleuten, die wahrscheinlich aus der Karibik oder den südlichen Gebieten der aufständischen Kolonien in Amerika stammten. Er zählte ungefähr fünfzehn schwarze Krausköpfe, deren Hautfarbe aber von hellem Milchkaffee bis zu schwarzem Mokka variierte. Aus Erfahrung wusste er, dass die Kariben in der Regel ausgezeichnete Matrosen waren. Die Seesoldaten in ihren roten Uniformröcken mit den mittels Pfeifenton geweißten Kreuzgurten und den schwarzen Hüten musterte er nur kurz, sie sahen wie immer martialisch und proper aus. Etwas länger ruhte sein Blick auf der kleinen Gruppe der Deckoffiziere. Bootsmann, Zimmermann, Stückmeister, Segelmacher, Schmied und Reepschläger mit ihren Maaten bildeten das Rückgrat eines jeden Schiffes der Marine. Von ihrem fachlichen Können konnte das Überleben der gesamten Besatzung abhängen. Das Grüppchen der Messeoffiziere war winzig: Zum Ersten Offizier gesellten sich nur noch der Segelmeister, der Schiffsarzt und der Zahlmeister hinzu. Die beiden Midshipmen standen etwas verloren zwischen den beiden Gruppen, sie waren ja in der Tat weder Fisch noch Fleisch. Den bulligen Armstrong kannte er ja schon, der andere bildete einen seltsamen Gegensatz zu dem kräftigem jungen Mann, der sicher schon seinen zwanzigsten Geburtstag hinter sich hatte und damit nur wenig jünger als Turner war. Der zweite Midshipman war erheblich jünger, vielleicht vierzehn oder fünfzehn Jahre, war nur mittelgroß, schlank und hätte in der entsprechenden Uniform auch als Südländer durchgehen können.

William Turner räusperte sich umständlich. Was, zum Teufel, sollte er den Männern sagen? »Ahem, Männer der *Shark*, ich bin kein Freund von vielen Worten, äääh, daher nur ein Satz, den ihr als Versprechen verstehen könnt. Tut eure verdammte Pflicht, so gut ihr es vermögt und noch ein klein wenig besser, dann habt ihr von mir und meinen Offizieren nichts zu befürchten!«

Die Männer sahen nicht sonderlich beeindruckt aus und scharrten mit den Füßen, den Spruch hatten sie schon oft gehört.

»Mister O'Bailey, lassen Sie die Männer wegtreten! Sorgen Sie bitte dafür, dass mein Gepäck in meine Kammer gebracht wird. Kommen Sie in einer halben Stunde zu mir nach unten in den Salon. Bis dahin: Weitermachen!«

»Aye, aye, Sir! Mister Dulac, zeigen Sie dem Herrn Kapitän den Weg! Bootsmann, das Gepäck des Kommandanten!«, lispelte O'Bailey mit einem unverwechselbar irischen Akzent.

Turner folgte dem kleinen Midshipman den Niedergang hinunter in sein Reich. Ein Seesoldat kam hinter ihnen die Treppe hinuntergepoltert, denn ab sofort würde Tag und Nacht ein Wachposten vor seiner Tür stehen und dafür sorgen, dass niemand unangemeldet in die geheiligten Gemächer des Kommandanten kam. Auch etwas, woran er sich erst würde gewöhnen müssen: Privatsphäre! Er grinste in sich hinein, endlich würde er in aller Seelenruhe in der Nase bohren dürfen, ohne befürchten zu müssen, dass ihn jemand dabei missbilligend beobachtete. Der Salon war zwar ziemlich klein, aber im Vergleich zu den Verschlägen, in denen er als Midshipman und Leutnant gehaust hatte, erschien ihm der Raum wie ein mittlerer Tanzsaal. Über die ganze Breite des Spiegels verlief unter den Heckfenstern eine Sitzbank, unter der sich Kästen als Stauraum für seine Sachen befanden. Auf beiden Seiten verliefen vom Frontschott aus, auf einer Länge von etwa acht Fuß, zwei Längsschotte nach achtern. An der Rückwand des einen Gelasses befand sich ein kleiner Schreibtisch mit einem darüber angebrachten Bücherregal, das bis zur niedrigen Decke reichte; an dem anderen schloss sich ein Weinschrank an. In einem dieser Kabäuschen befand sich seine Schwingkoje, in dem anderen eine winzige Pantry. In der Mitte des Raumes dominierte ein großer Esstisch mit einem halben Dutzend Stühlen.

»Danke, Mister Dulac. Sie können gehen.«

»Aye, Sir!«, piepste der Junge.

Kaum hatte er die Kabine verlassen, stieß der Seesoldat draußen mit dem Kolben seiner Muskete auf das Deck und trompetete: »Matrose Brown mit dem Gepäck des Herrn Kapitän!«

»Herein!«

Die Tür öffnete sich und ein großer Karibe trat ein. Er war hoch gewachsen, schlank und ziemlich hellhäutig. Nach und nach brachte er die Seekiste, den Seesack, die Hut- und Perückenschachtel sowie den Quadrantenkasten herein, dazu noch drei Kisten, die den schmalen Kajütproviant Turners enthielt. Den Abschluss machten vier Weinkisten.

»Von welcher Insel stammst du, Brown?«

»Guadeloupe, Sör!«

»Ist die nicht französisch?«

»Aye, Sir. Aber die See ist britisch.«

»Bravo, das nenne ich eine gute Antwort!« Er überlegte einen Augenblick. »Du bist Vollmatrose?«

»Aye, Sör.«

»Hast du Lust, Aufklarer bei mir zu werden, Brown?«

Der Mann blickte an ihm vorbei aus den Heckfenstern. Man sah, dass er den Vorschlag sorgfältig bedachte. Einerseits brachte die Stellung als Flunky des Kommandanten Vorteile und Privilegien, andererseits hob sie ihn von seinen Kumpels ab, denn er musste absolut diskret sein und durfte nichts von dem, was er im Salon hörte, nach draußen tragen. Es war nun keineswegs so, dass sich nicht jede Neuigkeit sowieso in Windeseile im Schiff herumgesprochen hätte, manchmal schon, bevor der Kommandant sie richtig zur Kenntnis genommen hatte. Das gehörte auch zu den unergründlichen Geheimnissen des Bordlebens. Aber keinesfalls durfte der Urheber des Klatsches eindeutig als der Bursche des Kapitäns auszumachen sein!

Turner wartete geduldig, dann schlug er Brown vor, um ihm die Entscheidung zu erleichtern, dass er den Job eine Woche auf Probe übernehmen sollte. Danach würde man weitersehen.

»Aye, Sör, das findet Tom fair.«

»In Ordnung, dann pack mal meine Plünnen aus, Tom. Viel ist es ja nicht ...«

»Aye, Sör.« Er machte sich umsichtig ans Werk und war in kürzester Zeit fertig. Er grinste und legte grüßend den Finger an die Stirn. »Alles verstaut, Sör, nach Navy Style!«

»In Ordnung, Tom. Danke«, erwiderte William in Gedanken versunken, denn er studierte die Schiffsbücher und hatte viel Stoff zum Nachdenken. Besonders die Unterlagen über die Kanonen hatten es ihm angetan. Schon beim Betreten des Decks war ihm aufgefallen, dass es sich um Waffen handelte, die ihm vollkommen unbekannt waren. Die Geschütze hatten extrem kurze Rohre, besaßen aber ein für ein Schiff dieser Größe ungewöhnlich großes Kaliber. Es handelte sich um 18-Pfünder, die zudem nicht auf den üblichen Radlafetten lagen, sondern auf Schlitten, die auf massiven Auflagen nach hinten rutschen konnten. Die Höhenrichtung erfolgte durch Spindeln, also nicht mehr durch Keile. Beim Seitenrichten entfiel das mühsame Herumdrücken der Lafette mit Handspaken quer zur Rollrichtung der Räder, denn die Auflage ruhte vorne auf einem massiven Metalldorn und achtern auf Rädern, die auf dem Kreisumfang rollten, dadurch konnte die gesamte Lafette in einem Kreisbogen geschwenkt werden. Man konnte daher einen wesentlich größeren Bereich seitlich bestreichen, ohne dass man einen Bruch der Brooktaue befürchten musste. Eine tolle Sache! Die schottische Gießerei Carron Iron Company hatte diese Waffe entwickelt und Karronade genannt. Die Geschütze kamen mit weniger Bedienungsmannschaft aus, waren leichter, beanspruchten weniger Raum, ließen sich schneller als die normalen Kanonen wieder feuerbereit machen und hatten bei Probeschießen eine gewaltige Zerstörungskraft bewiesen. Der Pferdefuß war, dass ihre Reichweite nur sehr begrenzt war. William blickte nachdenklich an die Decke. Das bedeutete für seine taktischen Überlegungen, dass er immer das Gefecht auf »Pistolenschussweite« suchen, Artillerieduelle auf größere Distanzen aber meiden musste wie der Teufel das Weihwasser. In dem Begleitschreiben der Admiralität wurde deutlich gemacht, dass man von ihm ausführliche Berichte über die Bedienung und die Wirksamkeit der Karronaden in der Praxis erwartete. Die *Shark* war also als Erprobungsplattform ausgewählt worden.

Weiter wurde er angewiesen, dafür zu sorgen, dass die

neuen Geschütze nicht in die Hand von fremden Marinen gelangten. Wie stellten sich die hohen Herren das vor? Sollte er das Schiff in die Luft jagen, sobald die Gefahr bestand, dass sie von einer Übermacht geentert wurden? Wahrscheinlich war genau das der Hintergedanke. Schließlich war die *Shark* nur ein unbedeutendes Schiffchen mit einem unbedeutenden Leutnant als Kommandanten! Sie waren Versuchskaninchen und man konnte sie entbehren, falls das Experiment schiefging. Aber es blieben noch weitere Fragen: Warum hatte er Seesoldaten an Bord? Was bedeutete der hohe Anteil von farbigen Matrosen? Weshalb waren so große Beiboote auf dem Deck zwischen den Masten gestaut? Diese Fragen würden wohl erst endgültig beantwortet werden, wenn er seine Einsatzbefehle in den Händen hielt.

Kapitel 5

April 1776, Biskaya

Der Sturm dachte nicht daran, seine tyrannische Herrschaft aufzugeben. Im Gegenteil: Nach acht Glasen um Mitternacht schien er sogar nochmals an Gewalt zuzulegen. Die Luft war mit fliegender Gischt erfüllt, das dröhnende Heulen und ohrenbetäubende Jaulen im Rigg sowie das schmerzhafte Quietschen und Knarren der gefolterten Verbände des geschundenen Schiffsrumpfes machten jede Kommunikation mit Worten nahezu unmöglich. Aber was gab es auch zu bereden?

Die Männer der Wache waren am Rande der Erschöpfung. Sie hatten keinen trockenen Faden mehr am Leib, unter Deck war das Bettzeug in den Hängematten ebenfalls durchnässt, kalt und klamm. Besonders die farbigen Matrosen aus der sonnigen Karibik litten unter der ungewohnten Kälte. Der Aufenthalt an Deck während der Wache kühlte die Männer aus, das ständige Ausgleichen der heftigen Schiffsbewegungen ermüdete sie und kostete viel Kraft. Die Verpflegung beschränkte sich zwangsläufig auf Schiffszwieback, harten Käse und Dünnbier. Der einzige Lichtblick des Tages war die Grogausgabe vor dem Wachwechsel mittags und abends. Der Alkohol wärmte zwar kurzzeitig den Magen an und weckte die Lebensgeister, aber die Wirkung ließ schnell wieder nach und verstärkte nur die bald einsetzende Lethargie und Müdigkeit.

Es mochte gegen zwei Glas auf der Morgenwache sein, als der Kapitän plötzlich den Kopf hob und unruhig die Nase in den Wind hielt. Es hatte sich etwas geändert. Der Wind war plötzlich kälter und fiel ein, zwei Strich achterlicher ein.

»Mister Lennon!«, röhrte Turner wie ein gereizter Stier.

Der Segelmeister arbeitete sich zu ihm nach Luv vor. Auch er hatte eine Veränderung registriert und versuchte aufmerksam die Dunkelheit mit seinen scharfen Augen zu durchdringen.

»Mister Lennon, der Wind scheint auszuschießen. Wir müssen Luvraum gewinnen! Finisterre kann nicht mehr allzufern in Lee lauern. Sobald die andere Wache an Deck kommt, teilen Sie die besten Matrosen zum Durchsetzen des stehenden Gutes auf der Backbordseite ein!«

»Ich verstehe, falls wir eine Wende oder gar eine Halse fahren müssen, könnten uns sonst die Masten von oben kommen, Sir«, brüllte Lennon zurück.

»In der Tat, Sir, aber immer schön eine Want nach der anderen.«

Turner konnte glücklicherweise den Blick von Lennon nicht sehen, in dem zu lesen stand: Jetzt erzählen die Küken schon der Henne, wie man ein Ei legt!

Zwei Stunden später war der Wind auf fünfundzwanzig bis dreißig Knoten abgeflaut und hatte nach Nordwesten gedreht. Die Seeleute schufteten an den Leinen des stehenden Gutes, denn die hohe Kreuzsee machte die Arbeit zunehmend gefährlich. Turner beriet sich mit seinem Ersten und dem Segelmeister, ob man anschließend gleich wieder die Toppstengen mit den Rahen und den Klüverbaum setzen sollte. Bei den kaum vorhersehbaren Bocksprüngen und Rollbewegungen, die das Schiff vollführte, barg diese

Arbeit erhebliche Gefahren für Männer und Schiff. Sollten sie allerdings untertakelt in eine Legerwallsituation geraten, würde es schwer werden, sich freizusegeln.

Unruhig marschierte der Kommandant auf dem Achterdeck hin und her. Irgendetwas stimmte nicht! Er blickte nach Luv. Auf den Kämmen der langen westlichen Dünung bildete sich die neue Windsee aus Nordwesten aus. Nein, das konnte es nicht sein, das war in Ordnung. Verärgert ging er zum Kompass, um den Kurs zu kontrollieren. Auch hier war alles korrekt. Missvergnügt tigerte er an die Backbordverschanzung und blickte über die See. Er strengte seinen übermüdeten Kopf an. Was stimmte hier nicht? Das Denken fiel ihm schwer, immer wieder bewegten sich seine Gedanken im Kreis. Sie waren jetzt rund 75 Stunden auf diesem Kurs, bei fünf Knoten Fahrt hatten sie demnach 375 nautische Meilen zurückgelegt, was bedeutete, dass sie am Nachmittag vor der spanischen Küste stehen würden. Aber wenn sie durchschnittlich nur einen viertel Knoten Fahrt mehr gemacht hatten, dann konnte das auch schon in etwa einer Stunde der Fall sein! Verdammt, verdammt, verdammt! Er blickte hoch zu den Marsen, in denen die Ausguckposten saßen. Die Männer ließen allem Anschein nach ihre Augen ständig aufmerksam herumwandern, aber es gab offensichtlich nichts zu melden. Achteraus im Nordwesten klarte das Wetter auf, aber voraus in den südlichen Quadranten war alles noch immer trübe und verhangen, die Wolken schienen mit dem Meer zu einer grauen Suppe zu verschwimmen. Düster blickte er wieder über die Seite auf die langen Rücken der ablaufenden Dünung mit den kleinen weißen Köpfen der frischen Windsee. Plötzlich wusste er, was ihn störte! Da war noch eine dritte Welle im Spiel. Sie war kaum zu erkennen, da sie keine weiße Schaumkrone hatte und sich auch nicht hoch auftürmte – aber sie war da: Die Reflexionswelle der

Küste! Schwarz und unheimlich wirkte sie in der Tiefe, traf auf den Rumpf des Schiffes und wollte ihn nach Luv drücken. Das war es, das hatte er gespürt!

Turner wirbelt herum und brüllte: »Mister O'Bailey, lassen Sie ›Alle Mann!‹ pfeifen! Und etwas plötzlich, wenn ich bitten dürfte!«

Der Bootsmann hatte den Befehl gehört und wartete nicht ab, dass der Erste ihn wiederholte, sondern setzte sofort seine Pfeife an die Lippen. Die Maaten folgten seinem Beispiel und brüllten in den Niedergang: »Alle Mann an Deck! Bewegung, Bewegung, ihr lahmärschigen Sumpfschildkröten!«

William ging zu O'Bailey hinüber und informierte ihn kurz. »Land in Lee! Wir müssen sofort wenden! Sofort, Sir!«

O'Bailey verschluckte sich fast und die Rudergänger sahen sich bedeutungsvoll an. Einer zischte: »So langsam wird mir der Alte unheimlich. Woher will er das denn wissen?«

Das Manöver war aufgrund der stark reduzierten Segelfläche eigentlich unkompliziert zu fahren, denn sie mussten nur den Bug des Schiffes durch den Wind drehen, was ihnen mit Hilfe des backstehenden Sturmklüvers gelingen sollte. Die beiden weit heruntergerefften Gaffelsegel würden kurzzeitig heftig killen, ihre Stellung musste aber kaum verändert werden. Wenn aber das Rigg in der Drehung durch das zu erwartende heftige Stampfen Schaden nahm, konnte das ihr sicheres Verderben bedeuten, denn die tödlich scharfen Klippen der felsigen Küste gaben kein Pardon!

Als alle Männer auf Position waren, drängten sich Turner, O'Bailey und Lennon um das Ruder. Das Schiff segelte jetzt voll und bei am Wind. Angestrengt stierten sie nach Luv. Fast wie aus einem Mund brüllten sowohl der alte Segelmeister als auch der Kapitän: »Jetzt!«

Sie hätten es nicht begründen können, aber sie wussten einfach, dass sich gleich an Steuerbord voraus zwei Wellenzüge der Kreuzsee so überlagern würden, dass für eine sehr kurze Zeit eine fast ruhige Wasserfläche entstand. Auch unter den kleinen Sturmsegeln machten sie noch ausreichend Fahrt, um genügend Schwung für das Manöver zu haben. Der Bug stampfte heftig in den heranrollenden hohen Seen, die Fahrt verlangsamte sich. Würde sich das Schiff im Wind festfahren und manövrierunfähig liegen bleiben? Durch ein kurzes Backstehenlassen des Sturmklüvers wurde der Bug herumgedrückt. Die Gaffelsegel knallten mörderisch, dann kam auch der Klüver mit einem lauten Knall über. Ein Dutzend Matrosen fielen in die Schot ein, um sie dicht zu holen. Der Rudergänger ließ die *Shark* ein, zwei Strich weiter als notwendig nach Steuerbord abfallen, um wieder Fahrt aufzunehmen, dann atmeten alle auf dem Achterdeck tief durch. Der Rand der Wolkendecke erreichte sie, und die ersten Sonnenstrahlen seit Tagen fielen auf das Deck. Müde streifte Turner den Südwester ab und fuhr sich mit den Fingern durch das verklebte Haar.

»Halten Sie gut voll und bei nach Norden, Mister O'Bailey. Der Wind flaut weiter ab. In einer Stunde werden wir beidrehen und unsere Spieren wieder aufriggen!«

»Aye, aye, Sir.«

»An Deck! Land in Sicht! Recht achteraus!«

Alle Köpfe flogen herum. Aus der grauen Suppe schob sich eine Unheil verkündende schwarze Masse drohend in die Höhe, die schroffen mörderischen Klippen Galiziens ragten hoch über ihnen auf. Sie konnten höchstens eine Seemeile entfernt sein. Einer der Rudergänger bekreuzigte sich, seine Lippen bewegten sich lautlos. Er schaute mit weit aufgerissen Augen zum Kommandanten hinüber, als würde er den Gottseibeiuns persönlich erblicken.

»Sie haben das Deck, Mister O'Bailey. Ich gehe in meine Kabine. Und, Sir, lassen Sie das Kombüsenfeuer wieder in Gang bringen und das Zwischendeck lüften!«

»Aye, aye, Sir.«

Als Turner verschwunden war, fragte der Erste Offizier den Segelmeister: »Woher wusste er, dass wir so dicht unter Land stehen? Und woran haben Sie beide erkannt, dass der Augenblick zum Wenden günstig für uns war?«

Lennon strich sich durch die weiße Mähne und blickte den jungen Iren lange nachdenklich an, dann meinte er leise, es wirkte fast wie ein Selbstgespräch: »Die erste Frage kann er Ihnen nur selbst beantworten. Nach meiner Erfahrung gibt es Seeleute, die müssen in einem ihrer früheren Leben Delphine gewesen sein und haben in ihrem Unterbewusstsein noch das Wissen dieser Meeresbewohner. Zur zweiten Frage kann ich nur sagen, das hat man einfach im Gefühl – früher oder später, Sir.«

»Sie glauben doch nicht wirklich, dass man nach seinem Tod wiedergeboren wird?«

»Warum nicht? Bis jetzt konnte mir noch keiner unserer Himmelslotsen beweisen, dass Wiederauferstehung und Wiedergeburt ein unauflöslicher Gegensatz sind. Es hat doch immerhin auch etwas sehr Verlockendes, wenn man sich vorstellt, dass so mancher Kerl, den man wegen seines miesen Charakters zutiefst verabscheut, das nächste Mal als Ratte oder Stinktier auf die Welt kommen wird und so manche, nun ja, Dame als Ferkel.«

»Ja«, gestand ihm O'Bailey bereitwillig zu, »die Vorstellung hat in der Tat was für sich.« Es war das erste Mal, dass Lennon den jungen Mann lächeln sah.

Als sie beigedreht hatten, kam Turner wieder an Deck und verfolgte von der Heckreling aus das Aufriggen der Spieren. Als die schwierige und wegen des nach wie vor hohen Seegangs gefährliche Arbeit beendet war, wandte er sich an den Leutnant: »Mister O'Bailey, das war gute Arbeit. Lassen Sie eine Extraration Grog an die Männer ausgeben.«

»Aye, Sir, und danke, Sir!«

Im Süden erstreckte sich die spanische Küste. Sie bildete eine scheinbar endlos lange und von Schluchten durchfurchte finstere Barriere, die von Ost nach West verlief. An dieser Mauer aus massivem Fels mussten sie entlanglaufen, bis sie wieder im freien Wasser des Atlantiks waren und auf einen südlichen Kurs abdrehen konnten, aber da der Wind weiter nach Norden gedreht hatte und mit handigen vier Windstärken wehte, war das für die *Shark* und ihre Besatzung ein Leichtes.

Turner wankte in seinem Salon an den Weinschrank, goss sich ein Glas mit purem Rum aus den Beständen des Zahlmeisters ein und setzte sich auf die Heckbank. Er legte die Beine auf die Bank und trank den scharfen Alkohol mit kleinen Schlucken. Er blies die Wangen auf und stieß dann langanhaltend die Luft aus. Das war knapp gewesen, verdammt knapp. Wenn er es recht bedachte, war es reines Glück gewesen, dass sie jetzt nicht schon mit den Fischen um die Wette schwammen.

Unten im Zwischendeck sahen die Verlierer der Wette missmutig zu, wie ihr Einsatz in den Taschen derjenigen verschwand, die sie um den zehnfachen Betrag hatten erleichtern wollen, wenn es am Mittag nach wie vor gestürmt hätte. Allen war jetzt klar, dass es sinnlos war, gegen die Hexenkünste von Wild Bull Turner sein Geld zu setzen. Besonders bei den farbigen Matrosen herrschte kein Zweifel daran, dass der Kommandant über einen mächtigen Zauber verfügte. Aber auch den übrigen Männern im Zwischendeck imponierte ihr Kommandant; mit so einem Kerl würden sie bis in die Hölle und zurück segeln. Sie ahnten nicht, dass sie genau dafür angemustert hatten.

Kapitel 6

März 1776, Themse

Der Tag verging schnell. Boote kamen längsseits und lieferten Ausrüstungs- und Versorgungsgüter an. Die bestallten Offiziere waren zusammen mit den Deckoffizieren der einzelnen Ressorts vollauf damit beschäftigt, die Listen abzugleichen und dem Kommandanten zur Unterschrift vorzulegen. Das war die Seite seiner neuen Dienststellung, die Turner überhaupt nicht gefiel, aber er wusste, dass er sich dieser ungeliebten Pflicht nicht entziehen konnte. Als endlich alles gezählt, sortiert und verstaut war, ließ er sich mit den Dokumenten an Land rudern, wo er im Werftbüro den Papierkrieg erledigte. Bei der Verabschiedung reichte ihm der Werftdirektor einen braunen Umschlag mit dem Siegel der Admiralität.

»Ihre Befehle, Sir. Übrigens, brauchen Sie einen Lotsen für die Fahrt flussabwärts?« Unausgesprochen schwang in dem Satz das Wörtchen *etwa* mit.

»Nein, danke, Sir. Wenn die Tonnen auf Position liegen, werden wir es schon schaffen.«

Was der Werftgrandie nicht wusste, nicht wissen konnte, war, dass Turner der Sohn eines Fischers aus Sussex war und mit Kuttern und sonstigen Seglern, die mit Schratsegeln ausgerüstet waren, seit seiner frühesten Jugend umzugehen gelernt hatte. Für die großen Linienschiffe, die auf den Werften in und um Chatham gebaut wurden, war das enge, stark gekrümmte Fahrwasser des Medway mit seinen Schlickbänken ein Horror, aber für die wendige *Shark* sah Turner kein Problem.

Wieder an Bord zog er sich in seine Kabine zurück und öffnete den Umschlag. Erwartungsgemäß wurde er angewiesen, draußen an den Dalben von den Pulverhulken das benötigte Schießpulver zu übernehmen, danach sollte er auf der Themse bei Sheerness ankern und sich am Mittwoch um vier Uhr nachmittags in der Schenke *The Flyingfishsailor* in Gravesend einfinden. Auf keinen Fall sollte er sich auf Gespräche mit den anderen Gästen einlassen. William rieb sich die Augen. Träumte er? So ein abstruses Schreiben sollte von der Admiralität stammen? Er prüfte das Siegel und die Unterschrift, konnte aber nichts Verdächtiges entdecken. Kopfschüttelnd verstaute er das Schreiben.

Am nächsten Morgen begannen sie eine gute Stunde vor Stauwasser mit dem Hieven des Ankers, also noch bei auflaufender Flut. Es war noch dunkel und die Seeleute liefen entsprechend lustlos im Kreis um das Ankerspill. Das änderte sich erst, als William dem Bootsmann befahl, einen Matrosen mit einer Fiedel auf den Spillkopf zu setzen, der mit seinem Spiel für etwas mehr Schwung sorgen sollte. Sobald der Mann einen fröhlichen Jigg aufspielte, wurde das Klackern des Palls am Spill schneller. Nach einer Dreiviertelstunde war der Anker kurzstags, die Gaffel- und Vorsegel wurden gesetzt, und das Schiff drehte in den Wind. Prüfend blickte William über die Seite und spuckte ins Wasser. Der Flutstrom war fast zum Stehen gekommen. Ein grauer Morgenhimmel hing über Chatham.

»Kerls, nun mal etwas hurtig! Holt den Schlickhaken aus dem Grund!«, brüllte er über das Deck nach vorn.

Kurze Zeit später kam die Rückmeldung: »Anker steht auf und nieder!«

»Außenklüver back an Steuerbord! Ruder hart Steuerbord!« Das Schiff sackte langsam achteraus.

»Anker ist aus dem Grund!«

»Schoten dicht! Über den Klüver!« Das Schiff nahm willig Fahrt voraus auf.

»Mittschiffs! Fier auf die Schoten auf halben Wind!« Turner brachte das Schiff in das Fahrwasser.

»Anker ist aus dem Wasser!«

»Mister O'Bailey, übernehmen Sie bitte das Deck und bringen Sie uns runter auf die Themse.« Er sah, dass O'Bailey schluckte und etwas blass wurde. Augenscheinlich hatte er nicht damit gerechnet, dass Turner ihn gleich mit dieser verantwortungsvollen Aufgabe betrauen würde. »Nun machen Sie schon, Mann, Sie müssen das Schiff ja schließlich nur zwischen den Tonnen halten!«

Das war leichter gesagt als getan, denn der Medway war kein schnurgerader Kanal, sondern mäanderte in vielen Schleifen durch das flache Marschland. Folglich musste O'Bailey ständig den Kurs und dementsprechend auch die Segelstellung ändern lassen. Aufgeregt flitzte er von einer Seite des Achterdecks zur anderen. Turner hatte sich achtern an der Heckreling gemütlich auf eine Backskiste gesetzt und winkte den Segelmeister zu sich heran. Der Posten der Seesoldaten verzog sich ganz auf die andere Seite.

»Eigentlich wäre ja das Ihr Part gewesen, Mister Lennon, aber dass Sie dieses Stückchen auch ohne Noten mit verbundenen Augen spielen können, ist mir klar, daher wollte ich mal sehen, was unser Kleiner so drauf hat. Der Wind ist günstig, da kann er eigentlich nichts verkehrt machen.«

Der alte Mann schmunzelte. »Schon recht, Sir, das bringt ihn ein wenig ins Schwitzen.«

In der Tat war O'Bailey bald schweißgebadet, und als noch zwei Fischkutter vor ihnen ins Fahrwasser einliefen, blickte er sich Hilfe suchend zu ihnen um. Aber die beiden Herren achtern waren allem Anschein nach in ein wichtiges Gespräch vertieft und schienen seine Besorgnis nicht zu bemerken. So musste er sehen, wie er allein klarkam. Kurz bevor sie die Themse erreichten, glaste die Schiffsglocke zum Wachwechsel und Lennon übernahm das Deck. Man hörte förmlich den Stein auf das Deck poltern, der dem Ersten vom Herzen fiel.

Zur Übernahme des Pulvers verholten sie in der Einöde des Themsewatts. Man hatte dort weit entfernt von allen menschlichen Behausungen Dalben in den Grund gerammt, an denen die Pulverhulken vertäut waren, denn trotz aller Sicherheitsvorkehrungen kam es bei der Übernahme der vielen Fässer mit Pulver gelegentlich zu einem Unfall. So konnte ein Pulverfass auf das Deck fallen und zerspringen, der kleinste Funkte reichte dann aus, um eine Explosion zu verursachen. Danach gab es kein Schiff mehr, welches das Pulver laden wollte, und auch keine Pulverhulk, selbst die Dalben mussten neu gerammt werden. Aber Leutnant O'Bailey hatte alle Vorbereitungen getroffen. Die Decks wurden durch die Pumpen ständig feucht gehalten und jede auch noch so kleine Pulverspur, die aus einem undichten Fass rieselte, wurde sofort beseitigt, und daher lief alles ohne Probleme ab. Schließlich ankerten sie am Dienstagabend auf einem bei diesem Wind sicheren Ankerplatz vor Sheerness.

⚓

Am Mittag des folgenden Tages ließ Turner den Kutter klarmachen. Die beiden kurzen Masten wurden aufgeriggt und nach dem Ablegen setzten sie die Luggersegel. Mit dem Flutstrom kamen sie schnell voran und erreichten frühzeitig Gravesend. Sie machten an einer Pier fest und Turner ließ das Boot unter dem Kommando von Midshipman Armstrong zurück. Die Mannschaft war handverlesen, sodass mit Desertionen nicht zu rechnen war. Armstrong würde ein scharfes Auge darauf haben, dass kein Schnaps an Bord kam. Er mochte vielleicht nicht der Klügste sein, wenn es um theoretische Probleme ging, dafür sprach die Tatsache, dass er in seinem Alter immer noch nicht das Leutnantsexamen bestanden hatte, aber den praktischen Dienst beherrschte er aus dem Effeff.

William kletterte auf den Kai und sah sich suchend um. An der Wasserfront gab es mehrere Kneipen, die alle keinen sonderlich vertrauenerweckenden Eindruck machten. Er wanderte die Hafenstraße hinunter und entdeckte schließlich auch das gesuchte Pub. Er trat ein, holte sich ein Glas Ale am Tresen und suchte sich einen Platz an einem Tisch an der Wand. Niemand achtete hier auf einen einzelnen kleinen Marineleutnant. Unauffällig musterte er die Gäste. Es war die Mischung, die man in dieser Umgebung erwarten konnte: Fischer, Hafen- und Werftarbeiter, dazu ein paar zwielichtige Gestalten. Er war gespannt, wie sich der Abend weiter entwickeln würde. Plötzlich erhob sich am Tresen ein lautes Stimmengewirr. Fäuste wurden geschwungen und zwei ziemlich angetrunkene Burschen beschimpften sich unflätig. Ein dritter wollte sich schlichtend einmischen, bekam aber von den beiden Streithähnen einen unsanften Stoß, der ihn bis an den Tisch des Leutnants befördert. Mühsam mit dem Gleichgewicht kämpfend stützte er sich schwer auf die Tischplatte. William spürte, dass ihm ein Zettel unter die

Handfläche geschoben wurde, dann drehte sich der Mann auch schon wieder um und kehrte laut schimpfend an den Tresen zurück, wo sich die beiden Streithähne noch immer finster anstarrten. Der Kerl lachte plötzlich dröhnend auf und polterte dann: »Gebt Ruhe, Kumpels, ich gebe einen aus!« Die Gesichter entspannten sich, und schon herrschte wieder friedvolle Einigkeit.

Unter der Tischplatte entfaltete Turner den Zettel und las: *Hinterausgang/über den Hof/rechte Seite/letzte Tür.* Niemand schenkte ihm Beachtung, als er der Beschreibung folgte und gleich darauf in einem engen Flur stand. Aus einer Tür drang ein schwacher Lichtschein. Eine Stimme rief: »Treten Sie ein, Leutnant Turner!« Er öffnete die Tür und sah sich um. Das Zimmer war klein, vor dem Fenster befand sich ein dicker Vorhang, zwei geschlossene Türen führten vermutlich in andere Räume. Als einzige Lichtquelle diente der Kamin, in dem ein kräftiges Feuer brannte. In der Mitte des Raumes stand ein Tisch und an den beiden Schmalseiten jeweils ein Stuhl. Auf dem der Tür gegenüberstehenden saß ein Mann in Zivil. Er schien eine Vorliebe für die Farbe Grau zu haben, denn sein Anzug, seine Weste und auch sein Halstuch waren in verschiedenen Grautönen gehalten. An einem nebligen Londoner Novembertag ist der Kerl auf der Straße glatt unsichtbar, dachte Turner spöttisch. Auf der Tischplatte lagen ein grauer Zylinder, graue Handschuhe und ein dickes in Segeltuch eingeschlagenes Päckchen mit den Siegelschnüren der Admiralität. Die Haare des Mannes waren allerdings ein Stilbruch: Sie waren wie der schmale Oberlippenbart fahlgelb, die Augenfarbe war undefinierbar, aber sie blickten so kalt wie die eines toten Fisches.

»Mister Turner, schließen Sie die Tür und setzen Sie sich.«

William tat, wie ihm geheißen.

»Mein Name tut nichts zur Sache, Leutnant, aber wenn Sie wollen, können Sie mich Mister Hermes nennen.«

Sehr witzig, dachte William, Hermes der Götterbote, dass ich nicht lache.

»Die Admiralität hat Sie für eine besondere Mission ausgesucht, Leutnant Turner.« Als William einen Mundwinkel schief nach unten zog, fuhr er fort. »Ihre Lordschaften verstehen es durchaus, auch zwischen den Zeilen von Beurteilungen zu lesen, Sir. Dass Sie von einigen Ihrer Kommandanten schlecht beurteilt wurden, ist fast so etwas wie ein Ritterschlag. Sie sind ein harter Knochen, wie man wohl in Ihren Kreisen zu sagen pflegt, und bis zu einem gewissen Grad sind Sie brutal und skrupellos, wenn es gilt, Erfolg zu haben. Genau diese Eigenschaften sind für die vor Ihnen liegende Aufgabe vonnöten.

Unsere Flotte und unsere Armee in den aufständischen amerikanischen Kolonien werden in einem erheblichen Umfang durch Frachtschiffe aus unseren karibischen Besitzungen versorgt. Das ruft Piraten und Freibeuter mit französischen und spanischen Kaperbriefen auf den Plan, obwohl beide Länder offiziell noch neutral sind. Aber in letzter Zeit häufen sich die Schiffsverluste in einem unerträglichen Maß. Große Schiffe mit wertvollem Nachschub verschwinden einfach mit Mann und Maus! Daher sind wir zu der Überzeugung gekommen, dass es in der Administration unserer Kolonien einen Verräter geben muss, der die Abfahrtstermine und Routen unserer Versorger und Geleitschiffe dem Feind weitergibt.

Sie werden mit Ihrem Schiff offiziell als Vermessungsschiff in das Einsatzgebiet geschickt. So verbleiben Sie unter dem ausschließlichen Befehl der Admiralität und können außerdem Ihre neugierige Nase in jede Bucht hineinstecken. Vielleicht stellen Sie mit Ihrem schmucken Schoner für den

Feind auch einen interessanten Köder dar …« Der Mann lächelte dünn.

Turner atmete scharf ein. Die Vorstellung, den Lockvogel zu spielen, konnte nur ein Schreibtischhengst komisch finden. Positiv war allerdings, dass er direkt der Admiralität unterstellt blieb, denn das sicherte ihm die völlige Unabhängigkeit von den Weisungen der örtlichen Admirale.

Der Mann in Grau nickte ihm zu und fuhr dann fort: »Räuchern Sie jedes Piratennest gnadenlos aus! Versenken Sie jedes Schiff unter französischer oder spanischer Flagge, das Sie in flagranti erwischen, jedes, das den Jolly Roger[1] führt. Dasselbe gilt für Schiffe mit einer Flagge der aufständischen Kolonisten, wenn Sie sie bei ungesetzlichen Aktionen stellen. Nehmen Sie die Schiffe als Prise. Drehen Sie die Besatzungen gehörig durch die Mangel, um auf die Spur der Hintermänner zu kommen. Dabei könnte ein gewisses Maß an, ääh, nun sagen wir mal, Druck hilfreich sein.

Es *muss* Ihnen gelingen, den Drahtzieher aufzuspüren! Machen Sie ihn dingfest oder schalten Sie ihn aus! *Uns* wäre, äääh, sehr damit gedient, wenn der Betreffende einen tödlichen Unfall hätte oder an einer schweren Krankheit versterben würde – wenn Sie verstehen, was ich meine.«

»Aye, Sir, ich habe verstanden!« In Turners Kopf überschlugen sich die Gedanken. Der Kerl hatte ihm eben nahezu unverblümt einen Mordauftrag erteilt und ihn außerdem angewiesen, Gefangene zu foltern, um Informationen aus ihnen herauszupressen.

»Sehr schön, Leutnant Turner. In Ihren Befehlen werden Sie sehr weitgehende Vollmachten finden. Im Erfolgsfall können Sie mit unserer Dankbarkeit rechnen. Allerdings wird Ihr Name ganz gewiss nicht lobend in der *Gazette* erwähnt. Unsere

---

1 Piratenflagge

Belohnungen pflegen wir immer sehr großzügig, aber dezent abzuwickeln. Über die Möglichkeit eines Fehlschlags und den sich daraus ergebenden Folgen möchte ich nicht spekulieren. Das liegt doch ganz in Ihrem Interesse, Leutnant, nicht wahr«, fuhr er mit derselben leidenschaftslosen Stimme fort, mit der er seine gesamten Ausführungen vorgetragen hatte.

»Aye, aye, Sir.« Turner war sich absolut darüber im Klaren, dass er soeben eine handfeste Drohung – in Samthandschuhen verpackt – gehört hatte.

»Noch Fragen?« Hermes schob ihm das Päckchen über dem Tisch zu. Es war klar, dass er keine erwartete. »Sie können mich übrigens unter der Adresse *Hermes Shipping Agencies* hier in London brieflich kontaktieren. Ach ja, noch etwas, ich würde Ihnen empfehlen, von Ihren weitreichenden Befugnissen keinen allzu exzessiven Gebrauch zu machen. Kommandierende Admirale und Generäle finden es nur bedingt komisch, wenn ihnen ein lumpiger kleiner Leutnant Vorschriften macht, auch wenn er als *unser* Sprachrohr auftritt. Zumindest haben diese Herren ein langes Gedächtnis für derartige Dinge. Also Fingerspitzengefühl und die bittere Medizin nur in kleinen Dosen verabreichen. Ach ja, da wir schon bei kleinen Dosen sind. Was den Alkohol angeht, in unserem Geschäft kann der Suff fatale, fast bin ich geneigt zu sagen, finale Folgen zeitigen, und das nicht nur für Sie!« Er blickte ihn mit seinen farblosen kalten Fischaugen durchbohrend an. »Nun bleibt mir nur, Ihnen viel Glück und Erfolg zu wünschen, Sir.«

Einen Augenblick lang hatte William das Gefühl eines Déjà-vu, das hatte er doch vor kurzem schon mal gehört.

»Ach ja, Leutnant, nehmen Sie gleich die erste Tür links, wenn Sie hier aus dem Zimmer kommen, sie führt in eine Nebengasse. Man muss Sie in der Gaststube nicht mit dem dicken Päckchen unter dem Arm sehen. Guten Abend.«

»Guten Abend, Sir.«

Turner stolperte durch die enge, dunkle Gasse und fand sich gleich darauf auf der Hafenstraße wieder. Schnell marschierte er zum Anleger und sprang in das Boot.

»Ablegen, Mister Armstrong! Zurück zum Schiff.«

»Aye, aye, Sir.«

William kuschelte sich in seinen Bootsmantel, zog den Kopf tief in den hochgeschlagenen Kragen und hing finsteren Gedanken nach. Da war er ja in eine schöne Geschichte hereingeraten. Das stank nach fieser Politik auf höchster Ebene. Töten in einem Gefecht war eine Sache, Mord und Totschlag eine andere, auch im Namen von, ja, in wessen Namen eigentlich? Wer waren *wir*? Hermes, dass ich nicht lache, der Gott der Händler und der Diebe, dachte er. Aber wo war eigentlich der Unterschied? Er selbst tötete im Gefecht völlig ohne Gewissensbisse Franzosen, mit denen er wahrscheinlich in Friedenszeiten freundschaftlich ein paar Fläschchen ihres hervorragenden Weines leeren und Garn spinnen würde, wenn die Messieurs denn Englisch sprachen. Wenn er aber eine miese Ratte ihrem verdienten Ende zuführen sollte, die im Hintergrund durch Verrat dafür sorgte, dass ehrliche Seeleute von Piraten massakriert wurden und die Soldaten des Königs keinen Nachschub erhielten und deshalb elendig verreckten, dann hatte er Skrupel. Er seufzte. Die Welt war verrückt, völlig verrückt! War Hermes eigentlich auch der Gott der Meuchelmörder?

Kapitel 7

April 1776, auf See

Nachdem sie die Nordwestecke Spaniens gerundet hatten, waren sie auf einen südwestlichen Kurs gegangen. Die *Shark* stürmte unter vollen Segeln wie ein edles Rennpferd vorwärts, am Vorsteven flog die Gischt in die Höhe wie der Schaum vom Maul eines galoppierenden Vollblüters. Turner hatte die Order ausgegeben, nach Möglichkeit immer auch West zu machen, nur wenn der Nordwind schwächer zu werden drohte, sollte der Kurs weiter nach Süden geändert werden. Anschließend war er unter Deck verschwunden. Erst am nächsten Morgen erschien er in der Dämmerung wieder an Deck, gerade als die Ausgucksleute nach oben in die Toppen aufenterten, um den langsam heller werdenden Horizont nach Segeln abzusuchen. Aber sie schienen auf der blauen Wasserwüste die einzigen Lebewesen weit und breit zu sein.

Turner schritt mit hinter dem Rücken verschränkten Armen auf der ihm vorbehaltenen Luvseite auf und ab. Ihm war seit der hastigen Ausfahrt von der Themse nicht viel Zeit zum Überlegen geblieben. Er musste Schiff und Mannschaft in den Griff bekommen, daher war es seine vordringlichste Pflicht, sich ein Bild von den Manövriereigenschaften des Schiffes, der Qualität seiner Offiziere und dem Ausbildungsstand der Besatzung zu machen. Folglich war die

Reise den Kanal hinunter angefüllt gewesen mit allen nur denkbaren Manövern. Er hatte alle Register gezogen und die gesamte Partitur vor- und rückwärts durchspielen lassen. Er hetzte seine Männer durch endlose Abfolgen von Wenden, Halsen, Reffmanövern, Streichen von Rahen und Stengen, Beidrehen, dem Aussetzen von Booten, dem Ausbringen von Lecksegeln und dem Gefechtsklarmachen des Schiffes. Er hatte registriert, welche Geschwindigkeit das Schiff bei gleicher Windstärke auf den unterschiedlichen Kursen zum Wind lief und wie hoch man mit oder ohne Rahsegel an den Wind gehen konnte. Wenn die Matrosen erschöpft dachten, jetzt könne dem Alten nichts Neues mehr einfallen, folgte Geschützdrill bis hin zum Schießen mit scharfer Munition auf treibende Fässer. Dabei war dem Stückmeister, Turner und auch anderen erfahrenen Artilleristen aufgefallen, dass die Brooktaue der Karronaden zu schwach ausgelegt waren, was zusätzliche Arbeit für die Geschützbedienungen brachte, denn sie mussten stärkere Seile zurechtschneiden, betakeln und scheren. Die Männer hatten geflucht und gestöhnt, aber sie hatten auch erkannt, dass er seinen Job verstand und sich kein X für ein U vormachen ließ. Die harte Arbeit schweißte die Seeleute zu einer Gemeinschaft zusammen und es erfüllte sie mit Stolz, dass sie die geforderten Manöver perfekt beherrschten. Später, als sie auf der Höhe der Scilly Islands in den Sturm gelaufen waren, hatte sich der vorangegangene Drill ausgezahlt.

Während er weiter auf und ab marschierte, fiel ihm die Unterredung mit dem geheimnisvollen Mister Hermes wieder ein. Sobald auf der letzten Hundewache Ruhe an Deck eingekehrt war, hatte er seine Befehle Wort für Wort studiert und auf mögliche Stolperfallen untersucht, die ihn vor einem Kriegsgericht den Hals kosten konnten. Sie waren im Ton wesentlich vorsichtiger abgefasst als seine mündlichen

Instruktionen. Von einem Mordauftrag war darin nichts zu lesen – natürlich nicht! Vielmehr wurde als offizielles Ziel ihrer Mission die hydrographische Vermessung bestimmter inselnaher Seegebiete angegeben.

Er hatte sich schon auf der Rückfahrt zur *Shark* über das ungewöhnliche Gewicht des Päckchens gewundert. Es war allerdings üblich, die Umschläge solch delikater Befehle mit Bleigewichten zu beschweren, damit der Kommandant sie über Bord werfen und versenken konnte, wenn die Gefahr bestand, dass sie in die Hand des Feindes fallen konnten. Des Rätsels Lösung waren fünf Rollen mit goldenen Münzen, die ihm, wie es in einem Anschreiben hieß, zur Verfügung standen, um sich Informationen zu beschaffen oder sich die »Gunst« wichtiger Männer zu erkaufen – selbstverständlich gegen genaue Rechnungslegung. William fragte sich, wie das gehen sollte. »Bitte, Herr Oberst, wenn Sie hier quittieren wollen, dass ich Sie gerade mit £ 100 bestochen habe …« Einhundert Pfund, puh! Um die zu verdienen musste er fast acht Jahre lang dieses Schiff kommandieren, und hier lagen £ 1.000 in purem Gold vor ihm auf der Tischplatte. Ein veritables Vermögen für einen armen Schlucker, wie er einer war. Aber er machte sich keine Illusionen. Falls er den Einsatz überleben sollte, würden die Sesselpuper der Admiralität von ihm Rechenschaft über jeden rostigen Penny verlangen. Jede Ausgabe, für die er keine stichhaltige Begründung liefern konnte, würde man ihm vom Sold abziehen. Bei dieser Aussicht wünschte er sich, die Beredsamkeit seines Großvaters geerbt zu haben, der als Prediger in einem wortgewaltigen, wenn auch vermutlich nur selten erfolgreichen Kampf um die Seelen seiner Herde stand, die zu einem nicht unwesentlichen Teil aus hartmäuligen Schmugglern, Wilddieben und Straßenräubern bestand. Der Reverend würde es mit seiner Suada fertig bringen, sogar einen verknöcherten Buchhalter der Admiralität um seines Seelenheils willen zu überzeugen, das fehlende Geld aus eigener Tasche zu bezahlen – oder die Bücher zu fälschen.

Die Schreiben an die hohen Herren in Amerika ließen wirklich an Deutlichkeit nichts zu wünschen übrig. Die Gouverneure und militärischen Befehlshaber wurden unmissverständlich aufgefordert, ihm jede Hilfe bei der Ausrüstung und Bemannung seines Schiffes zukommen zu lassen und ihn auf Verlangen mit allen ihnen zur Verfügung stehenden Kräften zu unterstützen. Unterschrieben waren die Schreiben vom Ersten Lord der Admiralität und vom Premierminister des Königs persönlich. Das also waren die hohen Herren, die sich hinter dem nebulösen »wir« von Hermes versteckten. Den Herren in London musste wirklich sehr daran gelegen sein, den Verräter zur Strecke zu bringen.

In der frischen Brise auf dem Achterdeck wurde ihm jetzt vieles klar, worüber er sich gewundert hatte und das er nicht recht hatte einordnen können. So hatte man die *Shark* offensichtlich deshalb ausgewählt, weil sie in den Kolonien gebaut worden war und in den dortigen Gewässern nicht sonderlich auffallen würde. Sie war von den Rebellen als Kaperschiff eingesetzt, aber in einer Bucht von britischen Fregatten gestellt worden. Die Amerikaner waren zwar mutige und tapfere Männer, aber keine Selbstmörder. Angesichts ihrer aussichtslosen Lage hatte die Mannschaft versucht, die *Shark* in Brand zu stecken, und sich dann an Land zu retten. Den Brand hatte das Prisenkommando jedoch schnell löschen können. Sie war ein ungewöhnlich schnelles Schiff, das auch sehr hoch an den Wind gehen konnte. Allerdings hatte man in der Werft ihre Bewaffnung verändert. Die Slup trug jetzt auf jeder Seite acht der völlig neu entwickelten 18-Pfünder-Karronaden, nur auf dem Vorschiff befanden sich noch zwei 6-Pfünder mit langen Rohren als

Jagdgeschütze. Die Karronaden verliehen dem Schiff eine gewaltige Feuerkraft im Nahkampf, mit der es möglicherweise sogar gegen eine Fregatte bestehen konnte. Die Sache würde nur eng, wenn sie auf ein Schiff trafen, das ähnlich wendig und schnell war wie sie, aber über lange Kanonen verfügte. Das konnte sich außerhalb ihres sehr beschränkten Feuerbereichs halten und sie in aller Ruhe zu Kleinholz verarbeiten, immer vorausgesetzt, der Feind wusste um ihre Unzulänglichkeit im Artillerieduell auf große Entfernungen.

Auch die Anwesenheit der Seesoldaten und der für das Schiff unverhältnismäßig großen Barkasse an Deck machte jetzt Sinn, denn Landungsunternehmungen würden zu ihrem Alltag gehören. Er maß jetzt auch den vielen Kariben und Loyalisten aus den amerikanischen Kolonien einen anderen Stellenwert bei. Diese Männer waren ortskundig, sprachen die Inseldialekte und konnten ihn über örtliche Besonderheiten der Gesellschaft aufklären. Manch einer hatte sicher auch noch mit seinen früheren Landsleuten ein Hühnchen zu rupfen.

Turner war froh, dass Tom den Job als Bursche und Bootssteurer bei ihm angenommen hatte. Wenn William es geschickt anstellte, würde Tom ihm viel Interessantes über seine Kameraden mitteilen können. Allerdings durfte bei der Mannschaft nicht der Eindruck entstehen, dass er ihn als Spion missbrauchte. Aber zunächst musste er erst mal seinen Offizieren auf den Zahn fühlen. Er schaute auf und sah, dass der Segelmeister Dienst hatte.

»Mister Lennon, auf ein Wort bitte.«

»Sir?«

»Wie hat es Sie eigentlich auf dieses Schiff verschlagen? Mit Ihrer Erfahrung könnten Sie doch auch auf einem Linienschiff dienen, auf dem es ruhiger zugeht und Sie das Dreifache verdienen.«

Lennon blickte an ihm vorbei in die Ferne. »Ich habe mich schon gefragt, wann Sie darüber stolpern würden, Sir. Nun, man hat mir auf der Admiralität diesen Posten angeboten, weil die Herren dort ganz genau wissen, dass ich sehr hartnäckig bin und alles ganz genau wissen will.«

»Wie soll ich das verstehen, Sir? Sie sind hier an Bord, weil Sie neugierig sind?«

»Aye, Sir, aber neugierig ist wohl nicht ganz das passende Wort. Ich möchte zu gerne wissen, was aus meinem Sohn und seinem Schiff, der *Pride of Liverpool* geworden ist. Er war der Kapitän des Westindienfahrers.«

»Er ist in der Karibik verschollen?«

»Richtig, Sir. Auf dem Weg von Baltimore nach Antigua.«

»Nun, Sir, die Navigation in den Gewässern der Bahamas und Antillen ist wegen der vielen Untiefen nicht ungefährlich, da sind Schiffsverluste nicht ganz ungewöhnlich.«

»Aye, Sir. Aber er ist außerhalb der Hurrikansaison verschwunden und er war ein vorsichtiger Mann. Außerdem hatte er einen sehr guten Ausbilder, müssen Sie wissen, Herr Kapitän.« Lennon lächelte mit zusammengekniffenen Lippen sein dünnes humorloses Lächeln.

»Ich verstehe, Sir. Was für einen Grund könnte Ihrer Meinung nach sein Verschwinden haben?«

»Kaperer! Freibeuter! Blockadebrecher! Schmuggler! Mörderische Schufte allesamt – unter welcher Flagge auch immer, Sir.«

»Auf der Admiralität hat man Ihnen gesagt, dass wir diese verdammten Schurken jagen sollen?«

»Nun ja, offiziell sollen wir wohl Vermessungen vornehmen, aber das erlaubt uns natürlich, unsere vorwitzige Nase in jede Bucht und jede Flussmündung hineinzustecken. Wer weiß, was man da so entdeckt, nicht wahr, Sir?«

»Ja, Mister Lennon, wer weiß das schon. Ich möchte Sie übrigens für heute Abend zu einem kleinen spartanischen Dinner zu mir in den Salon einladen. Ihr Steuermannsmaat kann doch sicher Ihre Wache übernehmen.«

»Gewiss, Sir. Danke, Sir.«

»Schön, Mister Lennon. Weiter gute Wache.«

»Danke, Sir.«

⚓

Gegen sechs Glasen auf der Vormittagswache kam Turner wieder an Deck. Er lud Leutnant O'Bailey ebenfalls zum Dinner ein, dann unterhielt er sich intensiv mit ihm. Es stellte sich schnell heraus, dass auch O'Bailey durchaus persönliche Gründe hatte, die ihn an Bord der *Shark* getrieben hatten.

»Meine Familie ist, wie so viele andere auch, aus dem hungernden unterdrückten Irland in die Kolonien gezogen.« Bei diesen aufsässigen Worten sah er Turner scharf an, aber der schien den Affront, der gegen die Politik der Krone in Irland zielte, überhört zu haben. »Um genau zu sein, nach Maryland. Wir haben dort gutes Land gefunden und eine sehr erfolgreiche Pferdezucht aufgebaut. Dann brach die Rebellion aus.« Er zögerte und schluckte. »Ahem, wie Sie sich denken können, waren unsere Gefühle durchaus zwiespältig, Sir, schließlich gelten die Iren nicht umsonst als, nun ja, aufrührerisch. Das kümmerte aber unsere bigotten Yankeenachbarn nicht. Sie hetzten gegen meine Familie, beschimpften sie als notorische Tories, verdammte papistische monarchistische Speichellecker. Wie das zusammenpassen sollte, weiß ich nicht, aber wahrscheinlich kam es darauf auch gar nicht an. Eine Nachts gingen unser Wohnhaus und die Ställe in Flammen auf, mein Vater und mein älterer Bruder wurden von den Rebellen geteert, gefedert und aufgehängt. Meine Mutter haben sie mit Forken an das Scheunentor genagelt. Meine beiden Schwestern sollen in dieser Nacht sehr lange und sehr laut geschrien haben, sie sind seitdem verschwunden. Die wertvollen Pferde waren weg. Wer die Schurken waren, ließ sich nicht ermitteln, hieß es offiziell, dabei pflasterten Leichen ihren Weg. Um das Land kümmert sich seitdem unser Nachbar, der ehrenwerte Lord Dunbar. Er hat mir brieflich versichert, er würde alles treuhänderisch für mich verwalten. Ich könne ihm vertrauen, schließlich wäre er eine hoch gestellte Persönlichkeit in der königlichen Administration der Kolonie. Aber was soll es da noch groß zu verwalten geben?«

»Verdammt, Mister O'Bailey, da tragen Sie aber ein verflucht schweres Päckchen mit sich herum. Sie haben nur überlebt, weil Sie auf See waren?«

»So ist es, Sir.«

»Ich verstehe Ihre Wut nur zu gut, aber denken Sie daran, zuerst kommt das Schiff. Da ist kein Platz für persönliche Rachefeldzüge.«

»Selbstverständlich nicht, Sir. Aber sollten wir mal in der Chesapeake Bay etwas zu erledigen haben, könnte man ja einen Blick auf meinen Besitz werfen. Im Übrigen kenne ich dort natürlich jeden Creek und jeden Stein. Dort habe ich segeln gelernt.«

»Gut zu wissen, Mister O'Bailey.«

»Übrigens bin ich nicht der Einzige, der auf die Rebellen nicht gut zu sprechen ist. Unterhalten Sie sich mal mit dem Bootsmann und dem Steuermannsmaaten.«

»Das werde ich, Sir. Das werde ich ganz bestimmt«

Nach der ersten Hundewache versammelten sich die geladenen Dinnergäste in der Staatskabine. Es wurde eng. Der Kommandant saß am Kopfende der Tafel, ihm gegenüber wurde als jüngster der kleine Midshipman Yves Dulac platziert. An den beiden Längsseiten drängten sich O'Bailey, Lennon, der Schiffsarzt Ian MacKinnon, der Zahlmeister Frank Pulleye und Midshipman Armstrong.

William war ein armer Schlucker, daher konnte er seinen Offizieren keine außergewöhnlichen Genüsse bieten. Nachdem Tom in Chatham mit hochgezogenen Augenbrauen seine Kabinenvorräte gemustert hatte, war er zu ihm gekommen und hatte um ein oder zwei Pfund gebeten, um noch einige Einkäufe zu tätigen. Das zahlte sich heute aus. Tom hatte nämlich noch ein paar exotische Gewürze besorgt, der Teufel mochte wissen, wo er die in Chatham aufgetrieben hatte, aber mit deren Hilfe war es ihm gelungen, der üblichen Schiffsverpflegung einen außergewöhnlichen Touch zu geben. Williams Wein war ein ganz trinkbarer Bordeaux. Als Sohn eines Fischers – oder sollte man besser Schmuggler sagen – verstand William durchaus etwas von einem guten Tropfen. Seine Mutter war, wie schon erwähnt, die Tochter des Pastors und der hatte seine Zustimmung zu der Heirat – Mesalliance hatte er vorher getönt – erst gegeben, nachdem sein zukünftiger Schwiegersohn mit einer Kiste erstklassigen Burgunders bei ihm aufgetaucht war. Nachdem sie jeder zwei oder drei Fläschchen geleert hatten, hatten sie sich darauf geeinigt, dass sie ja irgendwie Kollegen waren. Der eine fischte Menschen, der andere die schuppigen Außenbordskameraden ... Der Herr Pastor stammte von der Küste in Sussex. Er kannte seine Schäfchen und wusste um ihre Stärken und menschlichen Schwächen, die ihm persönlich auch nicht ganz fremd waren. Wer so einen guten Wein zu schätzen wusste, konnte kein schlechter

Mensch sein – gleichgültig, wie die Flaschen in seinen Besitz gekommen waren. So einem Mann konnte man getrost auch die Zukunft seiner Tochter anvertrauen.

Das Essen verlief zuerst recht steif und wortkarg. Nach dem Käse, als das Tischtuch weggezogen wurde, richteten sich alle Blicke auf Midshipman Dulac. Der Ärmste wurde puterrot und wusste zuerst nicht, was man von ihm erwartete. Erst als alle zu ihren Gläsern griffen und sie erwartungsvoll vor die Brust hoben, begriff er, was man von ihm erwartete. Also packte auch er sein Glas und krähte: »Auf Seine Majestät, den König!«

»Auf den König!«, antwortete die Tafelrunde und schon bald waren alle in lebhafte Gespräche vertieft.

Alles in allem war es trotz des bescheidenen Mahls noch ein gelungener Abend geworden, denn Turner hatte viel über die Charaktere seiner Offiziere erfahren.

⚓

Die *Shark* passierte die Breite von 35° N auf der Länge von etwa 18° W und kam zunächst gut weiter voran. Dann mussten sie sich zwei Tage mit leichten, drehenden Winden herumärgern, bekamen aber schließlich auf 30° N und 25° W den Nordostpassat zu fassen. In dem beständigen Wind beseitigten sie alle Spuren, die der nasse, kalte Winter an der Ausrüstung der Männer und dem Schiff hinterlassen hatte. Turner ließ aber keinen Schlendrian einreißen, sondern fuhr unerbittlich mit dem Drill fort, bis jeder Handgriff auch im Schlaf geklappt hätte. Besonders das Schieß- und Nahkampftraining wurde intensiviert, obwohl letzteres traditionell bei den Teerjacken nicht sonderlich beliebt war. Die Seeleute sahen das als eine originäre Aufgabe der Marineinfanteristen an. Die Übungen mit dem Entermesser oder dem Tomahawk lagen unter ihrer Würde.

Bei einem seiner zahlreichen Ausflüge mit dem Bootsmann in das Rigg hatte Turner diesen auf seine Erlebnisse mit den amerikanischen Aufständischen angesprochen, genau wie es ihm der Erste Leutnant geraten hatte.

Bootsmann Peter Baxter stammte aus der Gegend von Boston, wo der Aufstand ausgebrochen war.

»Sir, zuerst hatte sich da am 5. März 1770 das ominöse Massaker in Boston ereignet.« Bootsmann Baxter sprach bedächtig und entgegen seiner sonstigen Art auch sehr leise. »Sie müssen wissen, bei dieser Bezeichnung handelte es sich um pure Propaganda, mit der die bedächtigen und abwägenden Bürger radikalisiert werden sollten, was dann im Endeffekt auch gelang. Alles begann damit, dass freche halbwüchsige Jungs die britischen Soldaten mit Schneebällen und Eisstücken bewarfen. Nicht gerade die feine Art, aber doch harmlos. Aber bald schloss sich ihnen eine aufgehetzte Menschenmenge an, die die Soldaten äußerst beleidigend beschimpfte und ihnen immer bedrohlicher auf den Leib rückte. Schließlich verlor der Befehlshaber der Briten die Geduld und die bedrängten Soldaten eröffneten das Feuer. Anschließend lagen fünf der Aufrührer in ihrem Blut auf der Erde.«

Turner blickte ihn scharf an. »Nur fünf Tote bei der Niederschlagung eines Aufruhrs! Da kann man wohl kaum von einem Massaker reden! In London hätte sich darüber kein Mensch aufgeregt.«

Baxter nickte langsam. »Aye, Sir. Ein paar Hitzköpfe wollten Krieg und die Presse schlachtete den Vorfall weidlich aus, um den Hass der Kolonisten auf die Briten zu schüren. 1773 folgte dann die Provokation durch die Boston Tea Party.«

»Davon habe ich gehört, Baxter.«

»Gut, Sir, aber kennen Sie auch die Vorgeschichte?«

»Wohl nicht genau, Bootsmann, erzählen Sie.«

»Die Ostindische Kompanie befand sich in wirtschaftlichen Schwierigkeiten, weil sie große Lagervorräte an Tee in England nicht verkaufen konnte. Daraufhin hat die Krone der Kompanie erlaubt, den Tee direkt und ohne Abgaben in die Kolonien einzuführen, was ihr praktisch das Monopol sicherte, denn sie konnte die Preise der amerikanischen Importeure locker unterbieten, besonders wenn die Einzelhändler direkt in den Lagerhäusern bei den Agenten der Kompanie einkauften. Daraufhin haben etwa fünfzig als Mohawkindianer verkleidete Bürger Bostons drei im Hafen liegende Ostindienfahrer geentert und die Teeladung über Bord geworfen. Der Demagoge Samuel Adams hatte sie aufgehetzt. Der Schaden betrug £18000 Sterling. England reagierte verschnupft und mit militärischen Machtdemonstrationen. In der Folge davon kam es immer wieder zu bewaffneten Zusammenstößen.«

»Was ich nicht verstehe, Baxter, warum waren die Kolonisten so wütend? Der Tee muss doch für den Verbraucher billiger geworden sein.«

»Richtig, Sir, das war auch die Überlegung von Lord North, dem Premierminister. Auch er hatte mit dankbaren Siedlern gerechnet und nicht mit einem Teeboykott. Geschädigt fühlten sich die Groß- und Zwischenhändler und die mobilisierten die Fanatiker, denen das ganze System nicht passte. Der Witz bei dieser Geschichte ist, dass die Frauen als die hauptsächlichen Teetrinker den Erfolg des Boykotts möglich gemacht haben.«

Turner schüttelte verwundet den Kopf.

»Bei uns lief das etwas anders, Sir. Allerdings bestand die Familie Baxter aus in der Wolle gefärbten Loyalisten, Sir«, fuhr der Bootsmann mit leidenschaftsloser Stimme fort. »Es gab immer häufiger Streitigkeiten mit Nachbarn und als eines Tages ein Trupp der Rebellenmiliz durchzog, kam es zur Katastrophe. Meine Eltern wurden bei lebendigem Leib in ihrem Haus verbrannt, weil sie sich weigerten, es den Milizionären als Quartier zu überlassen. Meine drei Brüder und eine der Schwestern konnten sich mit Mühe und Not in den nahen Wald retten. Sie erreichten nach vielen Umwegen mit einem Boot das von den britischen Truppen besetzte rettende Boston. Meine zweite Schwester war in die Hände der Aufständischen gefallen. Ihr Schicksal war zunächst ungewiss. Später wurde bekannt, dass sie bei der ersten sich bietenden Gelegenheit Selbstmord begangen hatte.«

»Verdammt, Bootsmann, was für eine Geschichte. Was für ein Schicksal.«

Baxter war Bootsmannsmaat auf einer der Fregatten gewesen, welche die *Shark* erobert hatten. Er wurde dem Prisenkommando zugeteilt, das die Aufgabe hatte, den Schoner nach Halifax zu überführen. Auf dem Weg dorthin hatten die gefangenen Rebellen eines Nachts versucht, das Schiff wieder in ihre Gewalt zu bringen. Über Baxters hartes Gesicht war ein wölfisches Lächeln geglitten, als er daran dachte.

»Es hat keine Überlebenden gegeben, Sir. Niemand konnte sich später erklären, warum es geschah, aber die Kerle sind plötzlich alle wie verrückt über die Reling gesprungen! Dabei war die Küste über zehn Meilen entfernt und viele konnten noch nicht einmal schwimmen. Ist schon seltsam, nicht wahr, Sir?«

Er musterte andächtig seine Hände, die die Größe von Kohlenschaufeln hatten. Turner hatte gehört, dass Baxters Spitzname *Horseshoe* lautete, weil er in dem Ruf stand, Hufeisen geradebiegen zu können. Er konnte sich förmlich das Knacken der Knochen vorstellen, wenn Baxter einem Gegner das Gesicht nach achtern drehte. Wahrscheinlich wäre ich auch lieber gesprungen, sinnierte er düster.

Während der Tagwachen ließ er Midshipman Armstrong zusammen mit dem Steuermannsmaaten Quincy die Wache des Ersten Leutnants gehen, damit sich dieser intensiv um den Drill der Leute kümmern konnte. Bei einer passenden Gelegenheit hatte er Quincy in ein Gespräch verwickelt, wobei er erfahren hatte, dass dessen Vater und sein älterer Bruder gemeinsam als Schiffer und Steuermann auf dem Handelssegler der Familie gefahren waren. Der Heimathafen der *Royal Grace* war Londontown in Maryland. Das Schiff war nach den Inseln über dem Wind bestimmt gewesen. Ein im Bahamakanal patrouillierendes britisches Kriegsschiff war durch rollenden Kanonendonner alarmiert worden. Als es sich dem Schauplatz des Kampfes näherte, hörten sie von dem geenterten Schiff schreckliche Schmerzensschreie, an den Rahnocken schwangen qualvoll erdrosselte Männer mit heraushängenden schwarzen Zungen und aus den Höhlen quellenden Augen. Gleich darauf flüchtete ein Schoner, der die Flagge der Rebellen am Gaffelbaum zeigte. Die *Royal Grace* brannte. Unter Lebensgefahr ging ein Kommando der Sloop an Bord, um Überlebende zu bergen. Aber sie fanden keine, denn die Männer, die so schrecklich geschrien hatten, als man ihnen die Haut in Streifen vom Leib abgezogen hatte, waren ihren Verletzungen erlegen. Es handelte sich offensichtlich um den Kapitän der *Royal Grace* und seine beiden Steuerleute. Was man von ihnen unter Folter hatte erfahren wollen, blieb das grausige Geheimnis der unmenschlichen Seewölfe. Die übrige Besatzung hatten die Amerikaner verschleppt.

Turner war ein harter Mann, aber als ihm Quincy seine Geschichte erzählte, war ihm fast übel geworden. Was war das für ein verflucht schmutziger Krieg! Krieg war nie eine lustige Sache, bei der man frisch und fromm drauflosschieb und am Abend nach dem vollbrachten blutigen Tagewerk dem lieben Gott bei einem Gläschen Wein dafür dankte, dass er einem so eine reiche Ernte geschenkt hatte, sich dann aufseufzend in die Kissen wühlte und bei angenehm süßen Träumen neue Kraft für den nächsten Tag sammelte. Nein, weiß Gott, so war das nie. Auch William schreckte so manche Nacht schweißgebadet aus Alpträumen in die Höhe und brauchte oft genug erst einen kräftigen Schluck, um die zerfetzten Gliedmaßen und verzerrten Gesichter zu verdrängen, die sich in seine Träume geschlichen und ihn flüsternd gefragt hatten: »Wann kommst du, Wild Bull, wir warten auf dich, Kumpel. Ohne dich ist es hier in der Hölle so langweilig! Lass uns nicht so lange warten.« Aber das war nach ganz üblichen, fast konnte man sagen, normalen Kämpfen gewesen. Feuergefechte Breitseite gegen Breitseite oder Nahkämpfe nach dem Entern auf dem Deck des Gegners. Man tötete oder wurde getötet, aber wenn jemand seine Waffe fortwarf oder die Flagge gestrichen wurde, dann war es vorbei. Freund und Feind wurden gleichermaßen vom Schiffsarzt versorgt, sowenig das am Ende auch nützen mochte, jeder bekam Essen und Trinken, und die feindlichen Offiziere konnten sich gegen ihr Ehrenwort sogar frei an Deck bewegen. Dem Sieger winkte eine Belohnung in Form von Prisen- und Kopfgeld und vielleicht konnte er sogar auf der steilen Karriereleiter eine Sprosse weiter nach oben klettern. Für die ihm gebührende Ehre sorgte eine Veröffentlichung seiner Taten in der *Gazette* oder die Überreichung eines wertvollen Ehrendegens.

Aber bei diesem Aufstand eines großen Teils der amerikanischen Siedler schien alles anders zu sein: Er war gnadenloser, fanatischer und voller unmenschlicher Grausamkeiten. Turner fragte sich, wo die Wurzeln für diesen jedem Humanismus hohnsprechenden Hass lagen. Zweifellos war es so, dass die Krone einen erheblichen Teil ihrer verurteilten Schwerverbrecher in die Kolonien deportiert hatte, dazu kamen auch viele zwielichtige Existenzen, die ausgewandert waren, um hier unter einem anderen Namen eine neue Chance zu suchen. Aber ebenso richtig war, dass sich hier große Gruppen tiefgläubiger Christen niedergelassen hatten, um ungestört ihren Glauben zu leben, bibelfest und gottesfürchtig. Gehörten die Kriminellen automatisch zu den Rebellen und die guten Christen immer zu den Loyalisten? Gab es nur schwarz und weiß? Nach allem, was er gehört hatte, war die Grenzziehung so einfach nicht. Oft verlief die Scheidelinie sogar quer durch eine Familie, denn einige der Forderungen der Aufständischen erschienen ihm bei nüchterner Betrachtung als durchaus bedenkenswert, zum Beispiel das Verlangen, als Steuerzahler auch politisch im englischen Parlament durch eigene gewählte Abgeordnete vertreten zu sein.

In der Abgeschiedenheit seiner Kabine hatte sich Turner ernste Sorgen gemacht, wie er seinen Auftrag erfolgreich erfüllen konnte, ohne anschließend im Spiegel die Fratze des Unmenschen zu entdecken, die ihn höhnisch auslachen und grinsend fragen würde: »Wo ist dein Bruder Abel, Kain?«

Kapitel 8

Ende Mai 1776, auf See

Am darauffolgenden Sonntag hielt Leutnant William Turner nach dem Gottesdienst seine in der westindischen Flotte berühmte Rede an sein Schiffsvolk.

»Männer der Shark*! Wie inzwischen auch die letzte Kakerlake in der Brotlast weiß, befinden wir uns auf dem Weg in die Karibik. Wir werden dort Vermessungsarbeiten durchführen. Dabei werden wir auch in abgelegene Teile dieser Gewässer vordringen. In solchen Gebieten lauert eine tödliche Gefahr auf uns.*

Wie euch allen bewusst ist, sind die Freibeuter der Froschfresser und der schmierigen Dagos sowie die mordlustigen Schmuggler aus den aufständischen Kolonien eine verfluchte Pest für jeden anständigen Seemann. Wie ihr sicher von einigen eurer Bordkameraden erfahren habt oder aus eigener Erfahrung wisst, ermorden diese verfluchten Halunken anständige Seeleute, um ihre Spuren zu verwischen. Männer, ich finde das genauso schändlich und verwerflich wie ihr. Unser Allergnädigster König hat uns dieses schöne Schiff gegeben, damit wir den Kerlen gehörig auf die Finger klopfen sollen. Nun ist euch gewiss auch klar, warum ich so viel Wert auf den Drill mit den Blankwaffen gelegt habe. Es ist mir hundertmal lieber, ihr zieht diesen hinterhältigen ver-

dorbenen Hundsföttern das Fell bei lebendigem Leib über die Ohren, als dass einem von euch ein Haar gekrümmt wird oder er gar sein Leben verliert! Habt ihr das verstanden?«

Die Männer hatten ihm atemlos gelauscht, jetzt brüllten sie lautstark: »Aye, aye, Sir! An die Rah mit den Halunken!«

»*Gut, Kerls! Wir werden ihnen mit unseren neuen Karronaden gewaltig einheizen. Und wenn wir ein wenig Glück haben, dann wird auch noch so manche saftige Prise für uns dabei herausschauen ... und die blanken Shillinge und goldenen Pfundmünzen werdet ihr euch doch wohl verdienen wollen, oder?«*

»Aye, aye, Sir!« Einige Seeleute rissen ihre Mützen vom Kopf und schwenkten sie, andere stießen drohend ihre Fäuste in der Luft. »Hoch lebe Wild Bull Turner!«

»*Einige von euch sind in diesen Gewässern zu Hause, andere sind hier schon früher lange gefahren. Sie alle kennen sich daher hier hervorragend aus. Wer mir einen Tipp gibt, wo wir diese Halsabschneider finden können, kann mit einer Belohnung in Gold – bar auf die Hand – rechnen, wenn sich sein Hinweis als erfolgreich erweist. Ihr wisst, wo ihr mich finden könnt! Übrigens interessiert mich nicht, woher ihr eure Weisheit habt – verstanden?«*

»Aye, aye, Sir!«, lief es wie eine Brandungswelle über das Deck.

»*Nieder mit allen Feinden des Königs! An den Galgen mit allen feigen Mördern, Mädchenschändern und Verrätern an der Sache aller freiheitsliebenden Brüder der See! Hol sie der Henker!«*

»Hol sie der Henker! An den Galgen mit ihnen! Kopf ab! Drei Hurras für Wild Bull Turner: Hurra! Hurra! Hurra!« Die Männer warfen ihre Hüte in die Luft und fuchtelten drohend mit den Fäusten herum.

O'Bailey sah ihn bewundernd von der Seite an: »Sir, ich wusste gar nicht, dass an Ihnen ein Cicero verloren gegangen ist.«

Turner blickte ihm geradewegs in die Augen. »Dann schon eher ein Cato.«

»Unsere Aufgabe wird schwierig sein, Sir, den zwölf Arbeiten des Herakles würdig, Sir.«

»Dann fangen wir doch am besten damit an, die Augiasställe auszumisten, Mister O'Bailey. Das sollte doch eine unserer leichtesten Übungen sein, denn an Wasser mangelt es hier ja wahrlich nicht.«

»Das ist richtig, Sir, aber es könnte sein, dass wir bald feststellen, dass wir es in Wirklichkeit mit der vielköpfigen Hydra zu tun haben.«

»Unser Hauptziel muss es sein, den Verräter im Hintergrund zu finden, den Nemeischen Löwen, wenn Sie so wollen. Nun aber Schluss mit den Schulweisheiten! Ich bin gespannt, ob mir unsere Männer nützliche Hinweise geben können.«

»Darauf möchte ich wetten, Sir. Wie ich hörte, stammt Ihre Familie von der englischen Südküste, da könnten Sie dem Königlichen Zoll doch sicher auch den einen oder anderen nützlichen Tip bezüglich des Schmuggels geben, falls Sie das wollen.« In den Augen des sonst so ernsten und verschlossenen Ersten blitzten kleine Funken der berühmten irischen Spottlust auf.

Turner sah den Leutnant schief an. »Mister O'Bailey, Mister O'Bailey! Werfen Sie bitte nicht ehrliche, schwer arbeitende Fischer, die von Zeit zu Zeit das Glück haben, einen Teil ihres Fangs gegen gewisse ausländische Waren einzutauschen, in einen Topf mit grausamen Massenmördern und ehrlosen Verrätern!«

O'Bailey bemühte sich zerknirscht auszusehen und meinte scheinbar reuevoll: »Aber, Sir, nichts läge mir ferner, aber Sie wissen ja, wie das so mit Vergleichen ist ...«

Dumpf vor sich hin grollend verschwand Turner unter Deck.

⚓

Auf dem großen Esstisch lagen mehrere Karten der nördlichen und südlichen Inseln über dem Winde von Puerto Rico bis Trinidad. William hatte die Namen derjenigen durchgestrichen, auf denen sie nicht landen durften, weil es dort Garnisonen oder Siedlungen neutraler Staaten gab. Sie durften in ihrem Eifer nicht so weit gehen, jemandem einen willkommenen Grund zum Kriegseintritt auf Seiten der Rebellen zu geben. Aber es blieben genügend andere Eilande übrig, die als unbewohnt galten und von der Topographie her als potentielle Schlupfwinkel geeignet erschienen.

Turner wusste natürlich ganz genau, dass er sich eigentlich pflichtgemäß als Erstes beim Kommandierenden Admiral der Westindischen Station der Inseln über dem Winde auf Antigua melden musste, aber er legte seine Befehle recht weitherzig aus, in der Hoffnung einen ersten Erfolg erzielen zu können, bevor die Anwesenheit der *Shark* in diesen Gewässern allgemein bekannt wurde.

Vor der Tür krachte der Kolben der Muskete auf das Deck und der Seesoldat bellte: »Ihr Bursche, Sir!«

»Kann eintreten!«

Grinsend kam Tom herein und legte grüßend den Finger an die Stirn. »Viele der Männer fürchten sich nach achtern zu kommen, Sir, aber zu Tom haben sie Vertrauen. Tom erzählen sie alles.« Zu Williams großer Überraschung zog er ein Stück Papier aus seiner Hose. »Oh ja, Sir, Tom hat Lesen und Schreiben gelernt. Im Kloster bei den Heiligen Schwestern. *Moi, je parle français aussi, monsieur le capitaine!*« William war sprachlos, denn er hatte nicht damit gerechnet, dass sein Bursche des Schreibens und Lesens mächtig war. In Zukunft musste er vorsichtiger sein, wenn er wichtige Papiere auf seinem Schreibtisch herumliegen ließ. Er räusperte sich. »Ahem, sehr schön, wirklich sehr schön. Was hast du denn nun herausgefunden?«

»Ich habe eine Liste mit den Verstecken erstellt, die meinen Kumpels bekannt sind. Den Orten sind die Namen der Informanten zugeordnet, damit die das Goldstück kassieren können, falls wir dort fündig werden, Sör.«

»Sehr pfiffig, Tom. Lass mal sehen.«

Verschiedene Namen wiederholten sich mehrfach, so beispielsweise Fort de France, was kein Wunder war, denn die Schiffe der Aufständischen liefen diesen Hafen gerne an. Aber dort konnte Turner nichts ausrichten, das war eine Aufgabe für den Admiral. Um den illegalen Handel zu unterbinden, hätte er dort ein Geschwader stationieren müssen, das den Hafen blockierte, in dem aber auch häufig französische Kriegsschiffe lagen. Für die *Shark* war der Brocken eine Nummer zu groß, zumal Frankreich offiziell immer noch neutral war, wenn man auch von einer durchaus wohlwollenden Neutralität für die amerikanischen Rebellen sprechen konnte, da Frankreich immer noch auf Rache für seine Niederlage im Siebenjährigen Krieg sann. Die Franzosen besaßen das Gedächtnis von Elefanten, wenn es um eine erlittene Demütigung ging.

Die Royal Navy hatte zum einen die undankbare Aufgabe, den Nachschub für die Armee in den nordamerikanischen Kolonien zu sichern, und zum anderen den illegalen Handel der Rebellen zu unterbinden. Zu diesem Zweck unterhielt sie zwei große Stützpunkte, den einen auf Antigua, den anderen auf Jamaika.

Für alle Häfen unter französischer Herrschaft galt natürlich, dass die *Shark* dort nichts ausrichten konnte. Nachdem alles aussortiert war, was sie nicht zu interessieren hatte, blieben sechs Namen übrig, von denen zwei mehrfach genannt wurden. Er schrieb sie sich auf und suchte sie in den Karten, wo er sie aber nicht fand. Verdammt! Aber vielleicht konnte ihm Lennon weiterhelfen. Wenn nicht, dann musste sich Tom von den Informanten genaue Ortsbeschreibungen geben lassen. Es hätte nichts genutzt, ihnen die Seekarte zu zeigen, weil die meisten der einfachen Seeleute mit so einer abstrakten Darstellung nichts anzufangen wussten.

Tom bemerkte sein Zögern, trat heran und meinte: »Tom weiß, welche Insel gemeint ist. Tom kennt in den nördlichen Inseln über dem Wind jeden Stein.«

»Na, dann mal los, Tom! Wo liegt dieses *Paradise Gate*?«

»Von Guadeloupe kommend, lässt man Antigua an Steuerbord, Nevis und St. Kitts an Backbord, dann muss man sich entscheiden, wie man St. Bart und St. Martin passieren will, um zur Aalinsel zu kommen. Die heißt so, weil sie so lang gestreckt und dünn ist, Sör. An der Nordwestküste liegt das *Tor zum Paradies*, eine sehr geschützte sichere Bucht mit gutem Ankergrund, Sör. Kaum bekannt, Sör.«

Turner war seinen Ausführungen mit dem Finger auf der Karte gefolgt. Von einer Bucht war auf der Karte in diesem Bereich nichts zu sehen. »Das kann man wohl sagen! Dann werden wir mit unseren kartographischen Arbeiten mal dort beginnen, zumal das kaum einen Umweg bedeutet. Aber es wäre ja richtig frech von den Kerlen, wenn die ihren Stützpunkt beinahe vor dem Schlafzimmerfenster des Admirals hätten!«

»Wie versteckt man am einfachsten einen entlaufenen Sklaven, Sör?«

William hob fragend die Schultern.

»Man bindet ihm einen Lappen um die Füße, der mit dem Urin eines anderen Mannes und einem Pfefferschotenextrakt getränkt ist, und mischt ihn unter die eigenen Sklaven auf den Feldern, Sör, bis die Männer mit den Hunden wieder weg sind.« Toms Augen wurden bei der Erinnerung an diese schlimmen Zeiten zu schmalen Schlitzen und er knurrte: »Ein Nigger sieht doch wie der andere aus, pflegte der große weiße Massa zu sagen.«

William musterte ihn scharf. Bestimmt war Tom ein entlaufener Sklave, aber wen interessiert das hier und jetzt. Er grinste Tom an, dann meinte er betont lässig: »Tscha, das möchte wohl klappen, Tom. Meine besten Empfehlungen an den Segelmeister, wenn es ihm nichts ausmachen würde, dann hätte ich ihn gerne gesprochen.«

Es dauerte nur wenige Minuten, bis der Seesoldat den alten Weißkopfadler meldete.

»Mister Lennon, treten Sie ein. Darf ich Ihnen ein Glas kühlen Weißwein anbieten, obwohl die Sonne noch nicht unter der Großrah steht?«

»Danke, gerne, Sir.«

»Mein Bursche ist wirklich ungewöhnlich ausgeschlafen. Er schlägt die Flasche in ein feuchtes Tuch ein und hängt sie in den Luftzug und schon ist der Wein beim Servieren wunderbar kühl.« Er schenkte Lennon ein Glas spritzigen Rheinwein ein und erläuterte ihm seinen Plan. Danach legten sie den Kurs fest, entnahmen der Karte die Distanz zu ihrem Ziel und berechneten die voraussichtliche Ankunftszeit.

»Wir sollten es so einrichten, dass wir mit Einbruch der Dunkelheit unseren Landfall machen. Dann sollten wir den

Kutter auf eine Erkundungstour schicken, um über die Verhältnisse in der Bucht informiert zu sein.«

»Da stimme ich Ihnen völlig zu, Sir. Allerdings haben wir dann schon fast Vollmond, das kann hilfreich sein, aber das Unternehmen auch gefährden.«

»Ich denke, dass die Halunken sich absolut sicher fühlen und leichtsinnig geworden sind.«

»Wahrscheinlich haben Sie recht, Sir. Wer wird die Aufklärung durchführen?«

Turner seufzte. Am liebsten ich selbst, dachte er im Stillen, frei nach dem Motto: Wenn du willst, dass etwas gut erledigt wird, dann mach es selbst! Aber er wusste, dass das eine typische Aufgabe für seinen Ersten Leutnant war, bei der dieser sich auszeichnen konnte.

»Leutnant O'Bailey natürlich, Sir.«

»Natürlich, Sir.« An Lennons dünnem Grinsen konnte Turner sehen, dass der alten Mann seine Gedanken gelesen hatte.

»Bereiten Sie die navigatorische Ausrüstung für den Kutter vor, damit uns O'Bailey auf dem Teich auch wieder findet, Mister Lennon.«

»Aye, aye, Sir.«

Sie tranken aus und gingen dann an Deck.

Die Sonne neigte sich dem Horizont entgegen und tauchte die Wolken in ein unglaubliches Farbenspiel. Giftgrüne Streifen wechselten sich mit schwefelgelben ab, blutrote Wolkentürme ragten hoch in den violetten Himmel, über den indigoblauen Wellen führte eine kupferfarbene Straße nach Westen. William reckte und streckte sich und atmete tief durch. Man konnte ja sagen, was man wollte, aber die Segelei in der Passatzone hatte schon etwas für sich ... Wenn er dagegen an das raue Gebolze in den schmutziggrauen Wogen des ewig regnerischen, nebligen und kalten Kanals dachte!

»Mister O'Bailey, wenn Sie einen Augenblick Zeit für mich hätten.«

Der Leutnant trat zu ihm auf die Luvseite. »Sir?«

»Haben Sie übermorgen Abend schon etwas vor, Sir?«

»Sir?« O'Bailey blickte ihn misstrauisch an. Wollte sich der Kommandant einen Spaß mit ihm erlauben? »Ich habe übermorgen die Abendwache, Sir«, erwiderte er steif.

»Oh je, ich fürchte, daraus wird nichts werden, die werde ich wohl für Sie übernehmen müssen, Sir. Sie haben eine Verabredung am *Tor zum Paradies*.«

O'Baileys Gesicht war ein einziges Fragezeichen. »Ich fürchte, ich verstehe Sie nicht ganz, Sir.«

Turner lachte glucksend, dann weihte er ihn in das Vorhaben ein.

⚓

Leutnant O'Bailey blickte sich um. Die *Shark* war in der Dunkelheit kaum noch auszumachen. Es war stockfinstere Nacht, der Mond war noch nicht aufgegangen, und die Sterne waren zu einem guten Teil hinter den Wolken verborgen. Allerdings würden sich die Wolken im Laufe der Nacht auflösen, und bald würde der Mond für Helligkeit sorgen.

Sie segelten dicht unter Land außerhalb der Brandung über dem Riff nach Südwesten. Die *Shark* hatte sie, so weit, wie es ihr möglich war, ohne ihre Anwesenheit zu verraten, vor die Einfahrt gebracht. O'Bailey schickte ein Stoßgebet zur Heiligen Jungfrau Maria, dass er nicht an der Passage im Riff vorbeisegeln möge. Der Kutter lief unter den beiden Luggersegeln gute Fahrt und O'Bailey blickte im schwachen Schein des Bootskompasses auf das Stundenglas. In einer knappen halben Stunde sollten sie vor der Durchfahrt stehen.

»Sir, da vorne hat die Brandung ein Loch, Sir!«, kam eine halblaute Meldung von vorn.

Der Erste grinste über das Bemühen, leise zu sprechen, denn wenn die Gegner sie hier draußen hören könnten, dann müssten die Kerle schon über Wunderkräfte verfügen. Jetzt konnte er den breiten schwarzen Wasserstreifen zwischen den weißen Brechern auch sehen. Vorsichtig tastete er sich an die luvwärtige Seite der Einfahrt heran, ließ dann die Pinne energisch legen und die Segel dichtholen. Gischtwolken hüllten sie ein und das Donnern der Brandung erfüllte die Luft. Das Boot schoss durch die Passage in das ruhige Wasser hinter dem Riff. Er konnte keine Bucht erkennen, vor ihm schien nur eine undurchdringliche Wand aus dichtem Urwald zu sein. So hatten ihm die Ortskundigen das auch beschrieben: Das nördliche Kap überlappte das Vorland an der südlichen Küste, weshalb die Bucht von See her nicht einsehbar war und so ein ideales Versteck bot. Er hielt auf den Strand zu.

»Klar zum Bergen der Segel!«

»Vorsegel ist klar!«

»Großsegel ist klar!«

»Runter mit den Lappen!«

Die Spieren mit den Segeln kamen von oben und wurden weggestaut. Unter Riemen legten sie die letzten Meter bis zum Strand zurück. Die Riemen wurden eingenommen und die Männer sprangen ins Wasser, um den Kutter auf den Strand zu schieben. Spähtrupps suchten den Strand zweihundert Yards nach links und rechts ab, fanden aber nichts, was einer Meldung wert gewesen wäre. Nach ihrer Rückkehr schärfte O'Bailey den Zurückbleibenden nochmals erhöhte Wachsamkeit ein, dann machte er sich mit Tom und

Samuel, einem zweiten farbigen Matrosen, auf den Weg. Nach einem gut zwanzigminütigen ermüdenden Fußmarsch durch den losen Sand umrundeten sie das steil aufragende Kap und konnten in die Bucht hineinsehen. Im schwachen Licht der Sterne und des tief stehenden Mondes zählten sie fünf Schiffe. Zwei waren große Briggen, eines eine Brigantine, das vierte ein großer Schoner. Eine Brigg lag tief abgeladen vor Anker, die Brigantine und der Schoner schwammen hoch auf dem Wasser. Sie mussten sich schon bis an die Grenze der Stabilität ihres Ballasts entledigt haben. Die andere Brigg hatte am Kopf einer in das stille Wasser der Bucht hinausgebauten hölzernen Pier festgemacht. Das letzte in der Bucht ankernde Schiff war von den Linien her kein Handelsschiff und lag etwas abseits. Es handelte sich um einen kleinen vollgetakelten Dreimaster, vergleichbar einer Sloop der Navy, und sah aus wie ein typischer Freibeuter. Auf seinem Deck brannte keine Laterne und auch aus den Fenstern der Achterkajüte fiel kein Lichtstrahl. O'Bailey zählte neun Geschützpforten.

Auf dem Uferstreifen standen zwei große Lagerhäuser aus Baumstämmen und ein kleineres, das aus massiven Felssteinen erbaut war. In Gattern wurden Haustiere gehalten, die den Speiseplan aufbessern sollten. Zwischen den Häusern und der Wasserlinie herrschte ein lebhaftes Treiben. Hier und dort waren kleine Schutzhütten aus Segeltuch und Treibholz zu sehen, die bei den gelegentlichen Regenschauern Unterschlupf boten. Große Feuer brannten, um die sich Männer drängten, die Krüge schwenkten und in saftige Fleischstücke bissen. Auch einige Frauen in bunten Kleidern waren in der Menge auszumachen. O'Bailey versuchte die Männer zu zählen. Aber das war schwierig, weil ein großer Teil ständig in Bewegung war. Nach seiner Schätzung drängten sich am Ufer aber mindestens einhundertfünfzig Kerle.

Allerdings musste er davon ausgehen, dass sich auch noch etliche Seeleute an Bord der Schiffe befanden. Die meisten Besatzungsmitglieder schienen aber den tropischen Abend nach der schweren schweißtreibenden Arbeit des Ladens bei Wein und Weib an den Feuern zu genießen. Besondere Befestigungen mit Wachposten oder Landbatterien konnte er nicht entdecken.

»Das reicht, Kerls! Zurück.«

Auf dem Rückweg fluchte der Ire still vor sich hin. Wenn es mein größter Wunsch gewesen wäre, marschieren zu dürfen, wäre ich gleich zu den Stoppelhopsern gegangen. Dieser verfluchte lose Sand ist wirklich das Letzte! Er bewunderte seine beiden leichtfüßigen Begleiter, die über den Sand zu tanzen schienen. Die müssen irgendwie anders gebaut sein, schnaufte er verdrossen.

⚓

Am frühen Morgen des übernächsten Tages näherten sich kurz vor Sonnenaufgang erneut abgedunkelte Boote der versteckten Bucht. Den Anfang machte die Barkasse unter dem Kommando von Leutnant O'Bailey und Segelmeister Lennon, ihr folgte der Kutter mit Midshipman Armstrong an der Pinne. Die *Shark* stand eine gute Meile achteraus. Die Boote waren mit Drehbassen ausgerüstet, alle Männer bis an die Zähne bewaffnet. Die Bucht lag ruhig da, am Ufer war die Glut heruntergebrannter Feuer zu sehen, um die herum zusammengerollte Schläfer lagen. Nur in den eingezäunten Pferchen grunzten ein paar Schweine. Ziegen meckerten verwundert, die Enten und Hühner blinzelten, nur die Gänse zischten wachsam.

Die Barkasse schor an der Brigg, die an der Seebrücke

lag, längsseits und spuckte nahezu zwei Drittel ihrer Besatzung unter der Führung von O'Bailey auf dessen Deck. Das Schiff war während des vergangenen Tages offensichtlich fast vollständig beladen worden, denn es lag schon tief im Wasser. In der Dunkelheit sahen die Röcke der Seesoldaten schwarz aus, nur die weißen Ledergurte leuchteten verräterisch. Weiter ging die Fahrt zu dem voll abgeladenen Ankerlieger, dort sprang die restliche Entermannschaft hinter Lennon an Bord. Die Barkasse verholte sich etwas weiter in die Bucht hinein, um von dort mit ihren Drehbassen den Strand bestreichen zu können. Der Himmel hinter den Bergen wurde grau. Der Kutter ging bei dem am weitesten unter Land liegenden leeren großen Schoner längsseits und auch hier stürmte die Entermannschaft ohne Zwischenfall an Deck. In der Einfahrt erschien jetzt die *Shark*. Auf den Schiffen waren vereinzelte Rufe und Schreie zu hören, die aber schnell verstummten. Auf den drei geenterten Schiffen stiegen an der Gaffel die roten britischen Kriegsflaggen empor. Es vergingen nur wenige Minuten, dann flogen auch die Geschützpforten auf und die langen Rohre der Kanonen fletschten ihre schwarzen hungrigen Raubtierzähne nach draußen in Richtung des Ufers.

Turner blickte durch sein Fernrohr und stellte zu seiner großen Beruhigung fest, dass alle Frachtschiffe aus den Kolonien stammten. Deren Aufenthalt hier war also eindeutig rechtswidrig. Gleichzeitig machte er sich eine mentale Notiz, dass alle Anführer der Enterkommandos sehr exakt und effektiv gearbeitet hatten. Die an Bord befindlichen Gegner mussten weitgehend lautlos ausgeschaltet worden sein, die Pulverkammern hatte man mit der gebotenen Vorsicht aufgebrochen und Munition an Deck gemannt. Bei den Stücken würde es sich mit großer Wahrscheinlichkeit um britische Fabrikate handeln, die seinen Matrosen bestens vertraut waren. Hoffentlich hatten die sparsamen Jonathane[1] genügend Kartätschen eingekauft und karrten nicht nur verrostete Eierpflaumen von Kugeln als permanenten Ballast durch die Gegend. Erste aufgeregte Rufe erklangen vom Strand herüber. Dann krachten auch schon die ersten ungleichmäßigen Breitseiten. Das gehackte Blei zog seltsame Muster in den Sand, klatschte in Menschenfleisch und wirbelte Funken aus den Feuerresten auf. Schweine quiekten panisch, Ziegen sprangen verängstigt über die Einzäunungen. Das Federvieh flatterte in stiebenden Wolken durcheinander. Verschlafene Männer kamen taumelnd in die Höhe und wollten flüchten, aber die Bleikugeln waren schneller, sie summten wie wütende Hornissen, waren überall, trafen die verstörten Amerikaner und Freibeuter wie Peitschenhiebe und warfen sie zu Boden. Die Frauen hatten sich wohl mit ihren Freiern im Verlauf der Nacht zu etwas abseits gelegenen geschützten Stellen zurückgezogen. Die Scharfschützen der Seesoldaten konzentrierten ihr Feuer auf Männer, die den Widerstand koordinieren wollten und laute Befehle brüllten, bis sie von einer Kugel in den Sand geschleudert wurden.

Turner ließ die Segel bergen, drehte in den Wind und das Schiff lief aus. Der Anker fiel und der Schoner sackte zwischen die Brigantine und die Sloop zurück, die bulligen Karronaden waren drohend ausgerannt. Sie wirkten mit ihren kurzen Rohren und den überdimensionierten schwarzen Mündungen seltsam unproportioniert, denn die nach oben gezogenen Klappen waren nur wenig kürzer als die Geschützrohre unter ihnen. Auf dem Frachter kam ein großer Mann mit langem schwarzem Haupthaar und einem ebensolchen dichten wehenden Bart auf das Deck gestürmt. Er drohte mit der geballten Faust zu Turner hinüber. Der hob

---

1 Spottname für Amerikaner

die Flüstertüte und brüllte: »Seiner Britannischen Majestät Kriegsslup *Shark*, Leutnant Turner! Im Namen des Königs: Die Besatzung ist verhaftet und das Schiff beschlagnahmt! Jeder Widerstand wird mit dem Tode bestraft! Lassen Sie Ihre Mannschaft unbewaffnet an der Steuerbordseite antreten!«

»Leck mich, du schwuler Kinderschänder!«

Midshipman Dulac zerrte an seinem Ärmel, wobei er von einem Fuß auf den anderen trat. »Sir! Entschuldigung, aber das andere Schiff hat seine Flagge gesetzt, es ist die französische.«

»Verflucht! Aber der muss warten. Behalten Sie ihn im Auge, Mister Dulac!«

Er wandte sich wieder dem widerspenstigen Frachter zu. »Zum letzten Mal im Guten, Sir! Sofort die gesamte Mannschaft ohne Waffen an die Steuerbordseite!«

Der große Mann verschwand einfach unter Deck. Turner steckte in der Klemme. Wen sollte er hinüberschicken? Er hatte zwar noch die Gig zur Verfügung, aber wen sollte er abkommandieren? Der kleine Dulac war im Umgang mit diesem wütenden Grizzly von einem Yankee völlig überfordert, der würde ihn roh zum Frühstück verspeisen. Er selbst konnte unter diesen Umständen sein Achterdeck nicht verlassen, obwohl es ihn in den Fingern juckte, dem ungehobelten Yankee Manieren in den Holzkopf zu prügeln. Sollte er dem Kerl zur Warnung eine volle Breitseite verpassen? Es war schade um das Schiff. Drüben wurden die Heckfenster aufgerissen und etwas klatschte ins Wasser. Mist, verdammter, knurrte Turner, jetzt schmeißt der alles weg, was mich brennend interessieren würde, aber ich kann es nicht ändern. Dafür haben wir die Papiere der anderen Schiffe sicher.

Dulac meldete sich wieder. »Der französische Kapitän

möchte wissen, ob Sie ihn als Neutralen festzuhalten gedenken, und wenn ja, wie Sie sich das vorstellen mit Ihren kleinen, kurzen ... äääh, Erbsenschleudern? Verzeihung, Sir.«

Turner antwortete ihm nicht direkt, sondern rief laut über Deck: »Backbordbatterie: Achtung! Karronade Nummer Vier! Auf den Rumpf zielen! Feuer frei!«

Der Stückführer hob die Hand und zog schwungvoll die Reißleine des modernen Feuersteinschlosses. Das schwarze Ungetüm brüllte auf und hüllte das Deck in eine nach faulen Eiern stinkende braungraue Wolke. Auf dem Amerikaner klaffte plötzlich ein Loch, groß wie ein Scheunentor. An Deck der *Shark* war erstauntes Murmeln zu hören. Es war das erste Mal, dass die Männer die Wirkung ihrer neuen Waffe in der Realität sahen. Auch Turner war beeindruckt. Ein halbes Dutzend Männer kam an Deck gestürzt und stellte sich mit ostentativ geöffneten leeren Händen an der Steuerbordverschanzung auf. Der Grizzly war nicht darunter. Aus den Heckfenstern stieg eine dünne Rauchwolke, die schnell dichter wurde. War das eine Folge seiner Kugel? Nein, das war kaum möglich! Der Verrückte steckte sein eigenes Schiff in Brand!

»Mister Dulac, teilen Sie bitte dem Monsieur mit, dass wir zur Not auch für ihn noch ein paar Erbsen übrig hätten.«

»Aye, aye, Sir!«

Es war nicht zu fassen. Jetzt stürmte der durchgedrehte Rebell mit einer brennenden Fackel, die aus einem Besenstiel und mit Öl getränkten Lappen bestand, an Deck und versuchte das Rigg in Brand zu stecken. Die von der tropischen Sonne ausgedörrten Wanten fingen umgehend Feuer. Turner riss einem seiner Seeleute die Muskete aus der Hand, prüfte kurz die Ladung, legte an, zielte und schoss. Der Rückschlag ließ seine Schulter schmerzen, er hatte vergessen, dass so eine Muskete wie ein Muli nach hinten auskeilte.

Er rieb sich fluchend die Schulter. Der tollwütige Grizzly wurde von einer unsichtbaren Hand herumgerissen, machte ein, zwei taumelnde Schritte und fiel dann mit dem Gesicht nach unten auf das Deck der schmucken Brigantine, die Fackel begrub er unter sich. Die langen dunklen Haare hoben sich wie eine Art Rabengefieder von dem fast weiß gescheuerten Holzdeck ab und an den Seiten seines Körpers stiegen schwarze Rauchwolken wie Schwingen auf. Fast erwartete man, dass er sich jeden Augenblick mit wildem Flügelschlag laut krächzend in die Luft erheben würde.

Dulac zupfte ihn am Ärmel. »Sir, der französische Kapitän auf dem, äh, Freibeuter lässt Ihnen ausrichten, dass er unsere *petit poids* für schwer verdaulich hält, daher würde er lieber darauf verzichten. Er bietet Ihnen an, mit seinen Papieren an Bord zu kommen.«

»Soll warten! Zuerst nehmen Sie jetzt die Gig und holen die Männer von dem Schmugglerschiff dort drüben ab, sonst werden die geröstet. Wir werden die Brigantine leider nicht retten können. Schade, hätte bestimmt ein schönes Sümmchen an Prisengeld für uns gebracht.«

Der Junge richtete sich stolz auf und schmetterte mit sich überschlagender quiekender Stimme: »Aye, aye, Sir!« Dann winkte er herrisch die Bootsmannschaft der Gig unter der Führung von Tom heran. Die Männer sprangen elegant in die Gig, als Letzter ließ sich der kleine Dulac hineinfallen. Nach wenigen kräftigen Schlägen hatten sie das brennende Schiff erreicht. Die sechs Amerikaner wurden sofort auf Waffen durchsucht und mussten sich dann auf den Bodenbrettern zusammenkauern. An Bord der *Shark* wartete schon der finster blickende Bootsmann auf sie, er klapperte drohend mit eisernen Hand- und Fußfesseln. Die gefangenen Rebellen murrten und kniffen wütend die Augen zu Schlitzen zusammen, aber sie mussten sich fügen.

Turner beugte sich über die Verschanzung. »Mister Dulac, gehen Sie jetzt bitte bei dem Froschfresser an Bord und schauen Sie sich da etwas um. Melden Sie mir unverzüglich, wie viele Männer sich dort an Bord befinden. Dann kommen Sie bitte mit dem Kapitän und den Schiffspapieren zurück an Bord! Verstanden, Sir?«

»Aye, aye, Sir!« Der junge Mann platzte fast vor Stolz, nur Turner hatte irgendwie das ungute Gefühl, dass er gerade im Begriff war, einen großen Fehler zu begehen. Sie waren bei der Besprechung des Einsatzes davon ausgegangen, dass sich auf dem Kaperer keine nennenswerte Besatzung befand, weil dort kein Licht gebrannt und O'Bailey auch sonst kein Lebenszeichen hatte erkennen können, das auf die Anwesenheit einer starken Hafenwache hingewiesen hätte. Bei ihren eingeschränkten Möglichkeiten hatten sie Prioritäten setzen müssen. Ein derartiges Unternehmen beinhaltete immer ein Restrisiko. William fluchte verkniffen vor sich hin, reichte dem Matrosen die Muskete und schnarrte kurz angebunden: »Laden!« Durch das Fernglas beobachtete er die Vorgänge auf dem Franzosen.

Der kleine Chevalier Dulac parlierte gestenreich mit dem Kapitän. Er war genau der Richtige für diesen Auftrag, denn er stammte von der Insel Alderney und sprach daher fließend Französisch. Zwei Matrosen waren im Boot geblieben und vier standen mit den Händen an den Pistolen an der Eingangspforte der Reling. Tom hatte Dulac auf das Achterdeck begleitet, wo er sich aufmerksam umschaute. Außer dem Kapitän war kein Mann an Deck zu sehen. Der Franzose und Midshipman Dulac argumentierten unter vollem Einsatz ihrer Hände und Arme. Tom hatte ein Schapp am Kompasshaus geöffnet. Er zuckte zurück, als ob er ein Schlangennest entdeckt hätte, dann griff er hinein und zog etwas heraus. Es war ein schwarzes zusammengerolltes

Bündel. Mit einer geschickten Handbewegung löste er den Slipstek und warf die Flagge mit einem weiten Schwung des Armes über das Deck: Es war die schwarze Piratenflagge mit dem weißen Totenkopf und den gekreuzten Knochen darunter.

Der französische Kapitän zuckte zusammen und brüllte dann aus voller Kehle: »*Avant, mes amis!*«

Die Ereignisse überschlugen sich. Aus den vorderen Niedergängen quoll ein gutes Dutzend Männer mit Entermessern, Äxten und Pistolen in den Händen, die aber von der plötzlichen Helligkeit an Deck geblendet waren. Die Briten rissen ihre Pistolen aus den Gürteln und feuerten beidhändig auf die Angreifer. Bei dem dicht gedrängten Haufen konnten sie gar nicht danebenschießen, sodass vier oder fünf Gegner auf das Deck stürzten und die anderen über sie stolperten.

Turner brüllte mit seiner besten Achterdeckstimme hinüber: »Alle sofort ins Boot! Zurück! Zurück!«

Die vier Matrosen an der Eingangspforte sprangen, ohne zu zögern, in die Gig. Tom packte Dulac am Arm und zog ihn zur Reling, um mit ihm ins Wasser zu springen, aber der kleine Yves zögerte. Der Pirat hechtete ebenfalls auf ihn zu, in seiner Hand blitzte ein Dolch. Er packte den Jungen am linken Arm und hielt ihm die scharfe Klinge an den Hals. Tom musste zurückweichen, da jetzt auch aus der Achterkabine vier Säbel schwingende Männer auf ihn zugestürmt kamen. Er schnellte elegant über die Reling, tauchte unter und kam längsseits der Gig wieder an die Oberfläche.

»Legt euer Kreuz in die Riemen! Zieht durch!«, röhrte Turner.

Die Gig sauste wie von einer Bogensehne abgeschossen weg vom Kaperschiff.

»Mit den Musketen Feuerschutz geben!«, befahl Turner.

»*Capitaine*, wenn Sie das Feuer eröffnen sollten, dann sehe ich mich zu meinem größten Bedauern leider gezwungen, Ihrem netten jungen Fähnrich die Gurgel durchzuschneiden. Das wäre doch ein Jammer, besonders weil er ein so perfektes Französisch spricht!«, drohte der Franzmann tückisch. »Lassen Sie uns unbehelligt auslaufen, Monsieur, dann setzen wir ihn vor dem Riff in unserem kleinen Beiboot aus!«

Das glaubst du verdammter Halsabschneider doch selber nicht. Nicht einmal im Traum würdest du auf die Idee kommen, dein Versprechen zu halten! Scheckig lachen würdest du dich, falls ich wirklich so blöd wäre und dir vertrauen würde, dachte Turner zornig.

Die Gig hatte bereits mehr als den halben Weg zu *Shark* zurückgelegt.

»Sollten Sie dem Jungen ein Haar krümmen, werde ich Sie an den Eiern in den Großtopp ziehen und dort so lange hängen lassen, bis die Möwen Ihre Knochen schön sauber abgenagt haben. Legen Sie die Waffen nieder und ergeben Sie sich auf der Stelle!«

Der Franzose lachte höhnisch. »Sie pflegen eine recht deftige, bildhafte Sprache, *mon cher ami*, aber Sie haben das Spiel schon verloren, Monsieur!«

Irgendetwas hatte sich verändert. Die Peilung wanderte aus, das andere Schiff sackte langsam achteraus. Deshalb hatte der Pirat eine so lange Rede gehalten: Er hatte Zeit gewinnen wollen, während seine Männer unter Deck das Ankerkabel gekappt hatten.

Turner schluckte hart, seine Kieferknochen mahlten schwer, die Lippen waren zu einem blutleeren Strich zusammengepresst. »Steuerbordbatterie: Achtung! Alle Karronaden! Wenn Ziel aufgefasst, Feuer frei!« Er wischte sich mit einer Hand über die Augen, zwang sich dann aber, wieder hinüberzublicken. Er sah die vor Angst weit aufgerissen Augen des kleinen Jungen, das Messer an seiner Kehle, das sich langsam in die weiche verletzliche Haut fraß, den Blutstrom, der aus dem Mund mit den weichen mädchenhaften Lippen quoll.

In diesem Augenblick schossen lange Feuerlanzen aus den Mündungen, die *Shark* legte sich nach Feuerlee über, die Trommelfelle drohten Turner zu platzen und dichter ätzender Qualm zog über das Achterschiff hinweg und ließ ihn husten. Als er wieder etwas erkennen konnte, sah er die Verwüstungen auf dem Piratenschiff. Die Karronaden waren mit Kartätschen auf Kugeln doppelt geladen gewesen. Die Verschanzung war auf Länge des halben Decks weggerissen, die Kanonen, die dahinter gestanden hatten, waren aus den Lafetten geworfen worden. Das Deck sah aus wie eine braungelbe Wiese, weil die Kartätschen unzählige Splitter herausgerissen hatten. In der Bordwand gähnten mehrere große Löcher, der Großmast schaukelte und wiegte sich abenteuerlich, ehe er sich zur Seite neigte und über Bord fiel. Der Fockmast tat es ihm nach. Auf dem Hauptdeck war keine lebende Menschenseele mehr zu entdecken. Nur zerfetzte Gliedmaßen, Überreste von Kleidungsstücken und Blutflecken. Lediglich auf dem Achterschiff drängte sich eine kleine Gruppe von bleichen Männern um den Kommandanten.

»Vorschiff: Achtung! Anker kappen! Klar zum Setzen von Vorstengestag- und Großsegel! Her mit der Muskete, Mann!«

»Geladen und feuerbereit, Sir!«, meldete der Matrose zackig.

»Stell dich vor mich!«, befahl Turner und legte den langen Lauf der *Brown Bess*[1] auf die Schulter des Mannes.

Er zielte sorgfältig – Seitenwind war nicht zu beachten –,

1 Spitzname für die Standardmuskete der britischen Armee

atmete flach ein, hielt kurz die Luft an und krümmte dann den Finger. Wieder verspürte er schmerzhaft den harten Rückstoß an der Schulter, obwohl er diesmal den Kolben fest an die Schulter herangezogen hatte, wie er es vor langer Zeit beim Wildhüter des Gutsbesitzers gelernt hatte. Es war kein schlechter Schuss, aber kein Volltreffer. Die schwere Bleikugel traf den französischen Kapitän in der Hüfte, sie zerschmetterte sein linkes Hüftgelenk und das Becken. Er stürzte schwer auf das Deck. Die überlebenden Franzosen beugten sich erschrocken über ihn.

Von vorne waren Axthiebe zu vernehmen, dann ein lauter Peitschenknall.

»Anker ist gekappt!«

Turner sprang an das Ruder und wirbelte das Rad bis zum Anschlag nach Backbord herum.

»Segel sind klar zum Setzen!«

»Vorsegel setzen und back an Backbord belegen! Großsegel setzen und sofort aufgeien!«

Das Schothorn wanderte nach oben an den Kopf, die Segelfläche verkleinerte sich dadurch erheblich.

Mit Fahrt über den Achtersteven drehte die *Shark* nach Backbord, dabei kam sie der brennenden Brigantine gefährlich nahe, bei der die Flammen schon aus den Niedergängen und Luken schlugen, Aber dann fiel die leichte Brise in die Segel ein, der Bug wurde herumgedrückt, das Vorsegel übergeholt und mit langsamer Fahrt machte sich die Slup an die Verfolgung des manövrierunfähig quer zum Wind treibenden Franzosen. Um das Ruder herum hatten sich etwa zehn Männer versammelt, anscheinend der überlebende Rest der Besatzung, die sich an Bord befunden hatte. Die französische Flagge war niedergeholt und die Männer hatten die Hände erhoben.

Turner manövrierte sein Schiff dicht am Heck vorbei und

brüllte in seinem besten Französisch hinüber: »Ankern Sie sofort! Sonst eröffne ich wieder das Feuer!«

Ein halbes Dutzend Seeleute sprintete nach vorn und kurze Zeit später klatschte der zweite Buganker mit einer hohen Fontäne in das grüne Wasser der Bucht. Nachdem die Trosse belegt war, befahl William den Überlebenden: »Kommen Sie ohne Waffen mit Ihrem Beiboot zu uns an Bord! Niemand geht mehr unter Deck!« An den Bootsmann gewandt, fügte er hinzu: »Haben Sie noch genug Arm- und Beinschmuck für unsere Gäste?«

»Wird schon reichen, Sir!«

Nachdem die französischen Seeleute gefesselt unter Deck gebracht worden waren, legte Turner an der unbeschädigten Seite des Dreimasters an. Unter der Leitung des Bootsmanns durchsuchte ein schwer bewaffneter Suchtrupp das Schiff, konnte aber keine weiteren Franzosen mehr ausfindig machen. William ging zusammen mit Tom auf das Achterdeck. An der Backbordseite neben dem Kompasshaus lag die Leiche des unglücklichen Midshipman Dulac in einer schwarzen Lache schnell gerinnenden Blutes, über der die ersten dicken grün schillernden Fliegen kreisten. Turner wäre beinahe übel geworden, dann drückte er dem Midshipman die gebrochenen Augen zu. Er durchsuchte den Flaggenschrank und fand tatsächlich eine britische Kriegsflagge, die er über den Leichnam breitete. Turner nahm seinen Hut ab und senkte den Kopf. »Tut mir Leid, mein kleiner Freund, aber ich konnte nicht anders handeln. Ich weiß, das ist kein Trost für dich, aber wenn du älter geworden wärst, dann hättest auch du die Erfahrung gemacht, dass das Kommando auch eine verflucht schwere Last und Bürde sein kann. Ich bitte dich, verzeih mir, was ich dir antun musste, aber ich hatte keine andere Wahl, das musst du mir glauben!«

Sein Bursche stand plötzlich neben ihm und seufzte tief

auf: »Sir, Tom konnte ihn nicht retten. Mister Midshipman Dulac hatte, äääh, nun ja, er hatte Angst, ins Wasser zu springen.«

»Ich weiß, Tom, du hast keine Schuld an seinem Tod. Er konnte nicht schwimmen. Niemand auf den Kanalinseln kann das.« Und auch sonst kann es kaum ein Seemann, dachte er. »Ich übrigens auch nicht!«

»Aber Sie wären gesprungen, Sir.«

»Wahrscheinlich, Tom, sehr wahrscheinlich.« Es war einfach eine Frage der Wahrscheinlichkeit.

Ein Stöhnen ließ seinen Blick zum Ruder hinüberwandern. Dort lag der französische Kommandant in seinem Blut. Seine Leute hatten versucht, ihn notdürftig zu verbinden, bevor sie ins Boot gestiegen waren, aber William sah mit einem Blick, dass der Mann dem Tode geweiht war. Sein Gesicht war fahl, die Augen blickten verschleiert und trübe, er vergrub die Zähne tief in die blutenden Lippen, um nicht laut zu schreien.

»Ich werde Ihnen meinen Arzt schicken, Monsieur«, sprach Turner ihn an. Er rief einem seiner Leute auf dem Deck der *Shark* eine entsprechende Weisung zu.

»*Merde!*«, flüsterte der Mann. »Das können Sie sich sparen, *anglais*. Ich ... ich 'abe Sie falsch eingeschätzt, 'ätte nie geglaubt, dass Sie den Jungen opfern würden. Sie würden einen guten Freibeuter ab...ge...ben! Aaah ... *mon Dieu*!« Sein Körper zog sich krampfartig zusammen, dann streckte er sich, sein Kopf fiel zur Seite.

»Wenn es stimmt, dass Gott die Sünder besonders liebt, dann stehst du heute bei der Audienz allerdings in der ersten Reihe, du dreckiger Hurensohn!«, flüsterte Turner bitter.

Ein im Wortsinne ohrenbetäubender Donnerschlag ließ sie zusammenfahren. Da, wo das brennende Schiff gelegen hatte, stieg eine schwarze Rauchsäule in die Höhe, aus der

Wrackteile herabregneten, das Wasser hatte sich trübe verfärbt und schien zu kochen. Hohe Wellen breiteten sich nach allen Seiten aus. In dem fast kreisrunden Bergkessel hallte das Echo der Explosion von allen Seiten mehrfach wider. Unzählige Fische trieben mit dem weißen Bauch nach oben an der Oberfläche. Die Seevögel vergaßen schnell ihre Angst und stürzten sich laut kreischend und gierig auf das Festmahl.

Turner sprang in die Wanten des noch stehenden Besanmasts und hielt nach seinen Leuten Ausschau. Die Barkasse und der Kutter verholten gerade das beladene Schiff an einen Ankerplatz, während das leere Schiff von anderen Schiffsbooten an den langen Kopfsteg manövriert wurde. Alle Schiffe holten in den Wellen heftig über und rollten einige Male stark, dann war es überstanden. Die Seesoldaten sicherten ungerührt den Strand und die Lagerhäuser. Ganz bestimmt war dort auch Rum in Fässern gelagert. Das Zeug musste so schnell wie möglich unter Verschluss genommen werden! Turner wusste, dass er eine ausgezeichnete Besatzung hatte, aber Seeleute und Rum, das war eine Mischung, die unbekömmlich war. Die vielen Toten an Land und von den Schiffen waren auf einen Haufen zusammengetragen und mit Planen vor den Angriffen der Aasfresser aus der Luft geschützt worden. Das Begraben würde Stunden dauern, überlegte Turner. Vielleicht sollte man sie einfach mit reichlich Rum übergießen und verbrennen. Das wäre doch ein Ende ganz nach dem Geschmack der wilden Gesellen. Er grinste bitter. Ja, so würden sie es machen.

Immerhin war es tröstlich, zu sehen, dass alles bestens lief, auch wenn er seinen dicken Zinken nicht überall hineinsteckte – oder klappte es gerade deshalb? Obwohl er sich keinen konkreten Vorwurf machen konnte, wusste er sicher, dass ihn der Tod des kleinen Midshipman noch lange in seinen Träumen verfolgen würde.

Er ging unter Deck, wo er einen kurzen Blick in die Kabine des Kapitäns warf. Zunächst konnte er nichts Außergewöhnliches entdecken, aber für eine genaue Untersuchung fehlte ihm jetzt die Zeit. Er stellte den Zimmermann der *Shark* mit drei weiteren Männern ab, die das Schiff nach Dingen durchsuchen sollten, die es wert waren, abgeborgen zu werden. Außerdem sollte der Fachmann feststellen, ob es sich lohnte, den Rumpf notdürftig repariert nach Antigua zu schleppen.

⚓

Turner war überrascht, als er nach dem Verholen und dem neuerlichen Ankern mitten auf der Reede feststellte, dass es erst vier Glasen auf der Vormittagswache war. Dafür war schon verdammt viel passiert.

Der Rest des Tages bestand aus purer Schinderei. Aber da die Männer wussten, dass alles, was sie auf das letzte Handelsschiff verluden, den Wert der Prise erhöhen würde und damit ihren eigenen Anteil, schufteten sie buchstäblich bis zum Umfallen. Das eine Lagerhaus war bereits geräumt gewesen und das zweite leerte sich in Windeseile. Sie karrten die Waren nicht nur über die Seebrücke an das Schiff, sondern benutzten zusätzlich die Barkasse, den Kutter und die Boote der anderen Schiffe als »Leichter«, die auf der Seeseite des Frachters festmachten und dort gelöscht wurden.

Das Wasser der Bucht war zwar noch mit vielen Wrackteilen bedeckt, aber es blinkte wieder aquamaringrün und war klar bis zum sandigen Grund. Turner, den der Verlust seines besten Ankers schmerzte, erkundigte sich bei seinem anscheinend omnipotenten Tom, ob er nicht nur schwimmen, sondern auch tauchen könne, was dieser stolz bejahte.

»Alle können das bei uns, Käptum, Sör. Nur so kommt man an die leckeren Muscheln heran.«

»Ahem. Ääh, was glaubst du, Tom, könntest du hier in der Bucht bis auf den Grund tauchen?«

Tom grinste daraufhin mächtig breit. »Kein Problem für Tom, aber warum?«

»Ich hätte gerne meinen Anker wieder. Sonst muss ich einen dicken Bericht an die Admiralität schreiben und erklären, warum ich den verloren habe. Sehr unangenehm, wirklich sehr unangenehm, Tom.« Die Ausrede war zwar nicht sonderlich originell, sie entsprach aber fast der Wahrheit und erfüllte ihren Zweck.

»Aye, Sör. Tom wird den Anker finden. Dauert nicht lange.«

William dachte, na, mein Lieber, nimmst du da den Mund nicht ein wenig zu voll? Aber Tom behielt recht. Er ließ drei sechspfündige Kanonenkugeln in die Gig bringen und fünfzig Faden des einzölligen Tauwerks, das er an eine Markierungsboje ansteckte. So ausgerüstet, ließ er sich zu dem Platz rudern, wo ihr Anker mit der durchtrennten Trosse liegen musste. Nach einer kurzen Suche wurden sie auch lokalisiert. Das Boot ankerte, die Boje wurde ins Wasser gesetzt. Tom entkleidete sich, steckte in das andere Ende der Leine einen Palstek, den er sich über den Arm schob, nahm eine der Kugeln in beide Hände und verschwand kopfüber in den Fluten. Die Zeit verging. Turner wurde bereits unruhig, auch er hatte die Luft angehalten, war aber schon längst wieder gezwungen gewesen, die Luft heftig in die Lungen einzusaugen. War Tom etwa da unten das Opfer eines Hais geworden? Da durchbrach ein schwarzer Krauskopf die Wasseroberfläche. Tom stieß triumphierend die Faust in den Himmel, dann kletterte er flink wieder ins Boot. Der Rest war Routine. Mittels der Hilfsleine hievten sie die gekappte

Ankertrosse bis vor die Klüse, zogen sie dann mit einer weiteren Leine an Deck, betakelten das ausgefranste Ende und holten dann den Anker aus dem Grund und verkatteten ihn an seinen Platz am Kranbalken.

Auch in der Dunkelheit gingen die Ladearbeiten weiter. Turner wollte kein Risiko eingehen, daher vermied er es, die Arbeiten erst am nächsten Tag beenden zu lassen. Niemand wusste genau, wie viele Rebellen und Kaperer sich in die Wälder hatten retten können und über was für Waffen sie verfügten. Der fast volle Mond erleichterte die Arbeit und auch die Absicherung des Strandes, mit der Korporal Pike betraut war. Sergeant Bull war mit drei seiner Spezialisten mit delikateren Aufgaben beschäftigt. Er bereitete die Sprengung und das Abbrennen aller Anlagen vor. Die Rumfässer waren alle – na fast alle, denn Turner hatte für eine spätere Verwendung ein paar an Bord der *Shark* bringen lassen – in der einen Halle gelagert worden, in der anderen türmten sich Pulverfässer. Auch diese Ladung war Turner zu heikel gewesen. Was an lebendem Vieh hatte eingefangen werden können, war auf die Schiffe verteilt worden. Frische Verpflegung war für den Rest der Reise überreichlich gesichert.

Der heruntergebrannte Scheiterhaufen für die sterblichen Überreste der Freibeuter und Schmuggler rauchte noch, als um Mitternacht das erste Schiff unter dem Kommando O'Baileys auslief, ihm folgte Lennon und schließlich Midshipman Armstrong. Turner hatte seinen Anker kurzstags hieven lassen. Die Marineinfanteristen verteilten die letzten Rumfässer auf der Seebrücke und schlugen kleine Löcher in die Dauben. Sergeant Bull kam, seinem Namen alle Ehre machend, im Laufschritt über den Steg gedonnert, nachdem er die Lunten an den Häusern gezündet hatte. Von der ablegenden Barkasse aus warf er eine Fackel auf den Steg, der hochprozentige Rum fing sofort Feuer. Die Flammen breiteten sich rasend schnell vom Steg bis zum Ufer hin aus. Es war ohne jeden Zweifel ein beeindruckendes Bild, jedem inszenierten Feuerwerk in den königlichen Gärten an der Themse zumindest ebenbürtig. Nur die Musik von Meister Händel fehlte. Auch ein paar alte Matrosen wischten sich eine kleine Träne aus den Augen. Allerdings durfte man mit Fug und Recht bezweifeln, dass es der grandiose Anblick war, der sie so rührte. Es war wohl eher der Gedanke daran, wie viele Totts besten Rums sich dort drüben in Nichts auflösten.

Als die Seesoldaten und Matrosen aus der Barkasse an Bord kletterten, war der Anker schon aus dem Grund und die *Shark* nahm Fahrt auf. Sie hielten auf den verankerten schwer beschädigten französischen Dreimaster zu. Achteraus blickend sah Turner erste schattenhafte Gestalten vorsichtig aus dem Wald treten. Diese Männer waren zur falschen Zeit am falschen Ort, denn plötzlich erhellte ein greller Feuerschein die Szenerie, die beiden Lagerhallen waren mitsamt ihrem explosiven Inhalt in die Luft geflogen. Allerdings thronte das feste Steinhaus noch fast unbeschädigt über dem Strand.

Auf Höhe des beschädigten Freibeuters wartete ein Boot mit einer Schleppleine auf sie. Die hinderlichen Überreste des beschädigten Riggs waren abgehackt worden und störten nicht mehr. Die Leine wurde übernommen und an einem Hahnepot auf dem Achterdeck der *Shark* belegt. Über die Berge schoben sich dicke Regenwolken, die bald den Mond verdecken würden. Als sie das Riff passierten, prasselte ein heftiger Schauer auf sie herunter.

Etwas später, als die Sicht wieder klar war, spähte Turner mit wachsender Ungeduld achteraus zu der schwarzen Silhouette der Insel hinüber. Nun, vielleicht hatte er zu clever sein wollen. Aber sein Zorn auf diese Verbrecher, die zumindest Mitschuld an dem Tod seines jungen Midshipman trugen, war einfach zu groß gewesen.

Als er zum wiederholten Mal ungeduldig achteraus blickte, schien auf der Insel ein Vulkan auszubrechen. Ein roter Widerschein strahlte die Wolken von unten an. Etwas später vernahm er ein fernes Donnergrollen. Turner grinste böse. Im Steinhaus hatte Bull eine Sprengladung im Erdgeschoss installiert, aber die Zündschnur so manipuliert, dass das Pulver nicht explodierte. Drängten sich die durchnässten Halunken in den Raum, mussten sie denken, dass die Sprengung nicht wie geplant geklappt hatte. Sollten sie dann auf die Idee kommen, sich an der dort befindlichen Feuerstelle zu trocknen oder sich nach einem langen Fastentag im Urwald etwas Essbares zuzubereiten, dann setzten sie zwangsläufig im Herd eine Zündschnur in Brand, die zu den Pulverfässern im Keller führte. Die Kellerklappe hatten die Seesoldaten zur Sicherheit mit zehnzölligen Nägeln verschlossen. Turner hatte richtig kalkuliert, das Bedürfnis der durchnässten Schufte nach Wärme war offensichtlich größer gewesen als die Vorsicht. Jetzt konnten sich die Mistkerle an den Feuern des Fegefeuers wärmen! Für sie war das Tor zum Paradies zur Falltür in die Hölle geworden.

Es war ein überaus erfolgreicher Tag für die Männer der *Shark* gewesen. Drei vollbeladene Prisen, ein – wenn auch leider recht zusammengeschossener – französischer Dreimaster, ein zerstörter Piratenschlupfwinkel, mehrere Dutzend von getöteten Rebellen und Freibeutern, einige Gefangene – bei nur zwei Leichtverwundeten und einem Toten auf ihrer Seite. Aber der Verlust des jungen Midshipman schmerzte Turner zutiefst und verdarb ihm die gute Laune. Was sollte er nur den Eltern schreiben, überlegte er bitter. Er hatte einen üblen Geschmack im Mund. Vielleicht sollte er ihnen die ungeschminkte Wahrheit auftischen: »Ihr Sohn ist gestorben, weil ich die Situation falsch eingeschätzt habe! Er ist völlig sinnlos krepiert, weil ich fahrlässig vorausgesetzt habe, dass sich ein anständiger Freibeuter im sicheren Versteck an Land vollfrisst, seine Beute beim Würfeln oder Kartenspielen verjubelt, sich bis zur Bewusstlosigkeit besäuft und, wenn es denn klappt, herumhurt.« Nein, das war zynisch. Vielleicht sollte er die Schuld auf jemand anderen abwälzen. »Es hat ihn erwischt, nur weil Mister Hermes sich überlegt hat, dass ein Französisch sprechender junger Herr an Bord nützlich sein könnte.« Nein, so ging das auch nicht, aber wie wäre es damit: »Er ist mit der blanken Klinge in der Faust an der Spitze seiner Männer gefallen.« Nun ja, das stimmte beinahe, nur dass sich die blanke Klinge in der Faust eines anderen befunden hatte. Diese kleine Lüge musste erlaubt sein. William Turner spuckte kräftig über die Reling in die dunkle See, aber den bitteren Geschmack in seinem Mund wurde er nicht los.

Kapitel 9

Mai 1776, Antigua

Früh am Morgen, gleich nach Sonnenaufgang, ließ Turner seine kleine Flotte in Lee von St. Martin beidrehen und befahl die Kommandanten zu sich. Als sich diese auf dem Deck versammelt hatten, auf dem schon die gesamte übrige Besatzung angetreten war, wurde der mit der Kriegsflagge bedeckte, in Segeltuch eingenähte tote Midshipman an die Reling getragen. Die Flaggen aller Schiffe wurden halbstocks gesetzt, die Männer nahmen ihre Hüte und Mützen ab. Turner verlas stockend ein Gebet, dann salutierte er. Die anderen Offiziere taten es ihm nach, die Seesoldaten präsentierten die Musketen. Dann wurde die Planke angekippt und Midshipman Yves Dulac trat mit einer Kugel zu seinen Füßen seine letzte Reise an.

»Lassen Sie wegtreten, Mister O'Bailey!«

»Aye, Sir. Hüte und Mützen auf! Weitermachen, Bootsmann!«

Nachdem sich dann die Schiffsführer in seiner Staatskabine versammelt hatten, räusperte Turner sich und begann: »Sirs, wir haben gestern einen großen Erfolg zusammen errungen. Dieser Erfolg wird sich zweifellos auch in klingender Münze für alle auszahlen, aber unser Hauptziel muss es sein, herauszufinden, wer die Hintermänner dieser verräterischen, ihren König missachtenden Halunken und räuberischen Halsabschneider sind. Daher weise ich Sie an, die Korrespondenz in den Kajüten der Schiffer äußerst aufmerksam zu überprüfen. Interessante Dokumente sind auszusondern und mir zu übergeben! Was gibt es, Mister Lennon und Mister O'Bailey?«

»Schon geschehen, Sir«, meldete Lennon und O'Bailey nickte bestätigend. »Ich habe Angaben über die Verteilung der britischen Kreuzer und ihrer Patrouillengebiete für den Zeitraum der nächsten Monate gefunden. Dazu Hinweise auf die Charaktereigenschaften und Vorlieben der Kommandanten!«

»Wie bitte?«

»Ja, Sir. Ein gewisser Leutnant Malcolm verdrückt sich mit seinem Kutter gerne in einsame Buchten und vergnügt sich dort mit Angeln und der Jagd nach wilden Schweinen. Ein Commander Holly liegt die meiste Zeit mit seinem Schiff im Hafen von Rum Cay, weil er da eine feurige Kreolin als Geliebte hat!«, berichtete Lennon. O'Bailey nickte bestätigend und ergänzte: »Kapitän Rumney auf der Fregatte *Venus* von der Bahamastation pflegt seine Patrouillen im Bahamakanal mit der Präzision eines Uhrwerks abzusegeln. Man kann die Uhr danach stellen, wann er wo ist. Das hat den Vorteil, dass seine Offiziere dort jede Möwe und jeden Stein persönlich kennen und er sich in Ruhe seiner Leidenschaft für hochprozentige Getränke widmen kann.«

In der Kabine wurde halblaut getuschelt und irgendjemand kicherte unterdrückt.

Turner hieb mit der Faust auf die Tischplatte. »Den pflichtvergessenen Kerlen sollte man den Ar... den Marsch blasen!« Mit wütend funkelnden Augen blickte er sich um. Sofort herrschte wieder Schweigen. »Wie sieht es bei Ihnen aus, Mister Armstrong und Steuermannsmaat Quincy?«

Beide wanden sich, offensichtlich fühlten sie sich nicht wohl in ihrer Haut. »Nun ja, Sir. Es gab so viel anderes zu tun«, stöhnte Armstrong gequält, und der Steuermannsmaat ergänzte: »Wir müssen nach wie vor die ganze Zeit pumpen, um nicht abzusaufen, Sir!«

Es war klar, dass die beiden mit dieser Aufgabe überfordert waren. Insbesondere Quincy, denn wahrscheinlich war ein Großteil der Korrespondenz auf der Sloop in französischer Sprache abgefasst.

»Kein Problem, Sirs, wir tauschen einfach mal die Schiffe! Mister O'Bailey wechselt nacheinander von dem einen zum anderen. Sir, ich brauche unbedingt alle Fakten vor dem Einlaufen auf Antigua! Können Sie Französisch, Mister O'Bailey?«

»Äh, bedaure, Sir. Nicht wirklich gut, Sir.«

»Dann nehmen Sie meinen Bootssteurer Tom als Sekretär mit, Sir.«

Der Erste starrte ihn mit erstaunten Augen an, riss sich dann aber zusammen und schnarrte: »Aye, aye, Sir! Übrigens wird der Kommandierende Admiral in Antigua, Sir Samuel Blake, zwar als recht guter Seemann, aber auch als cholerischer Despot und ideenloser Pedant beschrieben.«

»Ach du mein lieber Gott, was für eine entzückende Mischung von liebenswerten Charaktereigenschaften!«

⚓

Das Einlaufen von Wild Bull Turners kleinem Geschwader in English Harbour konnte man durchaus als ein Ereignis bezeichnen. Wie böse Zungen später behaupteten, entging der Kommandierende Admiral der Station, Konteradmiral Sir Samuel Blake, nur knapp einem Schlaganfall. Als sein

Flaggleutnant Forthingworth ihm meldete, dass Leutnant William Turner von der Kriegsslup *Shark* mit drei vollbeladenen Yankeeprisen und einem schwer mitgenommenen Kaperschiff, auf dem die rote Kriegsflagge über dem Jolly Roger wehte, einlief, warf er ihm eine halb geleerte Flasche an den Kopf und brüllte mit hochrotem Gesicht: »Der Kerl macht einen Narren aus mir! Wie stehe ich denn da? Seit Monaten verlangt der Gouverneur von mir Erfolge, und was muss ich ihm immer wieder antworten? Na, was wohl? Ja, was?« Ein leeres Glas kam hinterhergesegelt. »Zu wenig Schiffe, Sir! Zu viele Verstecke, Sir! Zu viele neutrale Häfen, Sir! Zu viele Riffe, Sir! Zu viele Rebellen mit zu vielen kleinen schnellen, gut geführten Schiffen, Sir! Und jetzt kommt dieser kleine Arsch von einem Leutnant hier mir nichts, dir nichts mit einer ganzen Flotte eroberter Schiffe an! Raus, Sie Kretin!!!«

Ein weitere Flasche kam angeflogen, die der Flaggleutnant geschickt auffing.

»Jawohl, Sir. Danke, Sir.«

»Wie? Was? Lassen Sie signalisieren! Der Bursche soll sich umgehend bei mir melden!«

Draußen rollten die Salutschüsse für Blakes Flagge über das Wasser der großen Bucht.

Turners Flottille hatte geankert, das beschädigte Schiff tauten seine Männer mit Booten zur Werft hinüber. William warf sich in seine beste Uniform, nahm seine Befehle und ein Päckchen Papiere und verstaute sie in einer Tasche aus wasserdichtem Segeltuch. Ihm war ziemlich blümerant zumute. Er konnte sich lebhaft vorstellen, dass der Admiral ihm einige unangenehme Fragen stellen würde. In seiner besten Uniform trat er hinaus auf das Deck und marschierte mit unbewegter Miene zur Relingspforte. Er wurde mit dem üblichen Zeremoniell verabschiedet, als er in die Gig kletterte. Steif und aufrecht saß er hinten auf der Ducht und starrte düster auf das große Linienschiff, das wie eine mächtige Burg langsam vor ihm in die Höhe wuchs.

»*Shark!*«, brüllte Tom zum Deck hinauf und hob einen Finger, um anzuzeigen, dass der Besucher zwar Kommandant, aber nur Leutnant war.

Aber das hätte er sich auch sparen können, denn dort oben war inzwischen jeder bis hinunter zum letzten Putzer der Mannschaftstoiletten auf der Galion informiert. Eine Fregatte hatte vor zwei Wochen die Ankunft einer Kriegsslup unter dem Kommando eines gewissen Leutnant William Turner avisiert. Das war nur insofern eine etwas ungewöhnliche Neuigkeit gewesen, als ausdrücklich darauf hingewiesen worden war, dass das Schiff unter den Befehlen der Admiralität verblieb. Selbstverständlich war das vertraulich gewesen, aber der Admiral beschäftigte einen Sekretär und einen Kabinensteward und besprach sich mit seinem Flaggleutnant und dem Flaggkapitän ...

Turner enterte die Stufen zur Eingangspforte auf halber Höhe der Bordwand hinauf, wo ihn im Geschützdeck die Ehrenwache – kleine Ausführung – aus Schiffsjungen und Seesoldaten erwartete. Die Pfeifen der Bootsmannsmaaten zwitscherten. Es war für William noch immer ein erhebendes Gefühl, als Kommandant empfangen zu werden. Ein elegant gekleideter junger Leutnant trat auf ihn zu und salutierte ziemlich lässig.

»Leutnant Turner, mein Name ist Forthingworth, Flaggleutnant. Herzlich willkommen auf unserem schwimmenden Heim in der von Fieber verseuchten Fremde Westindiens.«

Täuschte sich Turner oder funkelten in den Augen des Leutnants bei diesen Worten kleine Teufel, die sich vor Lachen ausschütten wollten?

»Danke, Leutnant, das hört man gerne. Ahem. Etwas

anderes als ein herzliches Willkommen war aber auch wohl nicht zu erwarten.«

Jetzt war es an der Reihe von Forthingworth, ihn prüfend zu mustern.

»Wenn Sie mir bitte folgen wollen, Leutnant Turner«, forderte er ihn etwas steif auf. »Der Admiral ist sehr gespannt darauf, Ihre Bekanntschaft zu machen und Ihren Bericht zu hören!«

Jede Wette ist er das! Vor allem wird er versuchen, mir etwas am Zeug zu flicken, dachte William mürrisch.

Der Wachposten vor der Großen Kabine des Admirals kündigte sie lautstark an. Von drinnen antwortete ein grollendes »Herein!«

Der Flaggleutnant riss die Tür auf und ließ Turner eintreten. William stockte der Atem. Es war lange her, dass er an Bord eines Linienschiffes gewesen war. Ja, diesen Raum konnte man mit Fug und Recht Staatskajüte nennen. Es gab Platz im Überfluss. Das Mobiliar bestand aus geschmackvollen, exklusiven Stücken, an den Schotten hingen Gemälde – Seestücke und Porträts – in wuchtigen Goldrahmen, der Boden war mit dicken, edlen Teppichen bedeckt, die Fenster waren mit schweren Gardinen drapiert.

Admiral Sir Samuel Blake thronte an der Breitseite eines großen, massiven Tisches in der Mitte des Raumes. An der rechten Schmalseite hockte ein unscheinbares Männlein mit einem Kneifer auf der langen Nase und einer Schreibfeder in der Hand. Forthingworth stellte sich links hinter seinen Admiral.

Turner grüßte zackig und musterte den Admiral, der ihn seinerseits angewidert anstarrte, als ob William stinkende, eitrige Geschwüre an sich hätte. Er machte keine Anstalten, seinen Gast zu begrüßen oder ihm einen Platz anzubieten. Blake hatte ein hochrotes Gesicht, aufgeworfene Schmolllippen, eine kleine platte Nase mit geplatzten Äderchen und buschige weiße Augenbrauen über wässerigen blauen Augen. Seine Perücke war leicht verrutscht. Schließlich ließ er sich zu einem mürrischen »Guten Tag, Leutnant Turner« hinreißen. Es klang eher wie: »Gehen Sie zum Teufel, Leutnant Turner.«

»Guten Tag, Sir.«

»Ihr Einlaufmanöver war, gelinde ausgedrückt, saumäßig, Leutnant!«

»Jawohl, Sir!« Wenn der Admiral das sagte, musste es wohl stimmen, obwohl Turner sich fragte, was er wohl mit dem beschädigten französischen Schiff im Schlepp hätte anders machen sollen.

»Auf den Schiffen meiner Station und auf den Schiffen unter meinem Kommando ist Seemannschaft in höchster Vollendung kein Zufall, sondern Pflicht, Sir!«

»Jawohl, Sir!«

»Warum weht auf Ihrem Schiff noch nicht meine Flagge?«

Der Flaggleutnant beugte sich zu ihm herunter und flüsterte etwas in sein Ohr.

»Äääh ..., ja, na dann ... Aber das ist keine Entschuldigung für nachlässige Manöver!«

»Selbstverständlich nicht, Sir.«

»Da Sie direkt unter den Befehlen der Admiralität segeln, müsste es Ihnen ein Bedürfnis sein, ein Vorbild für alle anderen zu sein.«

Du alter Sack, willst du mich veralbern? Reicht es als nachahmenswertes Vorbild nicht aus, mit vier Prisen in den Hafen einzumarschieren?

»Jawohl, Sir. Sie haben völlig recht, Sir. Ich werde mich ernsthaft bemühen, Sir, aber bei dem bekannt hohen Standard, der auf den Schiffen unter Ihrem Kommando auf dieser Station herrscht, möchte ich Sie bitten, etwas Geduld mit mir zu haben, Sir!«

Hatte er zu dick aufgetragen? Der Flaggleutnant biss sich auf die Lippen, der Schreiber duckte sich noch tiefer in den hohen Stehkragen seines Rockes.

»Nun denn, äh, Sie scheinen lernwillig zu sein, Leutnant, das honoriere ich. Äh, selbstverständlich wird das, äh, von mir anerkannt, Sir. Aber falls Sie glauben sollten, dass ich Ihnen bei der Ergänzung Ihrer Vorräte helfen kann«, er brach ab, denn wieder zuckte der Kopf des Flaggleutnants herunter, »dann werde ich natürlich sehen, was ich, äh, für Sie tun kann«, knurrte Blake kurz vor einem Erstickungsanfall. »Mit Personal kann ich«, er warf dem Flaggleutnant hinter seinem Stuhl einen schnellen Blick über die Schulter zu, seufzte und fuhr fort, »Ihnen auch gerne behilflich sein.«

»Meinen aufrichtigen Dank, Sir, aber zurzeit benötige ich nur einen fähigen Midshipman. Midshipman Dulac ist leider bei der Aufbringung der Prisen gefallen.«

»Sonst hatten Sie keine Verluste zu beklagen, Mister Turner?« Der Admiral blickte ihn ungläubig an.

»Bis auf zwei Leichtverletzte, die sich aber schon auf dem Weg der Besserung befinden, zum Glück nicht, Sir.«

Sir Blake und der Flaggleutnant schauten sich überrascht an. »Geben Sie mir, äh, einen kurzen mündlichen Bericht, Sir. Die ausführliche schriftliche Fassung haben Sie ja sicher bei sich? Ahem, setzen Sie sich doch, Sir. Einen Drink?«

Wollte der Admiral ihn auf die Probe stellen? Hatte er von dem Gerücht gehört, dass Turner lieber zwei Glas zu viel als eins zu wenig trank? Für einen Drink war es jetzt am Vormittag nach den Bräuchen der Royal Navy noch viel zu zeitig.

»Danke, nein, Sir, für mich ist es dafür noch etwas zu

früh, aber den Bericht habe ich selbstverständlich bei mir, Sir«, erwiderte Turner steif, tippte auf das eingeschlagene Bündel und beschrieb dann in groben Umrissen den erfolgreichen Einsatz. Was die Auswertung der erbeuteten Dokumente ergeben hatte, verschwieg er wohlweislich.

⚓

An Bord zurückgekehrt, fand er wieder seine vollständige Besatzung vor, denn die Prisen waren den zuständigen Behördenvertretern übergeben und die Gefangenen ins Gewahrsam an Land überführt worden. Auf Anraten des Segelmeisters verholten sie das Schiff auf einen Ankerplatz, der so weit wie möglich vom Land entfernt lag. Lennon war aufgrund seiner jahrzehntelangen Erfahrung in diesem Teil der Welt der festen Überzeugung, dass dadurch die Gefahr von Fiebererkrankungen durch die »üblen Ausdünstungen« aus den Wäldern der Insel geringer wurde.

»Außerdem werden wir dann nicht so stark von lästigen Moskitos geplagt, das ist ein sehr willkommener Nebeneffekt, Sir«, hatte er Turner erklärt, dem das nur recht sein konnte.

Anlässlich der abendlichen Grogausgabe überreichte Turner den Männern, die ihm den Tipp für das Versteck am *Paradise Gate* gegeben hatten, feierlich ihre wohlverdienten goldenen Münzen, was von der Besatzung mit lauten Beifallskundgebungen quittiert wurde, zumal er für alle die Rumration verdoppeln ließ. Die *Shark* war ein glückliches Schiff.

Zum Abendessen war William in die Offiziersmesse eingeladen. Die Gentlemen hatten wohl in Erwartung des Prisengeldes schon auf den Bumbooten eingekauft und für die

Zutaten eines festlichen Mahls gesorgt. Für frischen Schweinebraten hatten ja schon ihre unfreiwilligen Gastgeber auf der Aalinsel gesorgt.

»Meine Herren, ich bedanke mich für die Einladung. Bevor wir uns den leiblichen Genüssen hingeben, darf ich Ihnen noch ankündigen, dass ich nach der Rücksprache mit dem Flaggleutant des Admirals übereingekommen bin, dass er dafür sorgen wird, dass wir noch einen älteren, erfahrenen Midshipman bekommen werden. Konkurrenz für Sie, Mister Armstrong, aber ich muss Sie loben, Sie haben Ihre Sache ausgezeichnet gemacht, junger Mann. Das gilt übrigens für alle hier im Raum und auch alle Männer unserer Besatzung! Ich danke Ihnen, Gentlemen.«

Das Essen war hervorragend. Nachdem sie auf den König getrunken hatten, klopfte Turner an sein Glas, blickte sinnend in den tiefroten Wein, erhob das Glas und sagte mit fester Stimme: »Auf abwesende Freunde!«

»Auf abwesende Freunde!«

Alle wussten, wem dieses Mal der Trinkspruch im Besonderen galt.

Es wurde ein langer, fröhlicher Abend und dementsprechend betrunken fielen alle in die Kojen. Auch auf dem Zwischendeck herrschte eine recht ausgelassene Stimmung, denn Turner hatte gegenüber dem Ersten Leutnant durchblicken lassen, dass dieser den Profos und den Bootsmann anweisen sollte, nicht allzu genau in alle Ecken zu schauen.

Am nächsten Morgen erwarteten die Besatzung der *Shark* die versprochenen Lieferungen von Brennholz, Frischwasser, Gemüse, Obst und anderem frischen Proviant sowie einiger Fässer Salzfleisch, Schiffszwieback und Hartkäse. Auch ihre Pulvervorräte mussten sie ergänzen, dazu kamen auch noch Kugeln und Kartätschen.

Bald näherte sich ihnen ein ganzer Pulk von Booten. Neben Bumbooten und den Bargen des Marinearsenals handelte es sich dabei um private oder angemietete Kutter und Pinassen, die Briefe an den Kommandanten überbrachten. Turner war verblüfft. Es handelte sich um Einladungen zu Bällen oder Abendgesellschaften. Die wichtigste stammte vom Gouverneur, der ihn zu einem Dinner am morgigen Sonnabend einlud. Auf einem separaten Bogen wurde er aufgefordert, sich vor dem Empfang im Sekretariat des Gouverneurs zu melden. Aber ein anderer Brief erregte viel stärker seine Aufmerksamkeit. Als Absender war *Hermes Worldwide Enterprises* angegeben. Nein, nicht schon wieder so eine obskure Firma! William setzte sich auf die Bank unter den weit geöffneten Fenstern in die leichte Brise und brach neugierig das Siegel auf.

Hochverehrter Herr Leutnant Turner,
wir erwarten Sie heute um 11.00 Uhr in unserem Büro in der Green Lane Nr. 10.
Hoffentlich können Sie uns die Freude bereiten und den Termin wahrnehmen.
Im Voraus besten Dank und entschuldigen Sie vielmals die für Sie damit verbundenen Unbequemlichkeiten.
Mit aufrichtiger Hochachtung

S
(Direktor)

P.S.: Keine große Uniform, Sir.

Es war wieder so weit! Die Krake streckte ihre Fangarme nach ihm aus. Er hätte es sich denken können, dass die *Hermes Agency* weltweit agierte und zumindest in allen wichtigen Marinestützpunkten eine Dependance hatte. Turner seufzte. Das Tagesgeschäft konnte er unbesorgt dem Ersten überlassen. Wie spät war es? Zwei Glasen auf der Vormittagswache, also war es Zeit, sich anzukleiden und sich auf den Weg zu machen. Immerhin musste er sich nicht in die schwere Galauniform aus dickem Wollstoff werfen. Aber es wäre ihm noch lieber gewesen, wenn er sich in weiten leichten Arbeitshosen und einem offenen Hemd mit einer Zitronenlimonade in der Hand achtern unter das Sonnensegel setzen und in Gedanken sein Prisengeld hätte ausrechnen können.

Pünktlich zur angegebenen Stunde stand er in einer engen schattigen Gasse vor einem schmalen mehrstöckigen Haus, neben dessen Tür ein kleines unscheinbares Schild kundtat, dass die achtbare Firma *Hermes Worldwide Enterprises* dort ihr Domizil hatte. Alle Fenster des Hauses waren mit hölzernen Lamellenblenden verschlossen. Er klopfte. Die Tür wurde sofort geöffnet. Ein groß gewachsener Schwarzer in einer weißen Jacke musterte ihn prüfend von Kopf bis Fuß, dann stellte er lakonisch fest: »Leutnant Turner. Treten Sie ein, Sir. Sie werden bereits erwartet. Wenn Sie gestatten, gehe ich voraus.«

Er ging vor ihm eine steile Treppe hinauf, öffnete auf dem Podest im ersten Stock eine Tür, die nach rechts in ein Zimmer führte. Hinter diesem ging die Treppe weiter nach oben in das nächste Geschoss. Turner trat ein und war angenehm überrascht. Das Zimmer erstreckte sich über die gesamte Länge und Breite des Hauses und war erfrischend kühl, denn ein leichter Luftzug durchwehte den Raum. Auf der Rückseite führten zwei weit geöffnete Türen auf eine Terrasse hinaus, über der eine Segeltuchmarkise Schatten spendete.

Ein kleiner rundlicher Mann in einem weiten weißen Seidenhemd, weißen Kniehosen, weißen Seidenstrümpfen und weißen Wildlederschuhen mit silbernen Schnallen kam mit ausgestreckten Händen auf William zu. Die Herren in diesem Gewerbe schienen eine Vorliebe dafür zu pflegen, sich Ton in Ton zu kleiden, überlegte William. Unwillkürlich blickte er sich schnell um, aber ein weißer Zylinder und weiße Handschuhe waren nicht zu entdecken. Deine Phantasie geht mit dir durch, hast du etwa erwartet, dass aus dem Zylinder dann auch noch ein weißes Kaninchen springen würde? Der Mann machte einen leutseligen Eindruck und mit seinem roten Gesicht und den flink herumhuschenden Augen wirkte er in der Tat wie ein umtriebiger Geschäftsmann.

»Leutnant Turner!«, rief der kleine lebhafter Mann euphorisch aus. »Was für eine Freude, Sie kennen zu lernen, Sir! Sie haben richtig Leben in unsere kleine verschlafene Gemeinde gebracht. Den Admiral hat beinahe der Schlag getroffen, hi, hi, hi, und der Gouverneur kann sich vor Schadenfreude fast nicht beruhigen, dass Blake am Prisengeld nicht beteiligt ist. Außerdem tobt zwischen beiden ein heftiger Kampf, wer für die Gerichtsverfahren zuständig ist.«

»Danke, Sir. Ich habe nur meine Pflicht getan. Für die Beurteilung der juristischen Seite bin ich nicht kompetent genug.»

»Darüber wird noch zu sprechen sein, aber zuerst darf ich Ihnen eine kleine Erfrischung servieren lassen?«

»Eine Limonade wäre genau das Richtige, Sir.«

»Ja, viel Flüssigkeit zu sich zu nehmen, das ist in diesem Klima sehr wichtig, sonst vertrocknen Sie, so wie viele der alten Schachteln, welche die Abendgesellschaften hier bevölkern, hi, hi. Einladungen haben Sie ja sicher schon im Überfluss erhalten, nicht wahr, Leutnant?« Er pustete in das Mundstück eines Schlauchs, der an der Wand durch den Fußboden nach unten ins Erdgeschoss führte, und bestellte die Limonade.

»Einige, Sir«, erwiderte William vorsichtig.

Der Mann blickte ihn plötzlich hart und kalt an. Er wirkte mit einem Schlag keineswegs mehr wie ein harmloser Koofmich: »Hier unter uns wird immer die Wahrheit, und zwar die ganze Wahrheit und nichts als die Wahrheit gesagt, Sir. So sind die Spielregeln! Sie werden nie genau erraten können, was und wie viel ich ohnehin schon weiß, daher versuchen Sie erst gar nicht, mich auszutricksen. Meist werde ich sowieso mehr wissen als Sie – das ist mein Job, Mister Turner!«

»Aye, aye, Sir!«

Der Diener erschien lautlos und servierte auf einem Tablett eine Karaffe mit einem Glas aus geschliffenem Kristall. Die Limonade war so kühl, dass die Karaffe außen beschlug und kleine Wassertropfen herunterliefen. Sein Gastgeber hatte sich an einem Sideboard ein kleines Glas Rotwein eingeschenkt.

»Nachdem das geklärt ist, zum Geschäft. Die Einladung zum Essen beim Gouverneur müssen Sie selbstverständlich annehmen. Bei der vorangehenden Besprechung ist allerdings Vorsicht geboten. Der französische Geschäftsträger ist nicht glücklich über das Einbringen der Prise und die Verhaftung seiner Landsleute. Einerseits möchte der Gouverneur ein Exempel statuieren, andererseits fürchtet er diplomatische Verwicklungen. Daher ist die Klärung einer Frage von großer Wichtigkeit: Hat der Froschfresser als erster das Feuer auf Ihr Schiff eröffnet? Ihr Bericht an den Admiral enthält zu diesem Punkt keine Details!«

Turner schluckte. Wie war sein Bericht an den Admiral so schnell in die Hände dieses Mannes gelangt? Der Kerl hatte nicht übertrieben, er schien wirklich außerordentlich gut informiert zu sein. »Dazu fehlten ihm die Leute, Sir.«

»Das ist schlecht!«

»Aber man kann durchaus sagen, dass er die Feindseligkeiten begonnen hat, wenn ich das mal so ausdrücken darf.«

»Wie das?«

»Er hat meinem Midshipman Dulac die Kehle durchgeschnitten, daraufhin habe ich das Feuer eröffnet, Mister, äh, S...«

»Smith.« Der Mann blickte ihn durchdringend an. »Ich verstehe. Dann war es Mord, und wir können die Kerle wegen Beihilfe hängen, das ist gut. Eine Anklage wegen Piraterie würde auf sehr wackeligen Füßen stehen. Ein Jolly Roger ist nur ein dürftiger Beweis.«

Turner erlaubte sich ein breites Grinsen. Es gab also doch noch Fakten, die der Kerl noch nicht wusste – aber er, William Turner. »Ach, ganz so ist das nicht, Sir. Ich habe meinen Bericht an den Admiral, nun sagen wir mal, auf das Wesentliche beschränkt. In den Darlegungen an die Kapitäne der Schiffe unserer Feinde wird Admiral Blake als, ahem, uninspiriert bezeichnet, daher wollte ich ihn nicht mit Details belasten. Ich hatte vor, einen umfangreichen Bericht nach London c/o *Hermes Shipping Agencies* zu schicken.«

Smith lachte meckernd. »Hi, hi, hi! Uninspiriert, das ist gut, das ist sogar sehr gut.« Er wurde wieder ernst. »Also hat Ihnen der Götterbote des Olymps nichts davon gesagt, dass wir hier vertreten sind. Das sieht ihm ähnlich. Aber nun raus mit der Sprache! Was haben Sie in der Hinterhand?«

»Wir haben die Papiere der Yankees und des Franzosen ausgewertet und sind auf interessante Dinge gestoßen. Beschreibungen der Eigenarten vieler Kommandanten, Anweisungen über die Patrouillenrouten unserer Kreuzer, die Anzahl der einsatzfähigen Schiffe auf den Stationen.«

»Das ist ja ein dicker Hund, Sir!«

»Diese Informationen müssen von weit oben kommen, Sir, auch darum wollte ich sie nicht überall bekannt machen.«

»Gut mitgedacht, Leutnant Turner. Mit Ihnen scheint der alte Gauner in London einen guten Fang gemacht zu haben. Sie können nicht nur draufschlagen – wie man sieht, beherrschen Sie das perfekt –, nein, Sie benutzen auch Ihren Verstand.«

»Danke und noch etwas, Sir. Auf dem Franzosen haben wir persönliche Ausrüstungsgegenstände englischer Nautiker gefunden. Unter anderem einen wertvollen Sextanten mit Namensschild, handgeschriebene persönliche Segelanweisungen mit Küstenbeschreibungen, Wetterbedingungen etc. und eine sündhaft teure Taschenuhr mit eingraviertem Namen, also Sachen, von denen sich kein Navigator freiwillig trennen würde.«

»Davon steht in Ihrem Bericht auch nichts, Mister Turner!« Smith blickte ihn so misstrauisch an, als würde er ihn verdächtigen, einem Blinden einen Penny aus dem Hut geklaut zu haben.

»Selbstverständlich nicht, Sir. Aber alles ist in Listen erfasst und vom Ersten Offizier gegengezeichnet. Was ich noch für bedeutsamer halte, ist der Fund einer umfangreichen Aufstellung mit den Abfahrtszeiten unserer Versorgungsschiffe nach Westindien, bezogen auf den Raum der Chesapeake Bay, und vermutliche Ankunftsdaten von Transportern vor ebendieser Bucht!«

»Verflucht! Was sagen Sie da! Wissen Sie überhaupt, was das bedeutet?«

»Ich denke schon, Sir.«

Smith dachte angestrengt nach, dabei rieb er sich mit seinen dicken kurzen Fingern die Stirn.

»Ich komme heute Abend als Ihr Prisenagent zu Ihnen

an Bord. Das erregt kein Aufsehen, weil ein Zweig unseres Büros darauf tatsächlich spezialisiert ist. Die Herren des Prisengerichts und die örtlichen Prisenagenten sind leider moralisch desavouiert. Mister Hermes hat Ihnen doch ganz bestimmt gesagt, dass wir uns um unsere Leute kümmern, oder etwa nicht?«

»Das hat er in der Tat.«

»Sie werden feststellen, dass Sie und Ihre Männer ein sehr großzügiges Prisengeld zuerkannt bekommen werden und – was fast noch wichtiger ist – dass es in der Regel auch schnell ausgezahlt wird. Beim Prisengericht sind alle korrupt, hier auf der Insel sind übrigens alle korrupt – nun ja, fast alle –, daher hat unsere, äh, Agentur alle, die mit dieser Angelegenheit befasst sind, in der Hand, Sie verstehen ...?«

»Vollkommen, Sir. Ahem, in gewisser Weise ist das erfreulich zu hören, Sir. Es würde mir und meinen Leuten nur wenig Freude machen, drei Jahre auf das Prisengeld zu warten.«

Smith lächelte böse. »Die Schwächen der Menschen erleichtern uns den Job erheblich, mein lieber Herr.« Er sprang auf. Turner konnte kaum seine erfrischende Limonade austrinken, so schnell wurde er verabschiedet. »Bis heute Abend, Leutnant Turner. Bereiten Sie alle Unterlagen vor. Geben Sie unter keinen, ich wiederhole, *keinen* Umständen eine Zeile davon an Land, ganz gleich, wer danach verlangt. Auch nicht an Bevollmächtigte des Gouverneurs oder ...«, er zögerte kurz, »an einen Boten, der ein Schreiben von mir vorlegt.«

»Aye, aye, Sir.« Turner konnte schon nichts mehr überraschen.

Die Hitze vor der Tür traf ihn wie ein Hammerschlag, der Schweiß brach ihm aus. Er spazierte im Schatten der Häuser zurück zum Hafen. Da er noch keine Lust verspürte, wieder an Bord zurückzukehren, setzte er sich in den Vorgarten eines Wirtshauses am Kai und genoss bei einem Glas leichten kühlen Landweins den Blick über den Hafen. Das Wasser schimmerte silbrig im Sonnenlicht, weiße Häuser leuchteten aus dem satten Grün des Waldes, kleine, helle Wolken segelten über den blauen Himmel. So habe ich mir die Seefahrt immer vorgestellt, sinnierte er heiter. Fehlt eigentlich nur noch die verführerische Schöne an meiner Seite, die mich aus sehnsuchtsvollen Augen anschmachtet.

Da riss ihn plötzlich lautes Geschrei aus seinen Tagträumen. Vier Seeleute, bei denen die Hitze die Wirkung des genossenen Rums potenziert hatte, waren den Pferden einer eleganten Kutsche in die Zügel gefallen und bestanden lautstark darauf, mitgenommen zu werden. Der schwarze Kutscher in einer weißen Livree mit roten Aufschlägen und goldenen Tressen drohte ihnen gereizt mit seiner Peitsche, was die Kerle nur wütend machte. Aus dem heruntergelassenen Fenster lehnte sich jetzt eine Dame und forderte die Matrosen energisch auf, Platz zu machen. Die angeteerten Jan Maaten dachten gar nicht daran, das war für sie alles ein großer Spaß.

»Aber Täubchen, sei doch nicht so abweisend. Wir sind doch ehrliche Blauwassersegler und wollen nur, hicks, einen kleinen Ausflug auf die Hügel über der Stadt machen, hicks. Da soll es doch so schön sein, hicks!«

»So schööön!«, echote einer der anderen.

»Und 'ne ganz dolle Aussicht soll man von da oben haben, wie aus dem Großtopp von 'nem Linienschiff. Ganz doll schööööön! Hicks.«

»Und du bist auch sooo schön, deshalb darfst du auch mit, Kleine. Wir bezahlen auch alles, nicht wahr, Jungs?«

»Na klar, Kumpel, wir lassen uns doch nicht lumpen. Nee, wir doch nich …«

Turner stand auf, rückte den Säbel zurecht und baute sich

hinter den Matrosen auf. Mit seiner besten Achterdeckstimme brüllte er: »Aaaachtung! Antreten zur Musterung!«

Die vier Männer fuhren herum, nahmen so etwas wie Haltung an und blickten missmutig zu ihm hin. Wegen des reichlich genossenen Rums schielten sie. »Schon wieder so ein Spielverderber, hicks«, murrte einer halblaut, schwieg aber, als ihn Turners durchbohrender Blick traf.

»Ihr wollt ehrliche Teerjacken sein und wisst nicht, wie man sich gegenüber einer Lady verhält? Ihr benehmt euch wie verdammtes Piratengesindel!«

»Aber wie können Sie, hicks, so etwas von uns glauben, Sör?«

»Antreten vor dem Wagenschlag! In einer Reihe zum Wegholen der Lose! Gesicht zur Kutsche!«

Gehorsam stellten sich die vier Missetäter auf.

»Mützen ab! Sprecht mir nach: Wir entschuldigen uns, Madame, und wünschen Ihnen eine guten Tag!«

Mit einigem Gestotter und Aufstoßen lieferten sie ihre Entschuldigung ab.

»Mützen auf! Wegtreten!«

Wie begossene Pudel schlichen sie torkelnd von dannen und verdrückten sich in die erste beste Nebenstraße.

»Vielen Dank, Leutnant …«

»Turner, Madame, von der *Shark*. Nichts zu danken, es war mir eine Ehre.«

»Ah, von der berühmten *Shark*, die ihrem Namen alle Ehre gemacht hat.«

Turner fasste sich mit einem Finger in den Kragen, der ihm eng wurde. Die Frau mochte an die dreißig Jahre alt sein. Unter einem schwarzen Spitzenschal umrahmte dichtes rotes Haar ein weißes herzförmiges Gesicht. Zwei leicht schräg gestellte grüne Augen musterten ihn abschätzend, so wie eine Katze eine große fette Maus taxieren mochte, die ihr nicht entwischen konnte. Ein Gärtner würde das, was man von der Lady im heruntergelassenen Fenster sah, als voll erblüht bezeichnen. »Wie schon gesagt, gnädige Frau, es war wirklich nicht der Rede wert. Einen schönen Tag wünsche ich Ihnen noch.«

»Ihnen auch, Leutnant Turner. Man sieht sich«, flötete sie und blickte ihm sehr aufreizend in die Augen, dann schnippte sie mit den Fingern und die Kutsche ruckte an. Sie winkte ihm mit ihrer behandschuhten Hand zu.

Was war denn das?, überlegte William, als er wieder auf seinem Platz saß. Das war ja mehr als ein eindeutiges Angebot. Aber verdammt, er wusste ihren Namen nicht. Er zuckte mit den Schultern und dachte bei sich, dass es so vielleicht auch besser war.

Ein Hüsteln am Nebentisch veranlasste ihn, sich umzudrehen. Ein Hauptmann der Lancers beugte sich zu ihm herüber. »Eine prima Vorstellung haben Sie da abgeliefert, Herr Kamerad. Sollte mich nicht wundern, wenn Sie in Kürze eine Einladung zum Tee bei Mrs. Elizabeth Parker bekommen würden.« Er grinste breit und kniff viel sagend ein Auge zu, als ob so eine Einladung zwar eine tolle Sache, aber leider auch hochgradig unanständig wäre.

»Danke für den Hinweis, Sir, aber wer weiß, ob ich dann noch im Hafen liege.«

»Sie werden, Sir, Sie werden! Mrs. Parker ist Witwe und unglaublich reich, und wer reich ist, verfügt auch über Einfluss. Das eine verhält sich direkt proportional zum anderen, wenn Sie verstehen, was ich meine.«

»Ich denke schon, Herr Hauptmann, aber Sie wissen doch, wie das bei der Navy so ist: Wohin der Wind uns treibt und die Admiralität uns schickt …«

⚓

Kurz nach dem Einbruch der Dunkelheit kam Smith an Bord. Mit seinem breitkrempigen – natürlich – weißen Hut und dem zerknautschten Leinenanzug konnte man ihn wirklich für einen Agenten halten, der bis zum späten Abend hektisch seinen Geschäften an Bord der Schiffe nachging.

William Turner hatte alles vorbereitet und Smith studierte die Dokumente und sah sich die Beweisstücke für die Piraterie an. Er grunzte zufrieden, schob die Papiere zusammen und stopfte sie in seine Ledertasche. Er verglich die Namen auf der Liste mit der persönlichen Habe der Nautiker mit einer anderen, die er mitgebracht hatte. Immer wenn er einen Namen gefunden hatte, nickte er und hakte ihn ab. Dann ergänzte er jedesmal etwas in der Liste, die er am Ende schwungvoll unterschrieb und Turner zuschob.

»Die armen Schweine werden alle vermisst, sie sind samt und sonders mit ihren Schiffe spurlos verschwunden. Wir haben für die Sachen keine Verwendung. Im Prozess wollen wir sie nicht benutzen, weil das zu viel Staub aufwirbeln würde. Die Sache stinkt viel zu sehr nach Hochverrat und das würde eine Menge Publizität bedeuten, wodurch unsere Zielperson gewarnt werden könnte. Nehmen Sie also die Sachen an sich, Sir. Offiziell existieren sie nicht mehr. Wie Sie meiner Quittungsbescheinigung entnehmen können, habe ich sie als ›verwertet‹ qualifiziert. Sobald Sie nach England kommen, können Sie, wenn Sie das wollen, die Angehörigen ausfindig machen und mit den persönlichen Effekten nach Belieben verfahren. Ich habe hinter die Namen der Männer in Ihrer Liste die Schiffsnamen gesetzt.

Doch jetzt wieder zum Kernproblem. Mister Turner, bei der Besprechung beim Gouverneur beharren Sie darauf, dass der Franzose das Leben eines Offiziers des Königs erst widerrechtlich bedroht und dann kaltblütig ausgelöscht hat.«

»Das ist die reine Wahrheit, Sir.«

»Jede Wahrheit hat mehrere Seiten, junger Mann, aber lassen wir das. Bei der Verurteilung der Rebellen wird es keine Probleme geben. Zu einem Prozess mit vielen Angeklagten wird die Sache ja ohnehin nicht ausarten, dafür haben Sie mit Ihrer putativen Massenhinrichtung vor Ort gesorgt. Hoffen wir, dass die abschreckende Wirkung einige Zeit anhält.«

»Das glaube ich nicht, Sir. Unsere Vettern in den aufständischen Kolonien sind zu einem Teil offensichtlich extrem fanatisch und zum anderen mindestens ebenso geldgierig.«

»Na, was den Fanatismus angeht, kommen sie eher nicht nach uns. Apropos Geld. Einer meiner, äh, freien Mitarbeiter hatte heute Nachmittag noch eine kleine Unterredung mit dem Vorsitzenden des Prisengerichts. Dieser konnte ihm die endgültige Summe noch nicht nennen, weil die Gutachten der Werft über den Zustand der Schiffe und die Schätzungen des Ladungswerts noch nicht vorlagen. Auch hat der Gouverneur in diesem besonderen Fall auf ein Rechtsgutachten der Londoner Kronjuristen bestanden, aber das dürfte eine reine Formsache sein. Jedenfalls hat der gute Mann, hi, hi, hi, meinem Gewährsmann hoch und heilig, hi, hi, hi, versichert, dass die Sache schnell und großzügig geregelt wird, sobald London seine Zustimmung gegeben hat. Der Vorsitzende war wirklich sehr kooperativ, nachdem ihm unser Mann klargemacht hatte, dass er dann mehr Zeit für seine gesellschaftlich nicht sanktionierten unzüchtigen Vergnügungen haben würde, hi, hi, hi. Sie wissen doch, die kleinen menschlichen Schwächen …

Ach ja, passen Sie bei Mrs. Parker auf. Nicht, dass ich Ihnen Ihr Vergnügen mit der Lady nicht gönnen würde, aber es gibt hier auf der Insel ein paar Herren, bei denen ich mir nicht ganz sicher bin, ob sie nicht mehr hinter dem Geld der Dame her sind als hinter dem Unterrock. Und diese Herren können alle gut mit Duellpistolen umgehen, Mister Turner.

Bei der Durchsicht Ihres Berichts ist mir allerdings aufgefallen, dass auch Sie wie ein Wilddieb schießen können, Sir. Wo haben Sie das gelernt? Die Seefahrt hat Ihnen Ihr Vater beigebracht, Ihre gute Bildung verdanken Sie Ihrer Mutter, die dafür gesorgt hat, dass Sie zusammen mit den Söhnen des Squire unterrichtet worden sind, was an sich schon erstaunlich genug ist.«

Da gibt es also etwas, was du noch nicht weißt, du alte Schnüffelnase. Turner gestattete sich ein schiefes Grinsen. »Sie wissen doch, Sir, die kleinen Schwächen der Menschen ... Nun, die Gutsherrin hatte schon immer eine große Vorliebe für Brüsseler Spitzen und Pariser Kleider, ihr Gatte liebt echten Champagner und alten Cognac über alles, da trifft es sich gut, wenn man an der Küste wohnt und gewisse Beziehungen hat. Und außerdem weiß meine Mutter als Gesellschafterin der Dame des Hauses und mein Großvater als geistlicher Beistand der gesamten Familie vieles, was man besser unter der Decke hält. Da ist es doch nur natürlich, wenn man eine derart *befreundete* Familie großzügig bei der Ausbildung der Kinder unterstützt, außerdem ist das gut für das Ansehen in der Gemeinde. Tscha ... und Schießen haben wir beim Wildhüter des Gutsherrn gelernt, Sir. Wie Sie sich sicher denken können, ist das ein ehemaliger Wilderer. Seitdem ist die Wilderei auf dem Besitz des Squire erheblich zurückgegangen. Der neue Wildhüter hatte gleich am Anfang seiner Dienstzeit in einem gewissen einschlägig bekannten Pub mit dem Wirt ein längeres Gespräch – eigentlich war es eher ein Monolog, denn der Wirt hat nur zugehört – am Tresen geführt, in dem auch die Rede von Eigenbedarf war. Seine Ausführungen sollen darin gegipfelt haben, dass aber jeden der Teufel holen würde, der in Zukunft gewildertes Fleisch verkaufen sollte! An den Tischen saßen scharfäugige Männer, denen die Ohren glühten, denn sie wussten, dass der neue Wildhüter alle Liebhaber von Wildbraten kannte und auch jeden Trick und jedes Versteck – schließlich war er der Beste der Zunft gewesen! Übrigens hat ihm mein Großvater die Stellung verschafft.«

»Mister Turner, da tun sich ja Abgründe auf, ich bin entsetzt«, schmunzelte Smith.

»Nur die Wahrheit und nichts als die Wahrheit, Sir!«

»Womit wir wieder beim Thema wären. Alles deutet darauf hin, dass unser *Freund* ein hohes Regierungsamt in Maryland, Delaware oder Virginia innehat.«

»Ich tippe auf Maryland, Sir!«

»Was macht Sie da so sicher?«

»Ich habe alle Informationen in eine Karte eingetragen, dabei hat sich ergeben, dass im nördlichen Teil der Chesapeake Bay die Informationsdichte zunahm. Der Verräter muss in Baltimore oder in der Nähe davon residieren.«

»Gut. Ich werde ein paar Informationsquellen anzapfen, um herauszubekommen, wie die Verwaltung in Maryland organisiert ist und wer wofür zuständig ist. Sie bekommen von mir Bescheid. Sind Sie bereit zum Auslaufen, Sir?«

»Jederzeit, Sir!«

Smith drehte seinen Kopf in Richtung des Schotts zum Zwischendeck und schüttelte verwundert den Kopf.

»Sagen Sie, Turner, herrscht bei Ihnen im Zwischendeck immer so ein Höllenlärm?«

»Keineswegs, Sir, aber ich habe das Schiff auf reduzierte Disziplin gesetzt. Erstens sollen sich die Kerls mal austoben können und zweitens dachte ich, kann uns bei dem Krach niemand belauschen.«

»Nun gut. Wir sehen uns vielleicht morgen beim Gouverneur. Allerdings sollten wir uns da nur über den neuesten Klatsch aus London unterhalten, Mister Turner.«

Kapitel 10

Juni 1776, English Harbour, Antigua

Am nächsten Morgen, nach einer unruhig verbrachten Nacht – der Lärm im Mannschaftsdeck war erst sehr spät abgeflaut und zusätzlich war William von unangenehmen Gedanken wegen des schwierigen Gesprächs beim Gouverneur geplagt worden –, hatte William verschiedene Unterredungen. Zuerst besprach er mit Tom, was jener noch für den persönlichen Bedarf seines Kommandanten an Land besorgen sollte. Außerdem beauftragte er ihn, die Ohren zu spitzen und herauszufinden, was man in der Stadt so tuschelte.

Danach vergatterte er O'Bailey und Lennon zu absoluter Verschwiegenheit gegenüber jedermann, also auch interessierten Offizierskameraden, hinsichtlich der Informationen, die über die allseits bekannten Tatsachen hinausgingen. Er begründete das mit innenpolitischen Spannungen innerhalb der Kolonie. Es war nichts Außergewöhnliches, dass es zwischen der Administration des Gouverneurs, den diversen Militärbehörden und den Bürgern zu Spannungen kam. Außerdem sollten die beiden ein scharfes Auge auf Midshipman Armstrong haben, der zwar im Dienst tüchtig, aber ansonsten nicht besonders helle war. Der Erste Leutnant durfte den Männern in kleinen Gruppen Landgang gewähren, das in Aussicht stehende Prisengeld sollte die Männer immun gegen Desertion machen. Den Offizieren stellte er es frei, von den Einladungen an Land Gebrauch zu machen, solange immer einer von ihnen als WO an Bord blieb.

Am frühen Vormittag brachte ein Boot den neuen Midshipman an Bord. Mister Jeremiah Tulpin machte bei seiner Vorstellung keinen besonders guten Eindruck auf Turner. Der junge Schnösel erschien William im Auftreten arrogant und im Gespräch dümmlich frech zu sein. Die Kommandierung auf ein so kleines Schiff schien der Midshipman als Demütigung und Degradierung zu betrachten. Die Antworten auf einige fachliche Fragen ließen auf einen völligen Mangel an Kompetenz schließen. Dem jungen Mann fehlten ganz offensichtlich alle Voraussetzungen, um auf einem kleinen Kreuzer von Nutzen zu sein. Seit Jahren hatte er sich an Bord von Linienschiffen herumgedrückt und das konnte man wörtlich nehmen. Auf so einem großen Schiff war es für einen trägen, faulen Midshipman nicht schwierig, allen anstrengenden, verantwortungsvollen Aufgaben erfolgreich aus dem Weg zu gehen. Nur in einem entsprach er den Anforderungen von Turner: Er war schon achtzehn Jahre alt. Der Bursche war die Fleisch gewordene Rache des Admirals. Wahrscheinlich hatte ihn sein Divisionsoffizier mit glühenden Elogen weggelobt und drei Kreuze gemacht, als er von Bord war.

Nach dem Lunch hatte Turner eine intensive Unterhaltung mit dem Schiffsarzt. »Schön, dass Sie sich Zeit für mich genommen haben, Mister MacKinnon. Wie geht es unseren Verwundeten?«

»Sie sind schon wieder uneingeschränkt für leichte Arbeiten einsatzfähig, Sir. Es wäre schön, wenn Sie mir weiterhin so ein Faulenzerleben gönnen würden. Ausreichend frische Verpflegung, sauberes Trinkwasser, keine Unfälle durch schweres Wetter, Kämpfe fast ohne eigene Verluste – so stellt man sich als Schiffsarzt das Paradies vor.«

»Ich werde wirklich mein Möglichstes tun, dass es auch in Zukunft so bleibt, Mister MacKinnon, aber …« Er hob viel sagend die Schultern. »Desto mehr wird Sie vielleicht mein jetziges Anliegen verwundern, Sir.« Der kleine zartgliedrige Schotte zog erstaunt die Augenbrauen in die Höhe, was bei seiner hohen Stirn besonders eindrucksvoll aussah. »Ich weiß, dass es Ihre Aufgabe ist, Menschen zu heilen … äh, wieder gesund zu machen … äääh, nun ja, kurz gesagt: Verfügen Sie auch über die Fähigkeit, einen Menschen krank zu machen? Selbstverständlich nur für kurze Zeit und nicht ernstlich«, fügte er schnell hinzu, als er den Unmut im Gesicht des Schotten sah.

»Sir, muss ich Sie wirklich an den Eid des Hippokrates erinnern, den ich geschworen habe? Vom christlichen Ethos ganz zu schweigen!« MacKinnon rieb sich mit dem Zeigefinger der rechten Hand die Seite seiner großen violetten Nase und musterte Turner unfreundlich.

»Geschenkt, Mister MacKinnon. Ich will ja gar nicht, dass die Person, um die es hier geht, ernsthaft erkranken soll. Sehen Sie, mein Problem ist, dass ich befürchte, dass man uns einen faulen Apfel«, Turner hielt inne, um sich an dem Wortspiel zu erfreuen, »in den Korb gelegt hat, der die anderen verderben könnte.«

»Meinen Sie den jungen Herrn, der wie ein gereizter Truthahn auf dem Deck herumspaziert und dessen Unterlippe dabei so weit herunterhängt, dass man befürchten muss, er könnte drauftreten? In der kurzen Zeit, in der ich ihn beobachtet habe, hat er drei Matrosen wegen angeblicher Nachlässigkeiten zusammengestaucht.«

»Genau den meine ich, Sir. Sie retten ein Menschenleben, wenn Sie den Taugenichts ins Hospital an Land überweisen, denn ich sehe nicht, dass der hier an Bord den ersten ernsthaften Sturm oder ein Gefecht überlebt. Auf keinen Fall möchte ich gezwungen sein, Auspeitschungen anordnen zu müssen, nur weil dieser kleine Scheißer freche Bemerkungen oder aufsässige Blicke provoziert hat. Haben Sie da keine Möglichkeiten, Mister MacKinnon? Sie verstehen: *Sola dosis facit venenum.* Es würde ja ausreichen, wenn ihm unsere Verpflegung so auf den Darm schlagen würde, dass er …, ahem. Na ja, Sie wissen schon, was ich meine.«

»Herr Kapitän, dies ist wirklich das eigenartigste Ansinnen, welches mir in meiner Karriere als Knochenflicker untergekommen ist.« MacKinnon grinste besänftigt und kratzte sich den Nacken. »Ich verstehe Sie wirklich voll und ganz. Der Kerl ist erst seit ein paar Stunden an Bord und er hat sich schon gründlich unbeliebt gemacht. Das Problem ist, dass die Abführmittel, die ich kenne, allesamt geschmacklich aufdringlich sind, was wiederum bedeutet, man kann sie ihm kaum unbemerkt ins Essen mischen.«

»Schade.« Turner blickte betrübt vor sich hin.

»Ich fürchte, Sir, ich muss in Ruhe darüber nachdenken, wie ich dieser Perle des Offiziersnachwuchses wieder zu einem standesgemäßen Leben auf einem 74er verhelfen kann.« MacKinnon legte seine langen, feingliedrigen Finger aneinander und blickte sinnend zu den Decksbalken hinauf.

Turner kniff verschwörerisch ein Auge zusammen. »Ich bin Ihnen sehr verbunden, Sir. Glauben Sie mir, Sir, der alte Hippokrates würde mit unserer Handlungsweise einverstanden sein.«

⚓

William lief der Schweiß in Strömen herunter, als er in seiner dicken Galauniform vor der Residenz des Gouverneurs eintraf, die auf einem Hügel über einer weiten Bucht lag. Solch ehrenvolle Einladungen können mir in Zukunft gestohlen bleiben, fluchte er im Stillen vor sich hin.

Diener, die mit den letzten Vorbereitungen für das Festessen beschäftigt waren, wuselten in dem weitläufigen Gebäude herum. Ein Lakai führte ihn direkt in das Arbeitszimmer des hohen Herrn. Lord Worthington, Earl of Souchester, Vertreter Seiner Britannischen Majestät König Georg III. am Ort, empfing ihn leutselig, schüttelte ihm freundlich die Hand und bat ihn, in einem bequemen Sessel Platz zu nehmen. Zwei weitere Herren hatten es sich bereits in den im Kreis aufgestellten Sitzgelegenheiten bequem gemacht. Ganz offensichtlich waren sie schon vor ihm hier zusammengekommen, um sich auf das Gespräch einzustimmen. Auf kleinen Tischen neben ihren Sesseln standen halb geleerte Gläser.

»Mein lieber junger Freund«, begann der Lord salbungsvoll, »ich freue mich, dass ich Sie in meinem bescheidenen Haus begrüßen darf. Die Herren hier sind mein Privatsekretär Dunbar, fast möchte ich ihn als meinen Premierminister bezeichnen, und unser Kronanwalt Peach. Was kann ich Ihnen zu trinken bringen lassen? Sherry, Port, Madeira, französischen Rotwein, deutschen Weißwein oder darf es etwas Stärkeres für unseren heldenhaften Schrecken der Feinde Englands auf See sein: Whiskey, Gin, Rum?«

»Gentlemen«, Turner verbeugte sich in Richtung der beiden Herren, die ihn aufmerksam musterten, es aber nicht für nötig befanden, sich zu erheben, sondern nur huldvoll mit den Köpfen nickten, »ein leichter, frischer Mosel wäre für diese Tageszeit genau das Richtige, Milord.«

»Ein Kenner, sieh an«, lächelte der Gouverneur. Er gab die Bestellung weiter und setzte sich dann ebenfalls. »Freddie, wenn du gleich zur Sache kommen würdest ...«

Der Kronanwalt räusperte sich umständlich. »Die Einbringung des französischen Schiffs *L'Oiseau Noir* durch Sie bereitet uns, ehrlich gesagt, einiges Kopfzerbrechen, Leutnant Turner.«

Das ist doch dein Job, grollte William innerlich, ihr Juristen macht euch doch sonst auch einen Kopf um Dinge, an die kein normaler Mensch einen zweiten Gedanken verschwenden würde. Er nahm einen kleinen Schluck von seinem Wein, der köstlich war. Auf diesem Gebiet jedenfalls schien der Gouverneur über profunde Kenntnisse zu verfügen.

»Wissen Sie, eine Piratenflagge in einem Flaggenschrank ist noch lange kein Beweis dafür, dass es sich bei dem besagten Schiff um einen Filibuster handelt. So kann man eine derartige Flagge auch mitführen ...«

»... um einen echten Piraten zu verwirren«, unterbrach ihn William.

Peach sah ihn missbilligend an, nickte aber zustimmend. »Richtig, junger Mann.« Mit seiner voluminösen Allongeperücke sah er sehr beeindruckend, sehr traditionsbewusst und sehr verstaubt aus.

»Gentlemen, die *L'Oiseau Noir* ist von ihrer ganzen Bauart her kein Frachtschiff, das wird Ihnen jeder Schiffbauer auf der Marinewerft bestätigen. Aber darauf kommt es auch gar nicht an. Meine Männer haben zuerst nur die Schiffe aus den aufständischen Kolonien besetzt, dafür gibt es jede Menge Zeugen. Auf den Franzosen habe ich meinen Midshipman Dulac erst geschickt, nachdem die anderen Schiffe in unserer Gewalt waren ...«

»Mehr oder weniger«, ließ sich der Sekretär mit einem

leicht spöttischen Unterton vernehmen und musterte ihn herablassend, ja fast feindselig.

»Stimmt, Sir! Die Brigantine weniger, obwohl ich die direkt unter meinen Kanonen hatte.« Diesem aufgeblasenen Popanz muss ich mit juristischen Formulierungen kommen, durchfuhr es Turner hellsichtig, das kauft ihm den Schneid ab. »Ihr Schiffer hat mit selbstmörderischem Vorsatz und unter bewusster Inkaufnahme weiterer Todesopfer unter seiner Besatzung das Schiff angezündet, um es zur Explosion zu bringen. Wenn ich richtig informiert bin, so war das strafbar – aber von mir leider nicht zu verhindern.« Er funkelte den jungen Mann an, der säuerlich den Mund verzog und ihn unter halb geschlossenen Lidern hervor ansah.

Mister Peach nickte und beruhigte ihn: »Dafür hätten wir ihn hängen können, aber niemand macht *Ihnen* einen Vorwurf, Sir. Wir wissen, was für eine gewaltige Leistung Sie mit Ihren wenigen Männern vollbracht haben. Aber zurück zur Hauptsache: Sie haben also erst ganz zum Schluss den Franzosen entern lassen, Sir?«

»Keineswegs, Sir.«

Die Köpfe der Männer schossen vor, der Gouverneur verschluckte sich an seinem Gin. »Wie soll ich das verstehen?«

»Ich habe Mister Dulac lediglich hinübergeschickt, damit er den Kapitän mit den Schiffspapieren zu uns an Bord geleitet. Dulac sprach fließend Französisch und er sollte dem Schiffer lediglich klarmachen, was für Papiere ich zu sehen wünschte.«

»Mister Dulac ist also nicht als Prisenkommandant an Bord gegangen und hat das Kommando auf dem Franzosen übernommen, ist das richtig, Sir?«

»Das ist völlig richtig, Sir. Vier meiner Seeleute sicherten an der Reling den Zugang zur Gig, ein Mann begleitete

Dulac aufs Achterdeck. Von einer Besitznahme kann keine Rede sein.«

»Das hört sich viel versprechend an, was geschah dann?«

»Nun, wie Sie wissen, wurde dann der Jolly Roger entdeckt und der französische Kommandant ging zum Angriff über. Er rief seine bewaffneten Männer an Deck, die meine Matrosen mit scharfen Waffen bedrohten und offensichtlich töten wollten. Er selbst packte meinen Midshipman und schnitt ihm die Gurgel durch, als ich mich weigerte, ihn auslaufen zu lassen. Er wollte sich der Festnahme entziehen, dazu hatte er das Ankerkabel kappen lassen. Eine Breitseite vereitelte seinen Plan.«

»Haben die Franzosen in der Nähe des Kapitäns, denn nur die befinden sich jetzt in Haft, irgendwelche Anstalten gemacht, ihn von der heimtückischen Tat abzuhalten?«

»Keineswegs, Sir. Das Schwein hat dem armen Jungen langsam und genüsslich das Messer durch die Kehle gezogen, und seine Spießgesellen haben keinen Finger gekrümmt, um es zu verhindern.«

»Die französischen Seeleute standen also dicht genug daneben, um einschreiten zu können.«

»So, wie wir uns jetzt gegenübersitzen.«

Die Männer schwiegen, schließlich zog der Anwalt ein Resümee. »Das Verhalten des Kapitäns spricht nicht grade für ein reines Gewissen, was den Vorwurf der Piraterie angeht, aber ich glaube, wir müssen die Anklage wegen Seeraub nicht übermäßig strapazieren. Ich werde die Franzosen wegen Beihilfe zum Mord an einem Offizier des Königs anklagen. Was meinen Sie, Dunbar, bei dieser Geschichte wird doch jede Grand Jury auf schuldig plädieren!«

»Gewiss, mein Lieber, außerdem ist damit der Streit wegen der Zuständigkeit mit dem Admiral aus der Welt.«

»Sehr richtig. Umso besser«, mischte sich der Gouverneur ein. »Gentlemen, nachdem wir das geklärt haben, sollten wir uns den angenehmen Seiten des Lebens widmen. Trinken Sie aus, meine Herren, wir wollen zu Tisch gehen.«

⚓

Es wäre eine krasse Untertreibung, die Veranstaltung, die dann folgte, schlicht als Festessen zu bezeichnen. Sie ähnelte eher einer römischen Orgie, zumindest was die Qualität und die Menge der Speisen und Getränke anging. Turner bekam einen kleinen Eindruck davon, welche Unsummen man hier in den Kolonien offensichtlich verdienen konnte. Er musste einige Elogen und Trinksprüche zu seinen Ehren über sich ergehen lassen und artig beantworten, daher war er froh, als sich die Gesellschaft endlich erhob und im Garten lustwandelte. Er ließ sich von einem der Lakaien eine Flasche eines verlockend duftenden, wundervoll runden Burgunders aus Pommard geben, der nach Kirschen und schwarzen Johannisbeeren schmeckte. Er verzog sich damit auf eine Bank unter einem dichten Busch, der fast so etwas wie eine Laube bildete. Er schloss müde die Augen, streckte die Beine weit aus, öffnete seinen dicken Uniformrock und löste die Halsbinde ein wenig, als ihn eine sanfte gurrende Stimme zusammenzucken ließ: »Wenn Sie so weitermachen, Leutnant, wird es für mich in Kürze unschicklich, neben Ihnen zu sitzen.« Er fuhr herum und sah, dass sich eine Dame am anderen Ende der Bank niedergelassen hatte, oder hatte sie dort schon vorher gesessen? Er wusste es nicht. Sie kicherte belustigt, als sie seine Verlegenheit bemerkte. »Wir kennen uns bereits, Leutnant Turner.«

Er kramte in seinem Gedächtnis, konnte sich aber nicht erinnern, diese lockende dunkle Stimme schon mal gehört zu haben. »Madame, ich fürchte ...«

»Also habe ich wirklich so wenig Eindruck auf Sie gemacht, das gibt mir zu denken.« Sie seufzte theatralisch. »So ist das grausame Leben, kaum wird man alt und grau, schon wird man von keinem netten Mann mehr angeschaut.«

»Also, Madame, ich weiß wirklich nicht.«

»Gestern Mittag, mein Lieber, haben Sie mich aus den Klauen dieser fürchterlichen Kerle gerettet, schon vergessen?«

»Ach, Sie sind es, Mrs. Parker! Aber die Jungs waren doch harmlos, sie waren nur etwas ... äh, angeteert.«

»Ange... was? Ach, ich verstehe schon, was Sie meinen. Aber ich kann mich nicht erinnern, dass ich Ihnen meinen Namen genannt hätte.«

»English Harbour scheint ein Dorf zu sein, Madame.«

Sie seufzte tief, und vage konnte er erkennen, dass sie energisch mit dem Kopf nickte. »Da haben Sie ein wahres Wort gesprochen. Was trinken Sie denn da?«

»Einen sehr brauchbaren Burgunder aus den offensichtlich hervorragend sortierten Beständen unseres Gastgebers.«

»Darf ich mal kosten, Leutnant?«

»Ahem, ich habe nur ein Glas, gnädige Frau.«

Sie rutschte eng an ihn heran, schob einen Arm unter den seinen und flüsterte dunkel: »Das macht doch nichts, oder?«

»Äääh, nein, ahem, das macht gar nichts, Madame.«

»Wenn wir schon aus einem Glas trinken, dann sollten Sie mich auch Elizabeth nennen.«

»Sehr gerne, ääh, Elizabeth.«

Er ließ ihren Namen wie Schokolade auf der Zunge schmelzen, kostete ihn genießerisch aus, dann goss er das

Glas voll und reichte es ihr. Sie schob seine Hand leicht weg und hauchte: »Erst Sie, William, mein Retter.« Der Duft ihres aufregenden Parfums stieg ihm in die Nase. Seine Hose wurde ihm eng und das lag nicht an der vorher genossenen ausgiebigen Mahlzeit. Verdammt, gleich vergewaltigt die dich auf dieser verfluchten Bank, dachte er. Unsicher hob er mit zitternden Fingern das Glas an die Lippen und nahm einen kleinen Schluck, dann offerierte er es ihr. Er spürte mehr, als dass er sah, wie sie ihn über den Rand des Glases anblickte, seine Finger festhielt und das Glas drehte, bis die Stelle, an der er getrunken hatte, vor ihren Lippen war. Sie nahm genüsslich einen großen Schluck, kaute genießerisch den Wein, seufzte sinnlich auf, als sich ihr die gesamte Fülle und Frucht erschlossen hatte. Wenn die noch einmal so stöhnt, dann bekommt für mich der Ausdruck »voller Abgang« in Zusammenhang mit Wein eine völlig neue Bedeutung, ächzte er innerlich und das Blut pochte in seinen Schläfen. Sie schob ihm das Glas wieder zu.

»Bist du auch in anderen Dingen so gut bewandert wie bei Wein, mein kleiner Leutnant?«, neckte sie ihn. »Ich muss gestehen, dass ich gar nicht wusste, dass unser alter Tyrannenknecht so einen exzellenten Tropfen in seinem Keller versteckt.«

Ihr Mund berührte fast seine Wange, ihr Parfum vermischte sich mit der Blume des Weins in ihrem heißen Atem. Ihre geöffneten Lippen trafen sich, die Zungenspitzen machten sich neugierig auf Erkundungsgang. Das Glas fiel zu Boden. In Williams Ohren rauschte es. Nach einer kleinen Ewigkeit stellte er fest, dass daran nicht nur sein überhöhter Blutdruck schuld war, sondern ein typisch tropischer Regenguss. Er richtete sich auf. Sie maunzte unwillig.

»Es gießt wie aus Eimern.«

»Und wenn schon, mein Lieber. Das gibt uns Gelegenheit, uns unbemerkt auf Französisch zu verabschieden.«

»Wie das?«

»Folge mir einfach.«

In meinem jetzigen Zustand würde ich dir sogar in die Kirche vor den Traualtar folgen, dachte er. Sie nahm seine Hand und zog ihn unter den Büschen durch versteckte Laubengänge halbwegs trocken zum Warteplatz der Kutschen. Ob sie tatsächlich völlig ungesehen in ihre Kutsche gelangt waren, wagte William zu bezweifeln, aber was kümmerte ihn das. Sie musste wissen, was sie tat, alt genug war sie. Wie hatte sein Großvater, dem nichts Weltliches fremd war, immer gesagt: »In England kannst du fast alles machen, solange du die Fassade aufrechterhältst. So kannst du mit der Frau deines Nachbarn durchaus Unzucht treiben, solange du ihn nicht aufforderst, die Kerze dabei zu halten.« Nun denn, an ihm sollte es nicht liegen.

In der Kutsche fielen sie wieder übereinander her. Ihm war, als wären sie kaum zwei oder drei Minuten unterwegs gewesen, als die Kutsche schon wieder hielt. Der schwarze Kutscher klappte draußen die Stufe herunter und öffnete mit unbewegtem Gesicht den Schlag. William stieg aus und reichte Elizabeth helfend einen Arm. Sie schwebte herab, nickte dem Kutscher zu und nahm William an die Hand. Sie betraten das Haus durch einen Nebeneingang und stiegen gleich eine Treppe hinauf. Dort führte sie ihn in einen gemütlich eingerichteten Salon.

»Wenn du etwas trinken möchtest, dann bediene dich bitte selbst. Dort drüben auf der Anrichte findest du eine große Auswahl. Allerdings wirst du nach einem so exquisiten Burgunder vergeblich fahnden. Ich muss mich etwas frisch machen.« Mit diesen Worten verschwand sie durch eine der beiden Türen, die vom Salon abgingen.

Er legte den Säbel ab, zog die Uniformjacke aus und stellte fest, dass er eine Wäsche unter dem dicken Wasserstrahl der Deckwaschpumpe gut hätte gebrauchen können. Auf gut Glück öffnete er die andere Tür und hatte das richtige Los gezogen. In dem kleinen Raum befanden sich alle Dinge, deren er jetzt bedurfte. Wieder zurück im Salon untersuchte er das Angebot an Trinkbarem. Die meisten Flaschen enthielten harte Getränke, aber danach war ihm jetzt nicht zumute. Er entschied sich für einen Port. Mit dem Glas in der Hand ging er zum Fenster. Der Regenschauer war vorbeigezogen und vor ihm breitete sich das atemberaubende Panorama der Bucht aus. Die Silhouetten der ankernden Schiffe spiegelten sich auf der silbernen Wasseroberfläche der Reede. Er nippte an seinem Glas und genoss den Ausblick.

Aber schließlich wurde er doch unruhig. Wo zum Teufel war das Füchschen geblieben? Sollte es im Bau eingeschlafen sein? Er ging zur anderen Tür und öffnete sie vorsichtig. Sie führte in ein ganz in hellen Tönen gehaltenes luftiges Zimmer, das von einem übergroßen Himmelbett beherrscht wurde, dessen Vorhänge aus dünner weißer Gaze bestanden. Eine Hand schob sich durch die Stoffbahnen und winkte ihn heran. Er schluckte, streifte sich die Kleider vom Leib und trat an das Bett. Zwei Hände griffen nach ihm und zogen ihn hinein, Arme umschlangen ihn und warfen ihn auf den Rücken, eine duftende Wolke dichten Haares umhüllte seinen Kopf, feuchte Lippen huschten über sein Gesicht. Er spürte den Druck ihrer vollen Brüste, fühlte, wie sich ein Schenkel über die seinen schob.

»Verdammt, du hast dir aber Zeit gelassen«, gurrte sie mit dunkler Stimme, »das passt so gar nicht zu deinem Spitznamen! Bist du vielleicht auch nur einer von diesen zahmen Hausochsen?«

Er schickte wortlos seine Fingerspitzen auf Erkundungstour über ihre weiche, samtige Haut. Das schien die richtige Antwort zu sein, denn gleich darauf schlug über ihnen die Woge des gegenseitigen Gebens und Nehmens zusammen, und sie versanken im Strudel der Leidenschaft.

Kapitel 11

Juni 1776, English Harbour

»Sagen Sie, Mister O'Bailey, wie ist eigentlich die Verwaltung der Kolonien organisiert?«, fragte Turner seinen Ersten. Sie saßen auf dem Achterdeck unter dem Sonnensegel in bequemen geflochtenen Korbstühlen, die ihnen – wie konnte es anders sein – Tom besorgt hatte.

»Puh, Sir, das ist eine komplizierte Frage, die nicht mit einem Satz zu beantworten ist.«

»Wir haben Zeit, Mister O'Bailey.«

»Aye, Sir, aber ich habe Sie gewarnt, es ist trockner Stoff. Die Kolonien haben sehr unterschiedliche Wurzeln. Da gibt es die Eigentümerkolonien, in denen eine Familie Eigentümer des Landes ist, der König ist so etwas wie der Lehnsherr, aber der Nutzer verfügt über weitreichende Befugnisse bis hin zum Recht, Steuern zu erheben, Truppen zu unterhalten und die Verwaltung zu organisieren.«

»Herr im Himmel, das ist ja noch wie im Mittelalter!«

»Ganz recht. Die Krone hat sich auch nach Kräften bemüht, diese Privilegien abzuschaffen. Das gilt auch für die Freibriefkolonien, in denen der König oberster Eigentümer des Landes bleibt, aber die Bewohner des Gebiets ihre Mitwirkung bei der Regierung und in der Selbstverwaltung weitgehend selbständig regeln können.«

»Das hört sich schon besser an. Reicht den Siedlern diese doch recht weitgehende Selbständigkeit nicht aus?«

»Im Vergleich zu den Zuständen in England ist das in der Tat recht fortschrittlich, daher möchte die Regierung in London die Zustände auch ändern und denen in den Kronkolonien anpassen, denn da ist der König Herr des Landes und ernennt die Beamten aus eigenem Recht.«

»Ahem, ich kann mir gut vorstellen, dass vielen Herren diese demokratischen Freiheiten ein Dorn im Auge waren.«

O'Bailey blickte Turner mit schief gelegtem Kopf an und argwöhnte mit einem leicht spöttischen Unterton: »Herr Kapitän, könnte es sein, dass Sie irgendwo in einem dunklen Winkel Ihres Herzens aufrührerische irische Gefühle hegen? Auf der anderen Seite wollen die Kolonisten nur Steuern zahlen, wenn sie durch eigene Abgeordnete im britischen Unterhaus vertreten sind, und das wiederum ist für die Regierung unvorstellbar. Jedenfalls war die Krone im Laufe der Zeit darauf bedacht, die Rechte und Privilegien der Eigentümer- und Freibriefkolonien zu beschneiden bzw. zu kassieren. Aber es hat sich inzwischen überall das Repräsentativprinzip in der Art durchgesetzt, dass dem Gouverneur ein Rat zur Seite steht, der durch eine Volksversammlung gewählt wird – vom besitzenden Teil der Bevölkerung wohlgemerkt, denn das Wahlrecht ist an Eigentum gebunden, allerdings nicht unbedingt an Grundbesitz, weshalb der Kreis der Wahlberechtigten durchaus größer ist als im Mutterland.«

»Mister O'Bailey, Ihren unhaltbaren Vermutungen über meine geheimen Herzensangelegenheiten muss ich energisch widersprechen! Von denen haben Sie wirklich keine Ahnung!«, scherzte Turner und kniff verschwörerisch ein Auge zu. »Aber habe ich aus Ihren Worten gerade eben nicht eine leise Kritik an unserem politischen System herausgehört?

Schließlich gehören nach unserem Verständnis Verantwortung und Freiheit zusammen, und frei kann nur sein, wer sich auf etwas stützen kann, was ewig besteht – und das ist und bleibt der Landbesitz«, schmunzelte Turner.

»Nun, Sir, wenn *Sie* das sagen. Jedenfalls wird der Gouverneur in manchen Kolonien von der Bürgerversammlung gewählt, in anderen vom Rat, nur in den Kronkolonien ernennt ihn der König aus eigener Machtvollkommenheit.«

»Mein Gott, was ist das kompliziert.«

»Dazu kommt, dass die einzelnen Kolonien sehr unterschiedlich geprägt sind. Einige haben starke christliche Wurzeln, man denke beispielsweise an die Puritaner in Massachusetts und die Quäker in Pennsylvania, in den anderen steht bei der politisch führenden Kaste ausgeprägtes wirtschaftliches Gewinnstreben im Vordergrund, während in der breiten Masse der Unterschicht ein starker Freiheitsdrang vorherrscht – übrigens auch gegenüber den Wohlhabenden aus den eigenen Reihen. Besonders die Siedler an der Grenze sind durch die ständige Bedrohung durch die Indianer, Wetterkatastrophen und Krankheiten hart und vom gängelnden Staat unabhängig geworden und lassen sich nur ungern Vorschriften machen, zumal sie gelernt haben, ihr Schicksal wirksam selbst in die Hand zu nehmen. Allerdings tun sie dies nicht immer mit Mitteln, die wir als Christenmenschen befürworten können. Sie sehen die Auswirkung dieser mitleidlosen, nur das Recht des Stärkeren akzeptierenden Denkweise jetzt aber auch bei den Ausschreitungen gegen die Loyalisten und in den Kämpfen gegen die Truppen des Königs.«

»Wie war das, Sir? Auch zwischen den Rebellen gibt es Streit?«

»Aye, Sir, und ob. Die Wohlhabenden scheinen ein natürliches Interesse daran zu haben, die Besitzlosen zu bevormunden. Übrigens besteht die Oberschicht zu einem großen

Teil aus Englischstämmigen. Das gemeine Volk«, O'Bailey lächelte bitter, »setzt sich überwiegend aus Iren, Schotten und neuerdings auch Deutschen zusammen.«

Turner wiegte nachdenklich den Kopf. »Und ich dachte immer, Yankee ist Yankee.«

Der Erste schüttelte energisch den Kopf.

»Nein, so einfach ist das keineswegs und das macht es dem Kontinental-Kongress auch so schwer, eine straffe zentrale Leitung zu etablieren. Alle Kolonien haben für ihr Gebiet zwar funktionierende Verwaltungen eingerichtet, wollen deren Einfluss auf den Bürger aber gering halten. Der größte Teil der aus England stammenden Bevölkerung befürwortet ein Verbleiben bei der Krone, wenn diese zu Zugeständnissen bereit ist. Keinesfalls sind die Bürger an einer starken Zentralregierung interessiert. Die Konföderation ist im letzten Jahrhundert unter dem Druck der Indianerkriege geboren worden, so wie der Erste Kontinental-Kongress von 1774 ein legitimes Kind der als ungerecht empfundenen Besteuerung ohne Repräsentanz im Unterhaus war und der Zweite eine Folge des harten Kurses unserer Regierung. Besonders das königliche Verbot für die Grenzbewohner, sich über die Appalachen hinaus in das Indianerland auszubreiten, hat die Siedler auf das Äußerste erbost. Alles andere sind eher juristische Feigenblätter. Meines Erachtens unterschätzt man in London diesen George Washington, dem man den Oberbefehl übertragen hat. Er mag kein grandioser General sein, aber er ist eine moralische Instanz, da ihm Intrigen und alle politischen Winkelzüge zuwider sind. Dadurch wirkt er integrierend auf die auseinander strebenden Partikularinteressen der einzelnen Kolonien. Allerdings glaube ich persönlich nicht, dass es auf Dauer zu einer starken Zentralregierung kommen wird, dafür sind die Interessen und auch die historischen Wurzeln zu unterschiedlich, auch wenn in gewissen

Kreisen das hässliche Wort ›Unabhängigkeit‹ kursiert. Wenn unsere Regierung klug agiert – *divide et impera* – haben der bedauernswerte Washington und seine Clique eine Sisyphusarbeit vor sich, die sie nicht bewältigen können.«

»Ihre Worte in Gottes Ohr, Mister O'Bailey. Dem Gesagten entnehme ich, dass selbst ein hochrangiges Mitglied der Verwaltung einer bestimmten Kolonie, meinetwegen als Mitglied des Rats, kaum Zugriff auf Informationen aus einer anderen hat, richtig?«

»Völlig richtig, Sir. Dazu kommen noch die Kommunikationsschwierigkeiten wegen der langen unsicheren Wege.«

Aber Turner schien ihm nicht mehr zuzuhören. Er brüllte plötzlich los: »Mister Tulpin, auf das Achterdeck!« Er hatte beobachtet, wie sich der Midshipman mit seinem üblichen missgünstigen Gesichtsausdruck vor einem Matrosen, der mit dem Spleißen von Tauwerk beschäftigt war, aufgebaut hatte und diesem einen Vortrag halten wollte, in dem es sicher um mangelnde Ehrerbietung gegenüber einem Offizier des Königs gehen würde.

Midshipman Tulpin zuckte zusammen und kam, ganz beleidigte Unschuld, nach achtern getrabt. »Sir?«

»Mister Tulpin, ich habe eine wichtige Aufgabe für Sie. Schnappen Sie sich ein Fernglas und entern Sie auf zur Saling im Großtop. Melden Sie mir bitte alle Signale, die das Flaggschiff an die Fregatte *Amphytrion* absetzt.«

»Alle Signale von der Flagge an *Amphytrion*, Sir. Aye, aye, Sir.«

Der junge Mann schien von der Wichtigkeit dieser Aufgabe keineswegs überzeugt, war aber klug genug, seine Zweifel für sich zu behalten. Mit einem über den Rücken geworfenen Teleskop kletterte er über die Wanten nach oben.

»Entschuldigen Sie, Mister O'Bailey, aber der Kerl geht

mir entsetzlich auf die Nerven. Beschäftigen Sie ihn unter Deck – aber alleine. Lassen Sie ihn die Inventarliste zehnmal abschreiben oder sonst was ... Ich will diesen aufgeblasenen Dummkopf nicht mehr an Deck sehen.«

»Aye, aye, Sir. Mir wird schon etwas einfallen.«

»Aye, das ist Ihr Job als Erster. Aber entschuldigen Sie, wo waren wir stehengeblieben? Ach ja, bei den Informationen. Was für eine Position hat eigentlich dieser Lord Dunbar in Maryland bekleidet, Sir?«

»Er war Mitglied im Rat. Soviel ich weiß, ist er auch heute in der Regierung aktiv, aber welche Funktion er in der Exekutive hatte bzw. hat, das entzieht sich meiner Kenntnis, Sir. Sie wissen doch, wie das so ist, wenn man auf Heimaturlaub ist, da hat man ganz andere Interessen. Meines Wissens gilt er aber als ein eingeschworener Gegner der Separatisten.« O'Bailey sah plötzlich todtraurig aus, weil ihn die Erinnerung an das grausame Schicksal seiner Familie wieder übermannt hatte.

»Selbstverständlich, Mister O'Bailey, selbstverständlich. Es war auch nur so eine Frage. Ach ja, hat dieser Dunbar Kinder?«

»Soweit ich weiß, zwei Söhne und zwei Töchter. Ein Sohn soll nach Kanada gegangen sein, um sich der Armee des Königs anzuschließen, wo sich der zweite aufhält, weiß ich nicht. Ich meine gehört zu haben, dass er sich eine Plantage«, O'Brian stockte und sah ihn mit weit aufgerissenen Augen an, »in der Karibik gekauft haben soll.«

»Hm, hm, na ja, die Karibik ist groß«, beendete William das Gespräch und verschwand summend unter Deck, um einen kurzen Brief zu schreiben, bevor er sich zum Landgang umkleidete. Elizabeth erwartete ihn.

⚓

Tom eilte mit schnellen Schritten zum schäbigen Bürohaus der *Hermes Worldwide Enterprises* in der Green Street, wo er den Brief dem hünenhaften Zerberus übergab. Dann lief er weiter bergaufwärts durch die kleinen Gassen, bis er die festen Häuser der Geschäftsleute und Beamten hinter sich gelassen hatte. Hier dominierten jetzt an beiden Seiten des ausgetretenen Pfades Hütten, die roh aus angeschwemmtem Treibholz, Holzabfällen der Werft, Baumästen und Segeltuch zusammengezimmert waren. Viele neugierige Augen verfolgten ihn und ihm wurden alle möglichen Einladungen zugerufen, die er aber samt und sonders mit einem bedauernden Achselzucken ablehnte. Die Behausungen verloren sich immer mehr im Wald, aber an einer Kreuzung war eine große Lichtung, an der sich ein Markt angesiedelt hatte. Tom wanderte zwischen den Auslagen hin und her und kaufte verschiedene Gewürze ein, mit denen er das Essen seines Kapitäns – und sein eigenes – schmackhafter machen wollte. Schließlich fand sein suchendes Auge, wonach er eigentlich Ausschau gehalten hatte. In einer Ecke stand halb versteckt ein kleines Zelt, vor dessen Eingang seltsam geformte Wurzeln, Büschel getrockneter Kräuter und bunte Puppen mit Fratzen hingen. Er hockte sich vor dem Zelt nieder und wartete geduldig. Es dauerte eine ganze Weile, ehe das Tuch, das den Eingang verschloss, zurückgeschlagen wurde und ein altes fast kahles Weib herauskroch. Sie war so klein und leicht, dass Tom sich zutraute, sie mit einem Finger hochzuheben. Der kleine hagere Vogelkopf wurde von zwei riesigen dunklen Augen dominiert, die in der Lage zu sein schienen, durch ihn hindurchzusehen, ihn im wahrsten Sinne des Wortes zu durchschauen, seine Gedanken und Absichten zu sezieren.

»Was willst du, mein Söhnchen?«

»Ich habe ein Problem, weise Mutter.«

»Natürlich hast du ein Problem, sonst wärst du nicht zu mir gekommen. Also, raus damit, was ist es? Hast du Probleme mit deinem Diddeldidu?« Sie deutete zwischen seine Schenkel.

»Nein, nein!« Er schüttelte erschrocken den Kopf, verdrehte die Augen zum Himmel und machte eine abwehrende Handbewegung, dann begann er ihr langsam und ausführlich zu erklären, welche Schwierigkeiten es mit dem neuen jungen Herrn gab, den ihnen der großmächtige Admiral an Bord geschickt hatte.

»Aber Söhnchen, das ist doch kein Problem.« Sie griff hinter sich, zauberte ein kleines Säckchen hervor und verkündete: »Du gibst mir einen Shilling, dann bekommst du etwas von dem Inhalt dieses Säckchens. Dieses Pulver streust du abends in die See, und wenn der böse Bube nachts an Deck kommt, dann gibst du ihm einen Stoß. Sobald er das Wasser erreicht, erwartet ihn da schon die Bruderschaft der dreieckigen Rückenflosse …«

»Nein, so geht das nicht, weise Mutter. Wir dürfen ihn nicht töten. Er soll nur krank werden. Sagen wir, für eine Woche.«

»Ich weiß zwar nicht, warum du mit dieser weißen Made so gnädig verfahren willst, aber es geht mich ja auch nichts an. Also, was soll er bekommen?«

»Ein heißer Kopf wäre nicht schlecht und dazu Knochenklappern – vielleicht? Wäre auch Übelkeit möglich?«, erkundigte sich Tom voller Vorfreude.

»Alles ist möglich, mein Jungchen, das müsstest du doch wissen. Doch, ja, ich glaube, ich habe da das Richtige für dich. Kostet aber eine halbe Krone!«

Nachdem sie sich auf einen Shilling und sechs Pence geeinigt hatten, verschwand sie in ihrer Hütte. Nach einiger Zeit kam sie auf allen vieren wieder herausgekrochen und reichte ihm eine gut verkorkte kleine Flasche. »Davon eine Daumenbreite«, sie blickte auf seine Finger, »eine halbe Daumenbreite in seine Suppe oder Wein und dann abwarten. Geduld, hast du mich verstanden, mein Söhnchen? Es kann etwas dauern, bis die Wirkung eintritt!«

»Aye, weise Mutter.« Er gab ihr das Geld, verstaute die Flasche und machte sich fröhlich auf den Rückweg.

⚓

Am Tag darauf saß William Turner wieder dem kleinen rundlichen Pseudogeschäftsmann Smith in dessen Residenz gegenüber und erfrischte sich an der ausgezeichneten, kühlen Zitronenlimonade.

»Zuerst Sie, Turner.«

»Als mir mein Erster Leutnant die schreckliche Geschichte vom Ende seiner Familie erzählte, hatte ich gleich das Gefühl, dass da etwas nicht ganz stimmte. Warum hat Dunbar so bereitwillig treuhänderisch die Verwaltung von O'Baileys Gütern übernommen, wo der doch ein Loyalist ist, er selbst aber in die Politik der Rebellen involviert ist, auch wenn nicht eindeutig klar ist, auf wessen Seite er wirklich steht.

Zwei mögliche Gründe drängten sich mir auf. Erstens: Er will von seiner Mittäterschaft – vielleicht ist er sogar der Anstifter – ablenken, oder zweitens, er profitiert kräftig davon. Wobei auch beides zusammenhängen kann.

Nach Auswertung der Dokumente ist klar, dass der Informant, zumindest, was die ausgehende Handelsschifffahrt angeht, an der Chesapeake Bay sitzen muss, mit großer Wahrscheinlichkeit in Maryland. Das trifft auf Dunbar zu. Leider aber auch auf viele andere Männer in wichtiger

Funktion. Sehr bedeutsam könnte sein, dass Dunbar zwei Söhne hat, der eine soll in der Armee des Königs dienen, wo er genau stationiert ist, weiß ich nicht, der andere könnte …«, William zögerte, gab sich dann aber einen Ruck, »der so genannte Sekretär des Gouverneurs sein. Das würde vieles erklären. Von dem einen bekommt er Informationen über das, was im Norden geschieht, vom anderen die Berichte über den Süden.«

»Beachtlich, junger Mann, sehr beachtlich. Wenn ich nicht sehr aufpasse, werden Sie in Kürze auf meinem Sessel sitzen. Sie haben vermutlich weitgehend recht, wie meine Erkundigungen ergeben haben. Unser Dunbar hier ist tatsächlich ein Sohn des Lords und der andere ist Verbindungsoffizier beim Stab des Kommandierenden Generals Howe zur Navy. Passt alles wie die Faust aufs Auge, Leutnant. Da gibt es nur ein Problem, Mister Turner.«

»Und das wäre, Sir?«

»Alles, was Sie da mit bestechender Logik vorgetragen haben, passt wundervoll zusammen, aber es ist und bliebt reine Spekulation. Wir haben keinen Beweis, verdammt noch mal!«

Sie schwiegen und nippten in Gedanken versunken an ihren Getränken.

»Wir müssten den Kerlen eine Falle stellen, Sir.«

»Wie sollte die aussehen?«

»Sir, Sie verbreiten, dass jetzt, nachdem das Piratennest auf der Aalinsel ausgeräuchert ist, zwei oder drei Schiffe mit wertvollem Nachschub gefahrlos ihre Reise nach Norden antreten werden. Die Abfahrtszeit und die Route wird natürlich auch dem Gouverneur bekannt gegeben.«

»Dann sind diese Daten sehr vielen Leuten bekannt und das Ganze ist nicht sehr beweiskräftig, Mister Turner.«

»Auf einer Abendgesellschaft wird ein ziemlich betrunkener Marineoffizier dem Sekretär des Gouverneurs unter dem Siegel der Verschwiegenheit einen tollen Witz verraten: Die Schiffe segeln gar nicht wie angekündigt durch den Bahamakanal, sondern quer durch die Inseln zum Golfstrom! Und diese Information kennen nur Sie, ich, der scheinbar Betrunkene und – Dunbar. Selbst die Schiffer werden von der Kursänderung erst auf See unterrichtet.«

»Das könnte klappen, Leutnant Turner, das könnte wirklich klappen. Der Haken ist nur, dass Sie zur Stelle sein müssen, wenn der Raubfisch nach dem Köder schnappt. Und Sie müssen ihn zur Strecke bringen und nach Möglichkeit noch aus ihm herauskitzeln, von wem er die Information bekommen hat.«

»Das ist mein Job, Sir.«

»Dann machen wir das so. Als Köder bieten sich die von Ihnen eingebrachten Prisen geradezu an, außerdem wäre damit auch die Frage des Prisengeldes geklärt. Aber Sie gehen ein ziemliches Risiko ein, Turner, doch das scheinen Sie ja zu lieben. Wie man hört, wetzen schon ein paar eifersüchtige Gentlemen in der Stadt ihre Säbel, um Sie zu Frikassee zu verarbeiten. Sie können sich nur noch nicht einigen, wer Sie zuerst fordern darf. Schon aus diesem Grund wäre es ganz gut, wenn Sie hier verschwinden würden.

Ach ja, und da ist da noch die Sache mit Ihrem neuen Midshipman. Ich muss Sie warnen. Der Kerl ist zwar absolut unfähig und eine Schande für die Royal Navy, aber er verfügt durch seine Familie über beste Beziehungen zu hohen Stellen. Nun kann zwar Hermes allerhand vertuschen und glattbügeln, aber wenn der Kerl Opfer eines rätselhaften Missgeschicks werden sollte, könnte dadurch viel Staub aufgewirbelt werden. Die Firmen der Hermesgruppe lieben es, wenn sie ihre Geschäfte diskret abwickeln können, Sie verstehen, was ich sagen will?«

»Vollkommen, Sir, aber gegen tropische Erkrankungen ist schließlich niemand gefeit, nicht wahr?«

Smith sah ihn durchdringend an. »Eine Erkrankung mit Todesfolge wäre äußerst unerwünscht, Sir, aber für den Fall, dass Ihr Mister Tulpin plötzlich ausfallen sollte, habe ich schon mal vorsorglich an ein paar Strippen gezogen, damit Sie einen brauchbaren Ersatz an Bord bekommen.«

»Danke, Sir.«

⚓

Während des nächsten Tages verbreitete sich in English Harbour das Gerücht, dass sich schon bald die drei erbeuteten Schiffe, die von einer örtlichen Handelsgesellschaft samt ihrer Ladung angekauft worden waren, auf den Weg nach Norden machen würden. Vom Admiral oder dem Büro des Gouverneurs war natürlich dafür keine Bestätigung zu bekommen, aber in den einschlägigen Kneipen wusste man, dass die Schiffer schon ihre Segelanweisungen und Erkennungssignale für die Reise erhalten hatten.

Auf den zahlreichen Gesellschaften amüsierte sich die bessere Gesellschaft Antiguas, man war unter sich, Kaufleute, Pflanzer, Verwaltungsbeamte, Heeres- und Marineoffiziere. Bei einer Soiree palaverte ein augenscheinlich schon stark alkoholisierter Commander mit dem Sekretär des Gouverneurs. Dunbar wollte ihn zuerst schnellstens wieder loswerden, aber nachdem der Schluckspecht sein Interesse mit einigen dunklen Andeutungen geweckt hatte, zog er ihn auf ein Sofa in einer abgelegenen Ecke. Er besorgte dem Offizier einen neuen Drink und begann ihn vorsichtig auszufragen. Der Commander sah sich mit glasigen Augen um, legte einen Finger an die Lippen und flüsterte:

»Psssst! Streng geheim die Sache, Sir!« Er kicherte albern vor sich hin, wie Betrunkene das manchmal so an sich haben, und lallte dann mit schwerer Zunge: »Aber witzig, Sir, wirklich richtig witzig.« Wieder wanderte der Zeigerfinger vor die Lippen. »Pssst, Sir! Streng geheim, ha, ha, ha. Der gute alte Sam Blake scheint an diesem Turner einen Narren gefressen zu haben, das ist wirklich zu komisch, Sir, ha, ha, ha. Erst platzt Blakey fast vor Wut, weil für ihn kein Prisengeld abfällt, und jetzt scheint er zu glauben, dass dieser junge Springinsfeld die ganzen Bahamas von Freibeutern und Korsaren gesäubert hat. Ha, ha, ha! Prost, mein Freund, darauf wollen wir trinken!«

Unlustig stieß Dunbar mit ihm an, er begann das Interesse an dem Betrunkenen zu verlieren, aber beim nächsten Satz zuckte er zusammen und spitzte die Ohren.

»Der Konvoi segelt nämlich gar nicht durch die Bahamastraße, sondern quer durch den Archipel, ha, ha, ha! Wirklich sehr komisch ... und geheim, mein Freund, streng geheim!« Verschwörerisch kniff der Commander ein Auge zusammen und legte zum wiederholten Male den Finger an die Lippen.

In der folgenden Nacht lief ein schnittiger Kutter mit riesiger Segelfläche, ohne Lichter zu setzen, mit unbekanntem Ziel aus der Bucht und verschwand in der Dunkelheit der tropischen Nacht. Bei der Vielzahl kleiner Segler, die zeitweise im Stützpunkt zur Erledigung ihrer Geschäfte ankerten, sah sich am nächsten Morgen niemand genötigt, an sein Verschwinden auch nur einen Gedanken zu verschwenden.

Auch an Bord der *Shark* bereitete man sich auf das Auslaufen vor, aber leider gab es vorher noch einen bedauerlichen Zwischenfall. Mister Tulpin klagte schon am Morgen über Übelkeit, Durchfall und kurzeitigen Verlust der Sehfähigkeit. Mittags konnte er sich kaum noch rühren, lallte und rollte gefährlich mit den Augen. Der Schiffsarzt untersuchte ihn gründlich, sah sich aber außerstande, ihn wirksam zu behandeln, und ließ ihn an Land ins Lazarett bringen.

Als der Midshipman von Bord war, räusperte sich Turner und flüsterte dem Arzt zu: »Sie Teufelskerl, wie haben Sie denn das hingekriegt. Das sah ja richtig gefährlich aus.«

Der Arzt sah ihn düster an. »Ich bin nicht involviert, Sir. Ich war gerade erst dabei, für ihn etwas zurechtzumischen, das ich ihm kurz vor dem Auslaufen applizieren wollte, damit wir ihn dann kurzfristig von Bord geben konnten. Keine Ahnung, was in den Kerl gefahren ist. Jedenfalls konnte ich keine der klassischen Tropenkrankheiten bei ihm diagnostizieren. Ich stehe vor einem Rätsel.«

Turner blickte ihn verblüfft an. »Das glaube ich nicht!«

Mehr zufällig fiel sein Blick auf Tom, der zusammen mit dem Aufklarer der Midshipmen ganz in der Nähe stand und breit und selbstgefällig vor sich hin grinste. Sollte sein Bursche seine Finger in der Sache drin haben? Er nahm sich vor, ihn darüber demnächst streng zu befragen. Nun ja, nicht allzu streng. Er ging in seine Kabine und verfasste eine kurze Mitteilung an Smith, in der er ihn über die Erkrankung Tulpins informierte, aber jede Urheberschaft daran verneinte. Er schickte Tom damit umgehend an Land. Dann nahm er sich viel Zeit mit der Ausarbeitung eines detaillierten Berichts an den Admiral, in dem er sich untröstlich zeigte, dass er einen so begabten jungen Gentleman von Bord geben musste. Da aber die Dringlichkeit seiner Geschäfte keinen weiteren Aufschub mehr zuließen, bat er ihn, ihm kurzfristig Ersatz zuzuteilen. Mister MacKinnon legte dem Schreiben einen medizinischen Befund bei, aus dem unabweislich hervorging, dass man Tulpin die Anstrengungen der bevorstehende Reise nicht zumuten dürfte. Dieser Brief wurde per Boot dem Flaggschiff am späten Nachmittag übermittelt und schon bei Beginn der Abendwache entstieg ein Midshipman dem Beiboot einer Fregatte und meldete sich kurz darauf in Turners Kabine zum Dienst. Er stellte sich als George Starke vor. Seinem Akzent nach stammte er von der Ostküste, vielleicht aus Harwich. Von Gestalt war er mittelgroß und drahtig. Starke schien ein heller Bursche zu sein, seine Antworten auf Turners Fragen waren knapp und präzise formuliert. Er war siebzehn Jahre alt und hatte bisher fast ausschließlich auf Fregatten gedient. William war mit dem ersten Eindruck zufrieden. »Eine Frage noch, Mister Starke, wie kommt es, dass Sie so schnell zu uns stoßen konnten?«

»Nun, Sir, auf den Schiffen, die hier schon längere Zeit auf Station sind, kennt man sich natürlich, daher liefen in allen Offiziers- und Fähnrichsmessen Wetten, wie lange der alte Jerry Tulpin wohl bei Ihnen an Bord überleben würde. Wild Bull Turner und diese Schafsnase, das konnte nicht gut gehen ... oh, Verzeihung, Sir.«

Turner fixierte ihn eisig, dann belehrte er ihn gemessen: »Ich bedauere außerordentlich, dass Mister Tulpin wegen einer plötzlichen Erkrankung mein Schiff verlassen musste. Er hatte durchaus Qualitäten.« Nur fallen mir leider keine positiven ein, überlegte William im Stillen. »Mister Starke, halten Sie sich an Mister Armstrong, der sich auf dem Schiff hervorragend auskennt und sein Handwerk ausgezeichnet beherrscht.« Hatte er das Wort Handwerk vielleicht etwas zu sehr betont? Was sollte es, der junge Mann würde ohnehin nach kurzer Zeit herausgefunden haben, dass die Theorie Armstrongs schwache Seite war. »Melden Sie sich beim Ersten Leutnant, er wird Ihnen mitteilen, in welche Wache er Sie eingeteilt hat und welche Rollenfunktionen Sie haben.«

»Aye, aye, Sir. Danke, Sir.«

Eine halbe Stunde danach hievte auch die *Shark* den Anker, um sich ihren Aufgaben bei der Vermessung unbekannter Buchten zu widmen. Turner stand achtern an der Heckreling und blickte zu den Lichtern der Stadt hinüber. Der Abschied von Elizabeth war tränenreich und erschöpfend verlaufen. Elizabeth! Ach, die Woche mit ihr war hinreißend gewesen, die Abende mit guten Gesprächen, exquisiten Speisen und Weinen und dann die Nächte voller Leidenschaft. Sie war hungrig nach Liebe und Zärtlichkeit wie eine Wüste im Sommer – und so heiß war sie auch. Dabei erfinderisch, um ihn immer wieder aufs Neue zu stimulieren. Er vermeinte den Duft ihres Haares zu riechen, ihre glatte seidige Haut unter seinen rauen Fingerkuppen zu spüren, ihr gurrendes Lachen und kehliges Stöhnen zu hören, wenn sie sich ineinander verloren.

Aber wie immer war er auch ein wenig froh, wieder auf See zu sein. Wenn er allerdings an die Aufgabe dachte, die vor ihm lag, war er sich nicht mehr ganz so sicher, wo er in den nächsten beiden Wochen lieber sein würde.

Kapitel 12

Juni 1776, Bahamas

Wie immer nach dem Verlassen eines Hafens musste die Besatzung erst einmal wieder durch verschärften Drill auf Vordermann gebracht werden, damit der Alkoholdunst aus den Köpfen und eine gewisse Lässigkeit aus den Knochen vertrieben wurde. Währenddessen schnaubte die *Shark* unter allen Segeln, die sie auf diesen nördlichen Kursen tragen konnte, dem vereinbarten Treffpunkt mit dem Geleit entgegen, das aus den von der *Shark* eroberten ehemaligen amerikanischen Frachtern bestand. In den Befehlen ihrer Skipper hatte allerdings nur gestanden, dass sie an der angegebenen Position auf ein kleines Kriegsschiff Seiner Majestät stoßen würden, von der *Shark* war nicht die Rede gewesen. Dieses Kriegsschiff sollte sie entlang der unsicheren Küsten der spanischen Besitzungen von Puerto Rico, Hispanola und Kuba vorbei bis in den Golfstrom auf der Höhe von Grand Bahama begleiten. So hatten es die Gerüchte am Hafen von English Harbour zu vermelden gewusst. Der sehr ehrenwerte Sekretär Dunbar wusste es besser. Seinen Informationen nach würde der kleine Kriegskutter die Frachter nur bis zu den Caicos-Inseln eskortieren, dann würde er wieder seine Position vor der Mona-Passage beziehen, während die schwer beladenen Handelsschiffe quer durch die Riffe und Inseln der Bahamas segeln würden, um bei den Biminis unter die schützenden Fittiche einer Fregatte zu schlüpfen, die sie vor den Nachstellungen amerikanischer Kaperer schützen würde.

Turner stützte sich mit beiden Armen auf der Tischplatte ab und studierte die Karte. Der Überfall würde also am ehesten zwischen den Caicos und dem Exuma Sund erfolgen – wenn überhaupt, überlegte er. In diesem Seegebiet gab es eine kaum abzuschätzende Zahl von Inseln mit noch mehr Schlupfwinkeln. Eine lückenlose Überwachung durch die Navy war selbst in den Zeiten unmöglich gewesen, als die Schiffe noch nicht zu Blockadezwecken und Unterstützungsaufgaben für die Armee vor der amerikanischen Festlandsküste gebraucht wurden. Er erschauderte, als er daran dachte, dass es die Rebellen doch gewagt hatten, New Providence in einem kühnen Handstreich zu besetzen und die dort gelagerten Nachschubgüter auf das Festland zu bringen, ohne dass die Royal Navy sie daran hatte hindern können.

Er seufzte gedankenschwer, ging zur Heckbank hinüber, wo er sich auf die Luvseite setzte, den Rücken gegen das warme Holz abstützte, einen Arm auf die Lehne legte und die Beine auf der Sitzfläche ausstreckte. Nachdenklich schaute er durch das offene Fenster hinunter in das gurgelnde, schäumende Kielwasser. Er hörte Tom in der Pantry hantieren. Ihm fiel wieder die Szene an Deck ein, als Tulpin von Bord gebracht worden war.

»Tom!«

»Käptum, Sör?«

»Was hast du mit Midshipman Tulpin gemacht, Tom?«, bluffte er.

Tom schluckte. Er hatte es gewusst, die Seegeister würden es dem Käptum erzählen, dass er der widerlichen weißen Made die Tropfen der weisen Frau ins Essen gemischt hatte.

Wahrscheinlich hatte er sich grade mit ihnen unterhalten. Eine größere Welle klatschte unter das Heck und hob es an. William machte unwillkürlich eine Handbewegung. Jetzt hat er ihnen zum Abschied zugewinkt, dachte Tom erschaudernd. Es war zwecklos zu lügen, er musste ihm alles erzählen. Er rollte mit den Augen und ließ niedergeschlagen den Kopf hängen.

»Käptum, Sör, Tom hat gehört, wie Sie mit dem Medizinmann hier an Bord gesprochen haben. Tom dachte, wenn Sie und Mister MacKinnon keinen wirksamen Zauber gegen die schädliche weiße Made machen dürfen, weil sie tabu ist, dann kann Tom vielleicht helfen. Tom ist in English Harbour zu einer weisen Frau gegangen und hat sich von ihr eine Medizin besorgt. Die hat er ...«, er schluckte schuldbewusst, »in das Essen von Mister Tulpin getan. Genau nach Vorschrift, Sör, ganz genau nach Anweisung der weisen Mutter!«

William nickte, so etwas in der Art hatte er sich schon gedacht.

Tom stöhnte und überlegte verzweifelt, warum quält er mich, er weiß doch sowieso schon alles. Wahrscheinlich will er nur prüfen, ob Tom auch die Wahrheit sagt. Die ganze Wahrheit war es ja nicht, denn schließlich hatte ja Josef die Medizin ins Essen gemischt ...

»Natürlich hat der Aufklarer der beiden Midshipmen das Gift in das Essen getan.« Aber schädliche weiße Made war gut, diese Beschreibung passte wirklich perfekt auf Midshipman Tulpin. Innerlich amüsierte Turner sich köstlich.

Heilige Mutter Gottes von Gouadeloupe, was habe ich gesagt! Er weiß alles! Diese nordischen Seegeister sind mächtig!

»Wird er sterben?«

»Nein, nein, Sör, ganz gewiss nicht! Es wird ihm vier, fünf

Tage nicht gut gehen, dann kann er wieder über das Deck ... äh, laufen wie ein stolzer ... äh, Offizier.«

»Bring mir sofort den Rest der ... ahem, der Medizin!«

»Aye, aye, Sör. Sofort, Käptum, Sör!« Er verschwand und kam gleich darauf mit der kleinen Flasche zurück, die noch drei Viertel voll war. Turner nahm sie, zog den Korken heraus und schnüffelte daran. Der Geruch war nicht unangenehm, die Essenz duftete nach Kräutern. Logisch, dachte er, schließlich musste das Opfer das Zeug ja auch freiwillig hinunterschlucken. Er holte schon aus, um die Flasche durch das Fenster zu schleudern, besann sich dann aber anders, verkorkte sie wieder sorgfältig und wog sie nachdenklich in der Hand. Er würde sie MacKinnon geben, vielleicht konnte der herausfinden, was für Wirkstoffe darin enthalten waren.

»Tom, kein Wort darüber zu irgendeiner Menschenseele. Lass deinen Kumpel bei allem, was ihm heilig ist, schwören, den Mund zu halten. Du weißt, was passiert, wenn ich böse werde!«

Sein Bursche konnte es sich vorstellen und diese Vorstellung war keineswegs angenehm.

⚓

Sie erreichten den Treffpunkt einige Stunden nach den Frachtern, die beigedreht gewartet hatten. Turner befahl die Skipper zu sich an Bord. Es war eine recht seltsame Gesellschaft, die sich bald darauf in seiner Kabine versammelte. Jeder der Kapitäne hatte noch einen Begleiter mitgebracht und alle Männer sahen irgendwie verkleidet aus, so wie Militärs, die ausnahmsweise mal Zivil tragen mussten. Das war auch des Rätsels Lösung. *Hermes Worldwide Enterprises* hatte die Schiffe aufgekauft und Smith hatte ganze Arbeit geleistet, denn die Skipper waren Offiziere der Navy und ihre Begleiter Leutnante der Marineinfanterie. Auch die seemännischen Besatzungen bestanden aus altgedienten Matrosen der Marine und auf jedem Schiff drängte sich zusätzlich ein Dutzend Seesoldaten. Die Besatzungen waren außer Sichtweite des Landes ausgetauscht worden. Ein Linienschiff aus Barbados war extra dafür abgestellt worden. Turner wollte sich lieber nicht vorstellen, wie beengt die Lebensverhältnisse da drüben auf den kleinen Frachtenseglern waren. Aber, was viel wichtiger war, durch diesen Schachzug von Smith war die Schlagkraft des kleinen Verbands ungleich höher, als sie es mit einer zivilen Besatzung gewesen wäre. Turner wurde mal wieder klar, wie mächtig die Organisation war, die unter dem harmlosen Namen *Hermes* firmierte.

Nachdem alle Männer einen Platz gefunden hatten und von Tom mit einem Drink versorgt worden waren, wandte sich William an die Männer.

»Gentlemen! Wer ich bin, wissen Sie. Mein schlechter Ruf dürfte mir vorausgeeilt sein.« Unterdrücktes Gelächter kam auf. »Lassen Sie sich von meinem *nomme de guerre* nicht täuschen, ich pflege keineswegs wie ein Stier mit geschlossenen Augen auf das rote Tuch loszustürmen.«

Aus dem Hintergrund ließ sich ein leise Stimme vernehmen: »Nein, es darf auch eine rote Haarmähne sein!«

William grinste breit. »Wie man hört, reisen Gerüchte schnell. Ich verrate Ihnen jetzt ein wohlgehütetes Geheimnis, meine Herren, und bitte Sie, es nicht weiterzusagen, aber genau wegen solcher Haarmähnen aller Couleur bin ich als Midshipman zu meinem Spitznamen gekommen!«

Die Männer brüllten vor Lachen und schlugen sich begeistert auf die Schenkel.

Die beiden Midshipmen, die während der Konferenz auf

dem Achterdeck standen, schauten sich fragend an, als die Lachsalve aus dem Skylight über das Deck brandete.

Mister Starke murmelte halblaut: »Mein Gott, was sind die Bauern heute wieder lustig, dann wird bestimmt die Butter teurer.«

Unten hob William die Hände in die Höhe, und als wieder Ruhe eingekehrt war, fuhr er fort: »Zum Geschäft, Gentlemen! Hier sind Ihre neuen Befehle, deren Empfang Sie mir anschließend quittieren werden.« Er hob die braunen Umschläge in die Luft. »Wir werden einen anderen Kurs nehmen, als man Ihnen ursprünglich gesagt hat. Das ist Teil eines Plans, der zum Ziel hat, eine gefährliche Clique von schändlichen Verrätern zur Strecke zu bringen. Die schlechte Nachricht für Sie ist, dass Sie den Köder spielen. Die gute, dass ich mit meinen dicken schwarzen Lieblingen da sein werde, um die Ratten in die Hölle zu pusten!«

Die Männer mussten diese Neuigkeiten erst mal verdauen. Einer der Kommandanten stellte lakonisch fest: »Ich habe mir schon so etwas gedacht, als ich feststellte, wie die Besatzung meines Schiffes zusammengesetzt ist. Sogar ein Zug Hummer[1] unter dem Kommando eines Leutnants macht sich breit. Offiziell hat man mir allerdings nur gesagt, dass es von größter Wichtigkeit wäre, dass dieser Konvoi durchkommt.«

Ein anderer sagte gedehnt: »Sie rechnen also fest damit, dass wir angegriffen werden.«

Turner nickte. »Das ist der Plan. Falls kein Angriff erfolgen sollte, dann müssten wir mit der Suche nach dem Verräter wieder ganz von vorne anfangen.«

Der erste Sprecher trank sein Glas aus und meinte dann lächelnd: »Ich wollte immer schon wissen, wie sich so ein

---

1 Spottname für die Seesoldaten wegen ihrer roten Uniformröcke

Schäfchen fühlt, das man an einen Baum bindet, um den Bären anzulocken.«

William grinste ihn an. »Nur, dass Sie unter dem Schafspelz ein Wolf mit scharfen Zähnen sind, Sir, und das Rudel nicht weit ist. Ansonsten, Gentlemen, segeln Sie bitte im Normalfall nicht, wie Admiral Blake es gerne sehen würde, also nicht in exakten Abständen in Kiellinie, sondern etwas, ich wiederhole, *etwas* auseinander gezogen, so wie das Handelsschiffe gerne machen. Die hinteren Schiffe sind dabei jeweils etwas nach Luv abgestaffelt. Ich selber werde mich am Tage drei, vier Meilen achteraus aufhalten. Heute und morgen Abend werde ich Sie an Bord Ihrer Schiffe besuchen, um Sie besser kennen zu lernen. Also heben Sie eine gute Flasche auf. Noch Fragen, Gentlemen? Keine? Gut, dann wollen wir uns ans Werk machen.«

⚓

Es war Ende Juni und die Sonne stand mittags im Zenit. Zum Glück konnten sie terrestrisch navigieren und waren nicht auf die Mittagsbreite angewiesen. Zusammen mit Lennon hatte sich William gestern, als die Sonne schon fast senkrecht über ihren Köpfen stand und in wenigen Minuten durch den Meridian gehen würde, den Spaß gemacht und die Midshipmen gefragt, wie viel Grad das Azimut jetzt wohl betragen würde. Beide hatten sich nachdenklich angeschaut und verlegen die Köpfe gekratzt, schließlich hatte Armstrong auf NzE getippt, Starke auf SzE. Lennon hatte in gespielter Verzweiflung den Kopf geschüttelt und sie großmütig belehrt, dass es natürlich genau E sein müsste, da die Peilung im Augenblick der Kulmination von Ost auf West umspringen würde. Arnold Armstrong hatte ziemlich zweifelnd geguckt und hatte schon den Mund aufgemacht, als ihm sein neuer Kumpel den Ellenbogen in die Rippen stieß und ihm zuraunte: »Halt die Klappe, ich erklär dir das später!«

Jetzt schritt Turner mürrisch auf dem Achterdeck auf und ab. Wenn heute, allerspätestens morgen, nichts passierte, dann waren seine ach so logisch klingenden Schlussfolgerungen nichts anderes als bunte, schillernde Seifenblasen gewesen. Sie waren schon an so vielen unbewohnten Inseln vorbeigesegelt, die sich nach Ansicht von Lennon gut als Versteck für die Kaperer geeignet hätten, aber nichts hatte sich ereignet. Sie hatten außer einigen Fischerbooten kaum Schiffe in Sicht bekommen. Aber für den heutigen Nachmittag hatte Lennon mit O'Bailey um ein Pfund Sterling gewettet, dass die Schufte sie auf der Höhe der Donkey Cays angreifen würden.

»Da gibt es alles, was diese Kerle suchen, Sir«, hatte er argumentiert, »ausreichend tiefes Wasser hinter dem Riff, drei Durchfahrten, kleine Inseln vor einer Bucht, die Sichtschutz nach See bieten, dazu flache Hügel mit Höhlen und Frischwasser. Herz, was willst du mehr?«

O'Bailey, der sich in einer Phase tiefen irischen Schwermuts befand, hatte nur düster gemurmelt: »Ich halte dagegen, Gespenster brauchen keine Höhlen und auch kein Frischwasser, Sir.«

William spürte, wie sich sein Nackenhaar langsam zu sträuben begann, irgendetwas lag in der Luft. Er hatte das unbestimmte Gefühl, dass der alte Segelmeister recht behalten würde. Er rief sich nochmals das Kartenbild vor Augen, dann drehte er sich energisch um und rief O'Bailey zu: »Sir, lassen Sie anluven, ich möchte die Donkeys eben an Backbord voraus in Sicht bekommen!«

»Aye, aye, Sir!«

Die Peilung ihrer drei Schutzbefohlenen wanderte langsam nach Backbord aus. Die *Shark* legte sich weit auf die Backe und schnaubte mit schäumender Bugwelle durch die See. Weiße Gischtwolken stiegen an Steuerbord auf, funkelten in der Sonne, ein Regenbogen bildete sich. Die Tröpfchen des Spritzwassers fegten über das Deck und verhalfen den arbeitenden Männern zu unfreiwilligen Seewasserduschen.

»An Deck! Land voraus!«

William packte ein Fernglas und enterte im Schonermast bis zum Eselshaupt auf. Dort machte er es sich bequem, zog das Teleskop auseinander und richtete es nach vorn. Ganz ohne jeden Zweifel waren das die Donkey Cays. Sorgfältig suchte er das Ufer ab, konnte aber noch keine Einzelheiten erkennen. Nach einer halben Stunde war das vorgelagerte Riff schon deutlich auszumachen, und er konnte auch die der Bucht vorgelagerten Inseln ausmachen. Da! Vor Aufregung wäre er beinahe von seinem luftigen Sitz gestürzt. Auf der Wasserfläche vor der Bucht tummelten sich vier, fünf, nein, sechs helle Punkte, ihnen folgte ein Kutter mit gewaltigem Gaffelsegel und endlosem Klüverbaum. Schließlich glitt noch ein großer dunkler Fleck in das Sichtfeld des Fernglases. Das sah ganz nach einer Brigg aus. Ihr Rumpf war tiefschwarz gestrichen und die Segel waren dunkelbraun geloht. Ein düsterer, beängstigender Eindruck ging von dem Schiff aus.

»An Deck! Sechs große Boote mit zwei Lateinersegeln, ein Kutter und ein Schiff laufen auf die Durchfahrt im Riff zu!«, meldete der Ausguck aus dem Vortopp.

»Verdammt!«, fluchte Turner, hat der Kerl bessere Augen als ich? Wieso Schiff, wo sieht der denn drei vollgetakelte Masten? Er presste den Kieker wieder ans Auge.

Der Ausguck hatte recht, da war noch ein dritter Mast, allerdings fuhr daran nur ein Lateinersegel. William Turner rutschte an einem Preventer hinunter auf das Deck.

»Mister O'Bailey, lassen Sie eine Ration Schiffszwieback, Hartkäse und eine Extraration Rum mit Limonensaft an die Männer ausgeben! Anschließend: Schiff-klar-zum-Gefecht!«

»Aye, Sir!«

»An Deck! Brandung zwei Meilen voraus!«

»Gehen Sie bis auf eine Meile an das Riff heran, Sir, dann laufen Sie parallel dazu nach Nordwesten.«

»Aye, aye, Sir!«

Die Bootsmannspfeifen zwitscherten, die Männer beendeten ihre Arbeiten und klarten das Deck auf, dann fassten sie ihre Extrarationen. Bald darauf war das Schiff gefechtsklar. Tom kam mit Williams alter Uniformjacke, seinem Säbel und zwei geladenen Pistolen an Deck.

»Danke, Tom, das hätte ich fast vergessen.«

Die gegnerischen Schiffe befanden sich schon längst außerhalb des Riffs und steuerten einen Abfangkurs zu den drei Köderschiffen. Die sechs Boote und der Kutter hatten einen deutlichen Vorsprung vor dem Dreimaster. Die *Shark* setzte sich schräg hinter sie und schnitt ihnen den Rückzug hinter das Riff ab. Es hatte den Anschein, als ob sie ihren Verfolger noch gar nicht bemerkt hätten.

Die britischen Frachter hatten zueinander aufgeschlossen und liefen mit reduzierten Segeln in Kiellinie. Dadurch hatten sie keine so starke Krängung und konnten die Formation besser halten. Weglaufen konnten sie ihren flinken Gegnern sowieso nicht. Die sechs breiten, flachgehenden Boote fächerten sich auf, um alle drei Frachter gleichzeitig angreifen zu können. Das große schwarze Schiff hatte zusätzlich zum Lateinersegel und den Schratsegeln am Bug nur die Marssegel gesetzt. Offensichtlich war man dort an Bord der Meinung, dass die Boote die Drecksarbeit erledigen konnten und die Unterstützung durch den Kutter auch in einem hartnäckigen Fall ausreichen würde. Der Abstand verringerte sich schnell.

Auf den Frachtern öffneten sich die Klappen in der Bordwand, hinter denen die Kanonen gelauert hatten, die jetzt ausgerannt wurden und kurz darauf Feuer und Qualm ausspuckten. Da waren keine Amateure am Werk, sondern Kriegsschiffsmatrosen, die viele Stunden mit dem Drill an Kanonen verbracht hatten. Eines der Boote verschwand innerhalb von Sekunden vor den Augen der Zuschauer. Mehrere Kugeln mussten ihm den Bug weggerissen haben und der Druck der Segel presste es unter die Wasseroberfläche. Nach kurzer Zeit tauchte die Unterseite des Rumpfs nochmals wie der Rücken eines Wals nass und glatt aus dem Wasser, um dann endgültig zu verschwinden. Dem zweiten Boot wurden die Masten abrasiert, die herabfallenden Segel breiteten sich über den vielen schreienden und wimmernden von Kartätschen verstümmelten Verwundeten wie Leichentücher aus. Auf den anderen vier Booten wurden die Segel so stark beschädigt, dass sie sofort an Fahrt verloren. Von Bleikugeln zerrissene Männer, die ihren Spießgesellen im Wege waren, wurden ohne viel Federlesens über die Bordwand geworfen. Zwei der Boote erwiderten das Feuer mit ihren Bugdrehbassen, die aber bei den dicken Bordwänden der Frachter keine Wirkung erzielten. Schon rollte die nächste Salve über die See. Das dritte Boot brach in der Mitte auseinander. Männer klammerten sich an den Wrackteilen fest und winkten Hilfe suchend den verbliebenen beiden Booten zu. Aber die hatten andere Sorgen. Das eine hatte hart Ruder gelegt – wohl zu hart – und drehte in den Wind, die Spieren der Lateinersegel kamen unklar, die Segel schlugen mit einem Schlag back und der ganze Kladderadatsch kam laut polternd von oben. In dieses Tohuwabohu fuhren sausend die heißen Bleistücke der nächsten Salve. Das Weiß der

Segel färbte sich blutig rot. Das letzte verbliebene Boot luvte ebenfalls an, musste aber seinem ungeschickten Kameraden ausweichen und aus diesem Grund nochmals abfallen. Auch hier hielten die Kartätschen grausige Ernte, dazu kam aber noch, dass einige der Stücke zusätzlich mit Kugeln geladen gewesen waren, von denen sich zwei von der Wasserfläche abprallend in die Bordwand bohrten, in der sich sofort große Löcher auftaten, durch die das Seewasser ungehindert einströmen konnte. Die Piraten begannen mit allem, was zur Hand war, zu schöpfen. Es war vergebliche Liebesmüh, genauso gut hätte man versuchen können, das höllische Feuer mit dem Abendmahlskelch des Papstes zu löschen.

Inzwischen war der Kutter mit ausgerannten Geschützen herangeeilt. Bei seiner überhasteten Annäherung überrannte er auch noch das manövrierunfähige Boot. Immerhin gelang es einigen der unverwundeten Männer, sich an seinem Stampfstag und Teilen des Vorschiffs festzuhalten und sich an Bord zu ziehen. Als er anluvte, um auf Parallelkurs zu gehen, drückte ihn der Wind weit auf die Seite, dadurch ging seine erste Salve weitgehend unwirksam in die See. Da er schneller als die drei Briten war, passierte er nacheinander die beiden hinteren und wurde von ihnen mit einer vollen Breitseite bedacht, die seine Segel stark in Mitleidenschaft zogen und reihenweise Männer auf das Deck warfen. Bedingt durch die großen Löcher in den Segeln, die sich schnell durch den Winddruck vergrößerten, wurde er langsamer und hielt sich etwa auf gleicher Höhe mit der führenden britischen Brigg. Der Schoner, der das Ende der kleinen Flotte gebildet hatte, luvte an, lief unter seinem Heck durch und beharkte ihn dabei. Jedes Geschütz feuerte einzeln, wenn es sein Ziel aufgefasst hatte, und jagte seine Kugel längs durch das ganze Schiff. Der Kutter erbebte, erzitterte wie ein verängstigtes Pferd beim Anblick der verhassten Peitsche, dann taumelte er unsicher, der Mast mit dem riesigen Gaffelsegel wankte, blieb aber schwankend stehen. Mit einem ohrenbetäubenden Krachen löste sich die Schot und der lange Baum schlug nach Backbord hinüber. Von den englischen Schiffen schossen die Seesoldaten wie auf dem Exerzierplatz in die völlig konfuse Mannschaft hinein. Der Schoner ging mit einem gekonnten Manöver längsseits und eine Welle aus Entermesser schwingenden Matrosen und Seesoldaten mit gefälltem Bajonett spülte über das Deck. Es war nach kurzem hartem Kampf gesäubert und die Flagge Virginias sank herab. Es gab nur wenige Überlebende.

Turner hatte den Beginn des Gefechts noch verfolgen können, aber dann musste er sich auf das schwarze Schiff konzentrieren. Als man sich dort des sich anbahnenden Fiaskos bewusst wurde, hatte man eilig das Groß und die Fock gesetzt, um schneller in den Kampf eingreifen zu können. Aber dann musste schließlich doch jemand den achtern im Kielwasser mit einem weißen Knochen zwischen den Zähnen heranrauschenden Verfolger bemerkt haben. Einen Augenblick lang herrschte auf dem Achterdeck Verwirrung, dann drehte das Schiff nach Steuerbord an den Wind.

»Das war ein Fehler, mein Freund! Am Wind sind wir schneller und wendiger als du! Langsam anluven, Mister Lennon! Halten Sie uns bitte in seinem Kielwasser.«

»Aye, aye, Sir!«

»Mister O'Bailey, die Jagdgeschütze doppelt laden! Kartätschen auf Traubengeschosse! Ab der zweiten Salve Kugeln!«

»Aye, aye, Sir.«

Der hohe Achterschiffsaufbau mit seinen funkelnden Fensterflächen im Spiegel kam schnell näher. Auf dem Achterdeck an der Heckreling drängten sich verwegen aussehende Gestalten mit Musketen, mit denen sie auf die Männer der *Shark* zielten, aber der Abstand war noch zu groß.

»Feuer frei, Mister O'Bailey!«, brüllte Turner über die gesamte Länge des Decks nach vorne.

O'Bailey hob zum Zeichen, dass er verstanden hatte, den rechten Arm. Kurz nacheinander krachten die beiden langen 6-Pfünder. Ihr durchdringend hoher scheppernder Abschussknall wirkte im Vergleich mit dem dumpfen vollen Dröhnen der Karronaden wie das ärgerliche Zetern einer streitsüchtigen Alten. Die Geschützführer hatten gut gezielt. Die Fenster im Spiegel samt hölzernem Schnitzwerk waren verschwunden. Die Kartätschen und die Kugeln der Traubengeschosse leisteten ganze Arbeit. Das Innere des Schiffes musste voll von Glas- und Holzsplittern sein.

Der Kommandant des gegnerischen Schiffes befand sich in einer Zwickmühle. Er hatte nur eine Chance, wenn es ihm gelang, seine Breitseite zum Tragen zu bringen. Anluven konnte er nicht weiter, denn dann müsste er eine Wende fahren. Während dieses Manövers war er fast hilflos. Fiel er ab, bot er der *Shark* sein verwundbares Heck für eine Breitseite dar, die ihn das Rudergeschirr und die Masten kosten konnte, von den Verlusten unter der Besatzung nicht zu reden. Was würde er tun? Turner beobachtete das hohe Achterdeck durch sein Teleskop, so gut es ging. Wieder bellten die Jagdgeschütze auf. Die Männer mit den Musketen waren verschwunden. Aber was war das? Die schwarze Flagge sank herab!

»Mister Lennon, er hat die Flagge gestrichen. Mister O'Bailey, Feuer einstellen!«

»Sie vertrauen dem Schwein doch nicht etwa, Sir?« Lennon musterte ihn aus schmalen Augenschlitzen unter unwillig zusammengezogenen buschigen Brauen.

Drüben wurden am Groß- und Vormast die Rahsegel aufgegeit. Das Schiff drehte langsam in den Wind. Turner musste sich schnell entscheiden, wie er eine Kollision vermeiden wollte.

»Anluven an den Wind, Mister Lennon, danach wollen wir die Gaffelsegel aufgeien!«

»Aye, Sir!«, knurrte Lennon unwillig.

Sie würden den schwarzen Piraten in einem Winkel von ungefähr fünfundzwanzig Grad passieren, und waren sie erst frei von ihm, konnte er sich in der sicheren Luvstellung in aller Ruhe überlegen, wie er weiter vorgehen wollte. Sie kamen nicht vorbei, denn als sie das Heck passiert hatten, flogen plötzlich die Geschützpforten auf und die massiven Rohre von 12-Pfündern erschienen. Dann ging die Welt unter. Die Luft war erfüllt vom Heulen und Pfeifen der Geschosse. Männer schrien auf und wälzten sich in ihrem Blut auf dem Deck. Ein Matrose blickte verwundert auf seinen Arm, weil seine Faust noch immer ein Geitau umklammerte, während er doch zwei Meter entfernt auf dem Rücken lag. Ein Seesoldat starrte fassungslos auf den Torso seines Kameraden, dem eine Kugel den Kopf abgerissen hatte. Er stand in einem See aus Blut, der ständig größer wurde. Eine Kugel jaulte so dicht an Turners Kopf vorbei, dass der Luftdruck ihn unwillkürlich ein, zwei Schritte nach hinten machen ließ. Er schluckte heftig, steckte die Finger in die Ohren und bewegte sie schnell, um das Gefühl der Taubheit zu verlieren. Die Segel gingen in Fetzen, das Schiff verlor schnell an Fahrt.

»Feuer frei!«, kreischte Turner wie wahnsinnig vor Wut.

Die antrainierte eiserne Disziplin trug Früchte. Die Karronaden brüllten auf und verwandelten die Bordwand des Piraten in einen Trümmerhaufen. Die nächste Salve des Gegners war schon erheblich schwächer, richtete aber trotzdem noch genug Schaden an. Die Geschützbedienungen schufteten wie Maschinenmenschen, die man auf Jahrmärkten sehen konnte, und verwandelten das gegnerische Schiff in ein Wrack, von dem schon lange nicht mehr zurückgeschossen wurde. Lebte dort drüben überhaupt noch jemand? Turner blickte Lennon an und war erschrocken, als er dessen heitere, zufriedene, ja glückliche Miene sah. Der Mann musste seinen Sohn sehr geliebt haben, das konnte er verstehen, trotzdem war ihm diese Reaktion unheimlich. Aber hieß es nicht, dass Hass ebenso verzehrend und bedingungslos sein konnte wie Liebe? Dieser Mann hasste die Piratenbrut aus ganzem Herzen und würde jeden, ohne eine Sekunde zu zögern, aufhängen, wenn es nur den leisesten Anschein dafür gab, dass er dazugehörte. Oben auf dem Achterdeck drängte sich noch eine kleine Gruppe Männer am Ruder zusammen und gestikulierte wild mit den Händen. Selbst aus dieser Entfernung konnte man sehen, dass ihre Gesichter kreidebleich waren, und das wollte in den Tropen schon etwas heißen.

»Feuer einstellen!«, brüllte Turner. Lennon sah ihn böse an. »Denken Sie dran, Mister Lennon, wir brauchen Informationen, und Tote reden nicht!«

Lennon schien aus einem obsessiven Traum zu erwachen. Er massierte sich die Stirn, holte tief Luft und räusperte sich umständlich.

»Ahem, aye, Sir, Sie haben völlig recht, Sir.«

Nach und nach verstummten die Karronaden. Nur das Quietschen der Blöcke, das Knarren der losen Spieren, das Flattern der Segeltuchstreifen und das Klatschen des Wassers an der Bordwand waren zu hören – und das enervierende, nicht enden wollende Schreien der Verwundeten.

»Mister O'Bailey!«, röhrte Turner.

»Ja, Sir?«

Turner zuckte zusammen, er hatte gar nicht bemerkt, dass der Erste Leutnant schon neben ihm stand. »Lassen Sie den Kutter längsseits holen, Sir. Dann gehen Sie mit Midshipman Starke, ausgesuchten Matrosen und zehn Seesoldaten unter der Führung von Korporal Pike drüben an Bord. Bei dem kleinsten Anzeichen von Widerstand greifen Sie sofort hart durch! Verstanden!«

Aye, Sir, aber Korporal Pike ist gefallen, Sir.«

»Verdammt, dann muss Sergeant Bull mit rüber. Beschlagnahmen Sie alle Papiere und bringen Sie den Kapitän und die Steuerleute hier an Bord.«

»Aye, aye, Sir.«

»Der Bootsmann und der Zimmermann sollen hier inzwischen die Schäden feststellen.«

»Sind schon dabei, Sir.«

»Sehr gut! Und, Mister O'Bailey.«

»Ja, Sir?«

»Seien Sie vorsichtig.«

O'Bailey sah ihn einen Augenblick lang sehr ernsthaft an, dann lächelte er sein kleines trauriges Lächeln, nahm Haltung an und schnarrte schneidig: »Aye, aye, Sir!«

Seit dem letzten Schuss war eine gute Stunde vergangen. Von Lee kreuzten die beiden Rahsegler auf, der Schoner lag schon beigedreht in Lee. Nachdem er das letzte Boot, das mit Hilfe von Riemen hatte fliehen wollen, mit ein paar gut gezielten Salven versenkt hatte, hatte er den Kutter in Schlepp genommen. Auf der Prise wurden jetzt aber schon eifrig die Beschädigungen im Rigg repariert. Hier an Bord hatte der Bootsmann seinen Bericht abgeliefert. Sie hatten zwar viele Schäden erlitten, aber alle konnten mit Bordmitteln behoben werden. Der Report des Zimmermanns war noch besser ausgefallen, denn er hatte keine Beschädigungen unterhalb der Wasserlinie feststellen können. MacKinnon hatte vier Tote und elf Verletzte gemeldet, drei davon schwer. Die ungeheure Feuerkraft der Karronaden und die schnelle Schussfolge hatten Schlimmeres verhindert. Anders sah es drüben auf dem schwarzen Schiff aus. Es würde wohl nicht zu retten sein. Schon jetzt sah man, dass es langsam, aber sicher, immer tiefer absackte. Die Seesoldaten hatten drüben noch zwei der Schufte, die sich unter Deck versteckt und ihnen plötzlich mit blanken Waffen gegenübergestanden hatten, mit ihren Bajonetten erstochen. Einen weiteren, der sich mit Faustschlägen dagegen gewehrt hatte, sich fesseln zu lassen, hatte O'Bailey kurzerhand an einer verbliebenen Rahnock aufhängen lassen. Die Besatzung der *Shark* hatte lautstark applaudiert, als er zappelnd in die Höhe gezogen worden war. Der Erste hatte nur ein knappes Dutzend Überlebende an Bord bringen können, aber über hundert Leichen und Schwerverwundete hatten an Deck und vor allem auch im Geschützdeck in makabren Posen herumgelegen. Bedingt durch ihre niedrige Mündungsgeschwindigkeit hatten die einschlagenden Kugeln der Karronaden große Splitterwolken aus dem Holz der Bordwände gerissen, und diese Splitter waren wie Dolche durch die Luft geflogen. Einige der fürchterlich zugerichteten Leichen hätten wie Stachelschweine ausgesehen, berichtete ihm O'Bailey, nicht ohne einen gewissen befriedigten Unterton, und Lennon hatte zufrieden genickt. Noch einer, den der Hass auffrisst, dachte Turner düster bei sich.

»An Deck! Ein Kutter läuft durch die Nordpassage aus!«

»Verflucht!«, schimpfte Turner grimmig. Er steckte in der Klemme. Seine Befehle verlangten von ihm, dass er beim Konvoi blieb, bis die Fregatte dessen Schutz übernahm. Es war ihm also nicht möglich, die Verfolgung aufzunehmen, die sich ohnehin sehr langwierig gestalten würde. Folglich konnte er nicht verhindern, dass sich die Nachricht vom

Desaster der Kaperer verbreiten würde. Wahrscheinlich würde auch der Verräter davon Kenntnis bekommen, fragte sich nur, welche Schlüsse er daraus zog.

Es war derselbe Kutter, der den Piraten die Nachricht vom Auslaufen der Frachter überbracht hatte, aber das wusste Turner nicht.

⚓

Der Anführer der Piraten, ein sehr hellhäutiger Mischling, also vermutlich mindestens ein Quadrone, hatte überlebt und mit ihm sein Erster Leutnant, als der sich ein buntscheckig gekleideter Mulatte stolz vorgestellt hatte. William hatte keine Ahnung, wie er diese abgebrühten Kerle zum Reden bringen sollte.

Sobald die *Shark* wieder segelfertig und seine kleine Flotte wieder beieinander war, würden sie den Donkey Cays einen Besuch abstatten und nachschauen, ob es dort noch nützliche Hinweise gab. Turner glaubte nicht daran, aber er durfte nichts unversucht lassen. Außerdem mussten sie den Stützpunkt ohnehin nach eventuellen Gefangenen durchsuchen und die Vorräte der Piraten entweder übernehmen oder vernichten.

Aber wie sollte er die verstockten Kerle zum Sprechen bringen? Mit der Drohung, sie aufhängen zu lassen, würde er ihnen nur ein hämisches Lächeln abringen, denn sie wussten genau, dass sie von jedem Gericht, das britisches Recht sprach, zum Tode durch den Strang verurteilt würden. Folter? Das war nichts für ihn. Und wie sollte das vonstatten gehen? Daumenschrauben und eine Streckbank gehörten nicht zur Standardausrüstung eines britischen Kriegsschiffs, dachte er fast ein wenig amüsiert. Sollte er sie etwa zwingen,

Seewasser zu trinken, sie dann in der glühenden Sonne am Mast festbinden lassen, um dann vor ihren Augen Becher kühlen Wassers zu schlürfen? Das konnte funktionieren, dauerte aber vermutlich viel zu lange und barg sehr konkret die Gefahr in sich, dass sie wahnsinnig wurden, bevor sie ihr Wissen preisgegeben hatten.

Als er das Problem mit O'Bailey kurz während des Kartenstudiums in seiner Kabine besprach, machte dieser den Vorschlag, einen der Piraten zwei ihm gut bekannten Seeleuten zu übergeben, die Angehörige durch Seeräuber verloren hatten. Wenn der Anführer seinen Mann ein paar Stunden lang hatte schreien hören, würde er gewiss sehr geneigt sein, reden zu dürfen, wenn man ihm dafür einen schnellen Tod versprach. Wieder lag in O'Baileys Stimme dieser erwartungsvolle, fast freudvolle Ton.

Ich wette, Patrick, du würdest das auch gerne selbst übernehmen, wenn du dürftest, schoss es William durch den Kopf. Ihm lief ein kalter Schauer den Rücken hinunter. Woran lag es nur, dass man die Opfer bald nicht mehr von den Tätern unterscheiden konnte. Wie konnte es sein, dass er sich als ordentlich bestallter Offizier Seiner Britannischen Majestät König Georgs III. den Kopf über mögliche Foltermethoden zerbrach. Sicher war es richtig, dass sich die Gegner, gleichgültig ob sie unter dem Jolly Roger oder den Farben der Rebellen kämpften, grausamer, ja unmenschlicher Methoden schuldig machten – aber gab dies den Briten das Recht, es ihnen mit gleicher Münze zurückzuzahlen? Heiligte der Zweck wirklich alle Mittel?

Sie gingen an Deck, um ihre Toten vor Sonnenuntergang mit der üblichen feierlichen Zeremonie zu bestatten. Die Flagge wurde halbstocks gesetzt, Turner verlas einen Bibelvers und sprach ein kurzes Gebet, dann rutschten die Segeltuchbündel unter der Flagge in die Tiefe der See.

Das schwarze Piratenschiff lag schon tief im Wasser. O'Bailey hatte alles, was ihm interessant schien, mit zurück an Bord gebracht. Das war wenig genug gewesen. Bald darauf verschwand der Rumpf gurgelnd unter der Wasseroberfläche, die Masten mit den Rahen ragten noch kurze Zeit wie Grabkreuze heraus und an einem dieser Kreuze hing ein Toter.

⚓

Nach Sonnenuntergang lagen endlich alle Schiffe von Turners kleiner Flotte wieder beisammen vor Anker und die Kommandanten fanden sich zur Lagebesprechung im Salon der *Shark* ein.

»Gentlemen, zuerst möchte ich Ihnen meine Anerkennung aussprechen. Sie haben heute alle ausgezeichnete Arbeit geleistet. Ich werde das in meinem Bericht an die Admiralität herausstreichen! Eigentlich war meine Anwesenheit gar nicht vonnöten.«

»Sir, gestatten Sie, dass ich Ihnen da widerspreche? Dem großen schwarzen Flaggschiff hätten wir nichts entgegenzusetzen gehabt, lediglich der Schoner hätte sich wahrscheinlich nach Luv freisegeln können.«

»Ich danke Ihnen, dass Sie meinen kleinen Beitrag so zu schätzen wissen, Sir!« Allgemeines Gelächter brandete auf. »Nun zu morgen, Gentlemen. Sie haben alle die Karten von den Donkey Cays? Ich sehe keinen Widerspruch, dann ist das der Fall. Wir werden uns teilen und mit dem ersten Licht gleichzeitig durch alle drei Passagen durch das Riff einlaufen und dann die Bucht blockieren. Ich verlasse mich darauf, dass nicht noch einer der Mistkerle entkommt, auch nicht, wenn er sich in einem Holzzuber davonstehlen will, verstanden?«

Aye, aye, Sir!«, erklang es im Chor.

»Mein Erster wird das Landungsunternehmen leiten. Dazu werden Sie ihn mit Ihren Seesoldaten unterstützen und bei Bedarf Feuerunterstützung geben. Rüsten Sie auch die Landungsboote mit Drehbassen aus.«

»Rechnen Sie mit Widerstand, Sir?«

»Wenn ich ehrlich bin, Sir, eigentlich nicht. Aber ich möchte lieber der Hammer sein als das Eisen, das geschmiedet wird.«

Alle nickten bestätigend.

William wandte sich an den Skipper des Schoners. »Haben Sie irgendwelche Unterlagen an Bord des Kutters gefunden, Sir?«

»Leider nein, Sir. Nur ein paar wertvolle Gegenstände, die wahrscheinlich von ausgeplünderten Schiffen stammen, ansonsten war das Schiff nur mit Waffen und Munition voll gestopft. Sogar die Verpflegungs- und Wasservorräte waren gering.«

»Nun denn, Gentlemen, dann sehen wir uns morgen früh im Nest der Teufelsbrut wieder. Darauf wollen wir anstoßen!«

⚓

Wie William befürchtet hatte, erwies sich das Unternehmen, was seinen Hauptzweck anging, als Fehlschlag. Neue Hinweise auf die Hintermänner wurden nicht gefunden. Sie fanden nur sechs invalide Bandenmitglieder vor, die wohl als Köche fungierten. Die Wohnhöhlen der Kapitäne und ihrer Vertreter waren aufgebrochen und ausgeplündert worden. Es wurden nur einige, wenig wertvolle persönliche Gegenstände gefunden, die von den gekaperten Schiffen stammten. Sie wurden an Bord der *Shark* gebracht. Was an Vorräten brauchbar war, wurde auf die Schiffe verteilt, der Rest wurde verbrannt oder auf andere Weise unbrauchbar gemacht. Noch vor Einbruch der Nacht befanden sie sich wieder außerhalb des Riffs und setzten ihre Reise nach Norden fort.

Der alte Lennon wurde unter seiner von der Sonne und dem Salz lederartig gegerbten Haut leichenblass, als er unter den an Bord gebrachten Effekten ein in Segeltuch eingeschlagenes Notizbuch fand, in dem sich ein Nautiker Notizen über die Passage und die Ansteuerung zu einer Vielzahl von Häfen in Westindien gemacht hatte. Er kannte die Handschrift nur zu gut, es war die seines Sohnes. Lennon war danach womöglich noch schweigsamer und in seinem Gesicht hatte sich noch ein weiteres Dutzend Falten tief um seine Mundwinkel eingekerbt.

⚓

Turner stand wieder vor seinem alten Problem. Es wäre zu schön gewesen, wenn er ein Papier gefunden hätte, dessen Inhalt gelautet hätte:

Zur Zeit der Sommersonnenwende werden drei fette Frachter an Ihrer Nase vorbeisegeln. Horrido und Waidmannsheil!

Ihr sehr ergebener Diener
Dunbar (Sekretär des Gouverneurs auf Antigua)

P.S. Grüßen Sie bitte meinen verehrten Herrn Vater, den Lord Dunbar, und meinen tapferen Bruder im Generalstab von Lord Howe. Ihre Informationen sind wirklich pures Gold wert.

Leider war hier der Wunsch der Vater des Gedankens. Es gab nichts, aber auch rein gar nichts Schriftliches, aus dem man den Verrätern einen Strick hätte drehen können. Turner stand auf und stampfte, wütend vor sich hin knurrend, in der Kabine auf und ab. Dabei musste er wegen der niedrigen Deckenhöhe den Kopf tief einziehen. Er trat vor den Weinschrank, öffnete die Tür und betrachtete grollend den Inhalt. Sollte er sich einen mordsmäßigen Rausch ansaufen? Manchmal half das. Ihm war im Suff schon so manch geniale Idee gekommen. Allerdings hatten sich die meisten, wenn man sie am nächsten Tag mit nüchternem Verstand geprüft hatte, als undurchführbar erwiesen. Aber wie hieß es doch so richtig: *In vino veritas*. Er stutzte, dann schlug er sich mit der flachen Hand vor den Kopf. Wenn er diesen Spruch etwas veränderte, konnte das die Lösung sein. *In der Flasche steckte die Wahrheit!* Nämlich in der Flasche, die er Tom abgenommen hatte. Fürchteten die Piraten den schnellen Tod am Galgen? Nein! Ein Ruck, das Genick brach, das war's. Aber ein sich lange hinziehendes Leiden mit höllischen Schmerzen, krampfhafte Übelkeit, die Demütigung, sich in den eigenen Exkrementen sielen zu müssen, das endlose Warten auf den erlösenden Tod ... Die Aussicht auf eine Verkürzung oder Linderung der Leiden durch Laudanum mochte sie gesprächig machen. Er riss die Tür auf. Der Wachposten nahm zackig Haltung an und präsentierte die Muskete.

»Mein Bursche soll kommen!«

»Aye, aye, Sir!«

Schon nach wenigen Minuten meldete der Seesoldat dessen Ankunft.

»Tom, wenn du nicht ein ehrlicher anständiger Matrose in der Marine des Königs von England wärst, sondern so ein verfluchter Hundsfott von einem Korsaren, wovor hättest du am meisten Angst?«

Tom kniff die Augen zusammen, dann kratzte er sich das krause schwarze Haar. »Sir, alle unsere Leute hier, ich meine die mit dunkler Haut, haben Angst vor dem Fluch der weisen Männer und Frauen. Es gibt welche, die eine sehr helle Haut haben und laut behaupten, sie hätten keine Angst vor dem Zauber, aber sie lügen. Alle haben Angst! Alle!«

»Du auch, Tom?«

»Tom weiß, dass sein Käptum seine Hand über ihn hält, darum braucht Tom keine Angst zu haben, Sör«, erwiderte Tom diplomatisch. Hoffentlich beschützen die nordischen Geister auch nur fast weiße Menschen, fuhr es Tom durch den Kopf, und hoffentlich verstehen sie etwas von dem mächtigen Zauber der Dämonen Westindiens.

»Der Anführer der Piraten und sein Stellvertreter sind Mischlinge, wie du weißt. Kann ich denen mit deiner ›Medizin‹ so viel Angst und Schrecken einjagen, dass sie mir sogar erzählen, wann sie das letzte Mal heimlich die heilige Beichte abgelegt haben, ohne dabei die Edelsteine aus dem Kreuz des Priesters geklaut zu haben?«

Toms weiße Zähne blitzten, er strahlte über das ganze Gesicht. »Aye, Sör! Man muss ihnen dazu nur noch eine kleine Geschichte erzählen und ihnen die Wirkung vor Augen führen.« Er machte eine bedeutungsvolle Pause. »Tom denkt an den großen schwarzen Gorilla, der stark wie drei Bären ist. Wenn der anfängt zu heulen wie ein Baby, werden auch die anderen beginnen – wie sagt man – zu singen.«

»Und die Medizin hat keine tödliche Wirkung, Tom?«

»Nein, Sör, ganz bestimmt nicht, Käptum, Sör.« Tom verstummte und dachte einen Moment nach. »Aber Tom hat erlebt, dass ein Mann gestorben ist, weil man ihm gesagt hat, dass man ihm Gift zu trinken gegeben hat. Er hat es geglaubt und ist gestorben, Sör, dabei war in dem Glas nur mit Wasser verdünnter Rum.«

»Vermutlich ist ihm das Wasser nicht bekommen«, brummte William vor sich hin, dem aber auch schon solche Geschichten zu Ohren gekommen waren. »Warst du dabei, Tom?«

»Aye, Sör!«

»Wie viel Medizin habt ihr dem Midshipman ins Essen gemischt?«

»Einen halben Finger breit, Sör, aber bei dem Gorilla würde ich nicht sparen.«

»Danke für den Tip, Tom. Geh jetzt und überbringe Mister MacKinnon meine besten Empfehlungen. Er möchte, sofern es ihm seine dienstlichen Obliegenheiten erlauben, sofort zu mir kommen.«

»Aye, Sör!«

Auch jetzt verstrich nur wenig Zeit, bis der Arzt sich bei ihm meldete. Der schlanke, kleine Mann sah erschöpft aus, hatte sich aber schon gewaschen und seine blutige Kleidung gewechselt. Er roch kräftig nach Rum. Kein Wunder, dachte William, den Job kann man nur im Halbdusel ertragen. Er schenkte ihnen ein Glas besten dunkelbraunen Rums ein, dessen süßes würziges Aroma sofort die ganze Kabine erfüllte.

»Wie sieht es in Ihrer Schreckenskammer aus, Doktor?«

»Den Umständen entsprechend, Sir. Ich glaube, dass die Verwundeten, bis auf einen, alle durchkommen werden, wenn ich den Wundbrand verhindern kann.«

»Sehr gut, Mister MacKinnon. Ich weiß, dass Sie alles tun, was in Ihrer Macht steht. Auf Ihr Wohl, Sir.«

»Auf das Ihre, Sir.«

»Zu einem anderen Problem.« Er reichte dem Arzt die kleine Flasche. »Darin befindet sich einheimische ›Medizin‹, Sir. Sie soll nicht tödlich wirken, ruft aber allerlei Symptome hervor.«

»So wie bei unserem lieben Tulpin, beispielsweise, Sir?«

»So in der Art, könnte ich mir vorstellen«, erwiderte William, ohne eine Miene zu verziehen.

MacKinnon entkorkte die Flasche und schnupperte daran, dann schüttelte er den Kopf. »O.B., Sir, ohne Befund.«

»Halten Sie es für möglich, dass man Menschen mit einer relativ harmlosen, nun ja, nennen wir es mal Medizin, so in Angst versetzen kann, dass sie Geheimnisse ausplaudern?«

»Selbstverständlich, Sir. Die Betreffenden müssen nur an die damit verbundene Wirkung glauben.

Übrigens, Sir, ist es nicht seltsam, welche Skrupel wir haben, jemanden umzubringen oder zu verletzten, wenn er sich in unserer Gewalt befindet? Wissen Sie, woran das liegt, Sir?«

Der Schiffsarzt starrte Turner mit wässerigen Augen an. Er rieb sich gedankenverloren die hohe Stirn, dabei schwankte er leicht auf seinem Stuhl, dann griff er nach der Rumflasche und schenkte sich das Glas wieder randvoll. Er nahm einen großen Schluck des puren Zuckerrohrschnapses, dann fuhr er mit schwerer Zunge fort: »Wir genieren uns, die Verantwortung für unser gottähnliches Verhalten zu übernehmen. Das sollen die Richter, Büttel und Henker machen, die werden schließlich dafür bezahlt. Die Piraten werden so oder so sterben, das ist so sicher wie das Amen in der Kirche, aber Sie, Kapitän Turner, haben jetzt Skrupel, ihnen mit Gewalt wichtige Auskünfte abzupressen, obwohl diese Informationen anderen Menschen das Leben retten könnten.

Andererseits zögern Sie aber keine Sekunde, mit ihren schrecklichen Karronaden das Feuer auf ein Schiff zu eröffnen, das bis zum Schandeckel mit Menschen vollgestopft ist. Innerhalb weniger Minuten befördern Sie fünfzig, hundert oder einhundertfünfzig Männer ins Jenseits und schießen den Rest zu Krüppeln.

Ja, ich weiß, was Sie sagen wollen. Erstens: Das ist ganz etwas anderes, und zweitens: Ich bin halb besoffen. Mit dem Zweiten haben Sie recht.«

»Danke, Sir, das war es schon. Sie haben mir sehr geholfen«, erwiderte Turner etwas steif.

MacKinnon trank langsam sein Glas aus, leckte sich die Lippen und schlug dann vor: »Sie sollten die Medizin mischen. Ich werde Ihnen eine Flasche aus meinen Vorräten schicken. Das Zeug schmeckt so fürchterlich, dass man schon beim Schlucken alle seine Sünden beichtet.«

»Tun Sie das, Mister MacKinnon. Danke!«

⚓

Der Kommandeur der Piraten, sein »Erster Leutnant« und ein riesiger Kerl, der mit seinem mächtigen Brustkorb, den langen Armen, der fliehenden Stirn und der flachen Nase tatsächlich an einen Gorilla erinnerte, standen in Ketten unter der Bewachung von zwei Seesoldaten auf dem Deck. Die beiden Anführer trugen Kleidungsstücke aus besten Materialien, allerdings war die Zusammenstellung der Farben gewöhnungsbedürftig. Der Schiffer trug einen weißen Überrock mit bunten aufgestickten Vogelmotiven, darunter ein rotes Spitzenhemd. Weiße Kniehosen, seidene Strümpfe und schwarze Halbschuhe mit schweren Silberschnallen vervollständigten seine Kleidung. Sein Maat steckte in einem schwarzen Bratenrock, sein Hemd bestand aus schwerer lila Seide. Quer über die Brust verlief eine hellblaue Seidenschärpe. Die schwarzen Hosenbeine verschwanden in hohen hellbraunen Wildlederstiefeln. Um den Kopf hatte er sich ein rotes Kopftuch geschlungen. Der Oberkörper des Bootsmanns war nackt. Unter der tiefschwarzen Haut zeichneten sich die dicken Muskelpakete des Mannes ab. Er musste stark wie ein Stier sein. Seine Arbeitshose wurde von einem breiten Ledergürtel gehalten, der nach spanischer Mode mit Silberdraht und silbernen Nägeln verziert war. Er war barfuß und sein kahler Schädel glänzte in der Sonne.

Die drei Verbrecher strahlten Bösartigkeit aus, die Ketten schienen sie wie Schmuckstücke zu tragen. Sie zeigten keine Anzeichen von Furcht oder Kleinmut. Gelassen warteten sie darauf, dem Kommandanten vorgeführt zu werden. Die beiden Anführer starrten höhnisch und frech herablassend über das Deck, der Bootsmann glotzte stumpf vor sich hin. Sie schienen mit ihrem Leben abgeschlossen zu haben, warteten aber mannhaft auf das unvermeidliche Ende.

Ganz in ihrer Nähe arbeiteten vier karibische Seeleute, die sich halblaut in ihrem einheimischen Dialekt unterhielten, gerade laut genug, dass die Seeräuber sie hören konnten. Die wiederum versuchten so zu tun, als würden sie die Worte der Matrosen nicht verstehen. Von Zeit zu Zeit musterten die Kariben die drei Delinquenten voller hämischer Vorfreude und stießen sich grinsend in die Seiten. Nach und nach verfärbten sich die Gesichter der gefesselten Männer, ihre Augen wanderten unruhig umher, der Atem ging stoßweise, Schweißflecke bildeten sich auf ihren Hemden. Ihr Verhalten erinnerte jetzt eher an gehetzte wilde Tiere, die von ihren Verfolgern in einer Schlucht ohne Fluchtmöglichkeit gestellt wurden.

Als die Tür zum Niedergang aufflog und Leutnant Turner, Leutnant O'Bailey und der Schiffsarzt in großer Uniform erschienen, fiel der große Seemann auf die Knie und schlug anhaltend mit der Stirn auf die Decksplanken, wobei er gottserbärmlich wimmerte. Dumpf knallte sein runder Kopf wieder und wieder auf das sauber gescheuerte Holz, auf dem sich jetzt dunkle Flecken abzeichneten. Nun wurden auch dem gelbhäutigen Steuermann die Knie weich, er sank langsam auf das Deck und hob die gefesselten Hände bittend zum Himmel. Angstschweiß strömte über sein Gesicht, seine Zähne klapperten wie spanische Kastagnetten. Er versuchte etwas zu sagen – vielleicht wollte er beten –, allein vor seinem Mund bildeten sich nur große Speichelblasen. Der Anführer war leichenblass, auch seine Lippen zitterten, aber er versuchte Haltung zu bewahren. Er biss sich auf die Lippen, bis dicke rote Blutstropfen über sein Kinn liefen.

Turner setzte sich hinter einen Tisch, der mit der britischen Flagge drapiert war. Er legte gewichtig die Bibel auf die Tischplatte. O'Bailey stellte sich mit gezogenem Säbel an seine Seite. Der Schiffsarzt setzte ein Tablett ab, auf dem zwei Medizinflaschen und ein Glas standen. Er öffnete die erste Flasche, maß sorgfältig mit einem kleinen Becher ein Quantum der wasserhellen Flüssigkeit ab, hob den Becher gegen das Licht, goss ein paar Tropfen zurück, dann schüttete er den Inhalt in das Trinkglas. Mit dem giftgrünen Inhalt der anderen Flasche verfuhr er entsprechend, nur dass er diesmal nach einem Blick auf den Bootsmann noch eine halbe Fingerbreite hinzugefügt hatte. Der Steuermann heulte auf wie ein getretener Hund. Dem Kapitän versagten die Beine, er schien der Ohnmacht nahe zu sein. Die Ketten klirrten, als er ganz langsam wie eine an dünnen Fäden hängende Marionette in die Knie ging.

O'Bailey rief über das Deck: »Bootsmann, alle Mann achteraus! Als Zeugen einer Bestrafung!«

Schnell versammelten sich die Männer vor dem Bereich des Achterdecks. Die weißen Seeleute stumm abwartend, die einheimischen schwatzten lebhaft und deuteten erwartungsfroh auf die Flaschen.

Turner begann mit dumpfer Stimme: »Ich eröffne die

Verhandlung. Die Beweise und Zeugenaussagen sind protokolliert. Strafmildernde Umstände gibt es keine, da die Angeklagten jede Aussage verweigert haben. Damit können wir gleich zum Urteilsspruch kommen.« Er machte eine bedeutungsschwere Pause. »Alle Angeklagten, also als Rädelsführer Alonso Perrez, sein Stellvertreter Samuel Hitch und als Vertreter der restlichen Bande, deren Anblick sich das Gericht ersparen wollte, Bootsmann Joshua White, werden zum Tode verurteilt. Der Tod wird herbeigeführt durch die Einnahme einer nach heimischer Sitte hergestellten besonderen Mixtur, die nach der Meinung des Gerichts dazu geeignet ist, es den Angeklagten zu erlauben, ihre Schuld noch zu Lebzeiten zumindest teilweise abzubüßen.«

Der große Schwarze lag flach auf dem Deck und wand sich in krampfähnlichen Zuckungen, er schlug nach wie vor immerfort mit der Stirn, die jetzt schon mehrere lange, stark blutende Platzwunden aufwies, auf das Deck.

»Gnade, Sir!«, kreischte Hitch mit sich überschlagender Stimme. »Ich sage aus!«

Sein Spießgeselle Perrez wollte ihn unterbrechen, aber der Kolben eines Marineinfanteristen brachte ihn umgehend zum Schweigen.

»Den Zeugen Hitch in meine Kabine, Sergeant Bull!« Turner verschwand im Niedergang. Als er an seinem Ersten Leutnant vorbeiging, flüsterte er ihm mit einem ironischen Unterton in der Stimme zu: »Sie sehen, Mister O'Bailey, es geht auch im Guten!«

Kapitel 13

Juli 1776, Chesapeake Bay

Die *Shark* lief mit hoher Fahrt unter Ausnutzung des Golfstroms nach Norden. Bei den Biminis war das kleine Geschwader tatsächlich, wenn schon von keiner Fregatte, so doch von einer Sloop aus der Flotte von Admiral »Black Dick« Howe, einem Bruder des Generals, erwartet worden, die den Schutz der Handelsschiffe übernahm. Vom Kommandanten der Sloop erfuhr Turner, dass sich die Briten am Ufer des Long Island Sundes festgesetzt hatten und Washington aus New York verdrängten. Dahin würden auch die Schiffe mit dem hochwillkommenen Nachschub eskortiert werden. Aber die größte Neuigkeit war, dass die Amerikaner am 4. Juli offiziell ihre Unabhängigkeit von der englischen Krone erklärt hatten. Diese Nachricht schlug wie eine Bombe ein, bedeutete sie doch nicht mehr und nicht weniger, als dass es jetzt für beide Seiten um alles oder nichts ging. Die Aufständischen konnten für die Briten von nun an nichts anderes als Hochverräter sein, die an den Galgen gehörten. Für die andere Seite waren die Briten nun endgültig eine fremde Besatzungsmacht, die man ins Meer jagen musste. Die Gemäßigten und die Loyalisten waren jetzt in den Augen der Separatisten Verräter, die man vertreiben, ja ausrotten musste.

Der ältliche Commander der Sloop hatte sich spöttisch über den Text der Unabhängigkeitserklärung geäußert, die für ihn eine Ansammlung von Absurditäten darstellte.

»Stellen Sie sich vor, Sir, da steht drin, dass alle Menschen gleich und frei geboren werden, so ein Quatsch! Warum behaupten diese gleichmacherischen Yankees dann nicht gleich, dass Seine Hoheit der Prince of Wales genauso ein armes kleines Schwein – mit Verlaub gesagt – ist wie der erstgeborene Sohn eines dreckigen versoffenen Londoner Taschendiebs oder die Leibesfrucht eines Plantagensklaven in Virginia. Das Perfide daran ist, dass dieser Jefferson das auch noch als den Willen Gottes des Allmächtigen ausgibt, Sir. Man stelle sich das vor! Den Kerl sollte man wegen Gotteslästerung verurteilen – und diesen Revoluzzer Thomas Paine mit seinem *Common Sense* gleich dazu! Nicht zu vergessen diesen unsäglichen Demagogen Samuel Adams. Dieser studierte Journaillenschmierer, der im Dezember 1773 die Boston Tea Party organisiert und den Aufstand ausgelöst hat. Nein, der liebe Gott wusste schon, was er tat, als er die Menschen so verschieden geschaffen hat.« Aufgebracht hatte der Commander mit der Faust auf die Tischplatte geschlagen und William mit zornigen Blicken fixiert, als würde das Pamphlet von ihm stammen.

»Gewiss, Sir. Wenn ich mich nicht sehr irre, dann hat schon Plato dem Prinzip der Qualität den Vorzug vor der Quantität gegeben«, stimmte ihm William zu.

»Sehr richtig, Sir! Als die Athener nach dem Grundsatz ein Mann, eine Stimme abstimmten, hatten sie nichts Besseres zu tun, als ihren großen Mitbürger Sokrates zum Tode zu verurteilen.«

»In der Tat, Sir.«

Turner hatte nach seiner Rückkehr auf die *Shark* die Gefangenen auf die Sloop bringen lassen und dem Commander

Kopien seiner Berichte an die Admiralität zur Weiterleitung übergeben.

Anschließend hatte er dann wieder alle Segel setzten lassen, die die *Shark* unter den herrschenden Windbedingungen tragen konnte, und war nach Norden abgelaufen. Jetzt standen sie etwa sechzig Seemeilen südlich von Kap Hatteras, und wenn der Wettergott ihnen gewogen blieb, dann würden sie morgen in die Chesapeake Bay einlaufen. Er besprach mit dem Ersten Leutnant an Deck ihr weiteres Vorgehen.

»Dank der Gesprächigkeit unserer zeitweiligen Gäste können wir jetzt sicher sein, dass Dunbar unser Mann ist, und wo wir *den* finden können, das wissen Sie ja nur zu gut, Mister O'Bailey, nicht wahr?«

O'Bailey rieb sich den Nacken. »Sir, ich kann es immer noch nicht glauben, dass diese hartgesottenen Piraten nur aus Angst vor einem Schluck eines so genannten Zaubertranks weich wie Butter in der Sonne geworden sind. Sie hatten doch keinerlei Beweis über die Wirkungen, die er hervorrufen würde. Gut, wenn wir dem ersten Schurken den Trank eingeflößt hätten und der hätte sich anschließend auf dem Deck in Krämpfen gewunden, sich mit Schaum vor dem Mund die Seele aus dem Hals gebrüllt und wäre dann schweißüberströmt und stocksteif in Agonie verfallen, dann könnte ich es verstehen, aber so …«

»Mister O'Bailey, ich denke, den Hauptanteil am Gelingen unseres Plans haben unsere karibischen Matrosen, die mit ihren bildhaften Schilderungen dafür gesorgt haben, dass die Kerle an die Wirkung des Teufelszeugs *geglaubt* haben. Es ist ja wahr, mit dem Geist der Aufklärung verträgt sich das nicht, aber ich frage Sie, sind wir wirklich so viel klüger als diese abergläubischen Männer? Nehmen wir nicht auch viele törichte Dinge als richtig hin, entweder weil wir sie glauben wollen oder weil uns unsere Großeltern und Eltern gelehrt haben, sie als wahr zu akzeptieren? Sir, ich möchte Ihrer Konfession keinesfalls zu nahe treten, aber als guter Katholik müssen Sie Dinge glauben, die mir mein Großvater, der Pastor, strikt untersagt hat. Es heißt zwar ganz richtig: Wissen ist Macht, aber der Glaube – egal an was – ist mindestens ebenso mächtig.«

»Da haben Sie wohl recht, Sir. Der Glaube versetzt Berge, steht in der heiligen Bibel.«

»Jedenfalls haben wir ausführliche Geständnisse von den beiden Hundsföttern, mit Unterschrift und von Zeugen bestätigt, und in denen belasten sie die Dunbars schwer.«

»Die verfluchten Verräter haben zwar immer versucht, im Hintergrund zu bleiben, aber von Zeit zu Zeit mussten sie, wenn Not am Mann war, die sichere Deckung verlassen und mit den führenden Vertretern der Korsaren Kontakt aufnehmen«, ergänzte O'Bailey.

»Sehr richtig, Sir. Zudem hat dieses Schlitzohr Alonso Perrez auch den Boten von Dunbar verfolgen lassen, um festzustellen, wohin dieser ritt. ›Man will ja schließlich wissen, mit wem man es zu tun hat‹, war der lakonische Kommentar des Korsaren gewesen. Wahrscheinlich wollte er sich absichern und bestimmt schwebte ihm für später auch eine nette kleine Erpressung vor. Allerdings könnte es fraglich sein, ob Seine Lordschaft zu Hause auf uns wartet«, überlegte er laut.

»Davon bin ich überzeugt, Sir«, beruhigte ihn O'Bailey. »Er wird dort abwarten, bis sich die erste Aufregung über die Unabhängigkeitserklärung gelegt hat, denn jetzt muss er Farbe bekennen. Falls seine Nachbarn ihn nach wie vor für einen Loyalisten halten, wenn vielleicht auch für einen, der für die Sache der Rebellen viel Verständnis hat, dann könnte es ihm buchstäblich an den Kragen gehen. Mit seinem

Gesinde kann er sich auf seinem Anwesen recht gut verteidigen, bis ihn einer der Anführer der Separatisten in aller Öffentlichkeit zum Yankee adelt.«

»Er wird bestimmt durch den Kutter – blind soll der Hurensohn von einem Skipper werden und seine Crew soll die schwarze Pest holen – von der Vernichtung des Verstecks auf den Donkey Cays erfahren haben. Es gehört schon eine gehörige Portion Dreistigkeit dazu, wenn er sich auf das Schweigen seiner Spießgesellen verlässt und abwartet, ob man ihn verdächtigt. Aber vielleicht haben Sie recht und er fühlt sich auf seinem Land sicher. Kommen Sie nach der Wache doch bitte in meine Kammer, damit wir die Einzelheiten des Plans besprechen können.«

»Aye, aye, Sir!«

⚓

Die *Shark* lag in einer der vielen kleinen Buchten am Westufer der Chesapeake Bay. Eigentlich passte in diesem Fall eher die Bezeichnung winzig. Der Seitenarm wurde von undurchdringlichem Urwald eingefasst. Der Platz war Turner natürlich von seinem Ersten Leutnant empfohlen worden. Sie hatten das Schiff mit Hilfe der Boote hineingezogen und mit Landfesten an dicken Baumriesen vertäut, die ihre Äste bis fast an das Rigg heranschoben. Eine Entdeckung vom freien Wasser aus war nahezu unmöglich, wenn man nicht selbst diese Bucht direkt anlaufen wollte. Und der Zugang durch den sumpfigen Wald mit seinem dichten Unterholz war nur über Wildpfade möglich.

Noch vor Anbruch der Abenddämmerung, während der ersten Nachtwache, verließ das kleinste Boot der *Shark* die schützende Einfahrt und suchte sich seinen Weg über den langen, mit vielen verästelten Seitenarmen versehenen Sund. Seine Insassen bestanden aus fünf Männern, die man nicht unbedingt für Besatzungsmitglieder eines Schiffes des Königs gehalten hätte. An der Pinne saß ein schlanker Mann mit einer Mütze aus Waschbärenfell auf dem roten Haar. Er trug ein Lederhemd mit langen Fransen und hatte Mokassins an den Füßen. Auch die anderen vier wilden Kerle waren ähnlich herausstaffiert. Es war erstaunlich, was sich in den Seekisten aus ihren ehemaligen Existenzen an Land noch so angefunden hatte. Allen war gemeinsam, dass sie sich mit den örtlichen Gegebenheiten oder doch zumindest mit den Gepflogenheiten hierzulande auskannten und den schauderhaften Yankeedialekt beherrschten, der in den Hügeln der Appalachen und an der wilden Grenze gesprochen wurde. In einem früheren Leben waren sie Waldläufer, Trapper oder Siedler an der Grenze zum Indianerland gewesen. Sie waren hervorragende Schützen, beherrschten ihre großen Messer meisterhaft und konnten sich wie Waldgeister durch den Busch bewegen.

Für O'Bailey war das hier sein Heimatrevier, in dem er keine Seekarte, keine Segelanweisung brauchte. Mit seiner kleinen Truppe sollte er auskundschaften, was sich auf dem Anwesen von Dunbar tat. Sie hatten das braune Sprietsegel gesetzt und hielten sich dicht unter Land. Es war fast wolkenlos, und nachdem die Sonne untergegangen war, tauchte der aufgehende Vollmond die dichten Wälder in ein gespenstisches Licht und malte ein breites silberfarbenes Band auf die schwarzen Fluten. Das Boot glitt einer Fledermaus ähnlich mit Wind und Tide fast geräuschlos dahin. Von Zeit zu Zeit kamen sie an einer Lichtung vorbei, auf der sich meist nur ein Blockhaus und zwei, drei Nebengebäude befanden. Nur einmal passierten sie so etwas wie eine kleine Ortschaft, in deren Mitte eine Kirche aufragte, deren weißer Turm wie der drohend erhobene Zeigefinger Gottes leuchtete. Die anderen Häuser lagen in völliger Dunkelheit. O'Bailey seufzte. Das war New Haven, von hier war es nicht mehr weit bis zu Dunbars Land – und zu dem Besitz seiner Familie.

Nach einer Viertelstunde ließ er das Segel bergen. Mit Hilfe der Riemen tauchten sie in den Schatten der am Ufer stehenden Bäume ein und ließen sich von der Flut weitertreiben. Nach der nächsten Krümmung hielten die Männer eine Sekunde lang erschrocken und erstaunt den Atem an, ein erregtes Raunen und Flüstern ging durch das Boot.

»Ruhe im Boot, verdammt!«, zischte der Erste.

Vor ihnen lag das Gutshaus auf dem sanft ansteigenden Hügel einer Landzunge, die in den Sund hineinragte. Es war hell erleuchtet. Aus nahezu allen Fenstern fiel das Licht von Kerzen oder Öllampen, auf dem Hof brannten Fackeln. Zwischen den Baumgruppen auf dem Rasen, der sich bis zum Ufer hinabzog, loderten Lagerfeuer, über denen Rinder und Schweine geröstet wurden. Lampions hingen in den Bäumen. Fetzen fröhlicher Weisen klangen über das Wasser zu ihnen herüber. Überall standen Gruppen von Gästen herum oder saßen auf Bänken, die von Büschen umstanden etwas Intimität versprachen. Sie schienen sich angeregt zu unterhalten und den Speisen und Getränken reichlich zuzusprechen.

»Verflucht will ich sein«, konnte sich einer der Männer nicht verkneifen zu nuscheln, »wenn das nicht sehr nach einer verdammt höllischen Freudenfeier aussieht!«

»Wir müssen unbedingt herausfinden, was da begossen wird, Jungs«, meinte O'Bailey gedehnt. »Ist es eine Siegesfeier, vielleicht weil General Howe die Rebellen bei New York geschlagen hat – oder umgekehrt? Ist es eine Willkommens- oder Abschiedsfete? Wir müssen näher ran!«

Vorsichtig ruderten sie im schwarzen Schatten des Waldes in die Bucht. Der Erste Leutnant an der Pinne suchte und fand einen geschützten Platz im dichten Schilf, von dem aus man eine gute Sicht auf das Geschehen hatte und der nur wenige hundert Schritt von den Gebäuden entfernt lag. Ein paar aufgeschreckte Enten quakten übellaunig, als das Boot sich zwischen ihre Schlafplätze drängte, verstummten aber bald wieder besänftigt, da von dem Neuankömmling keine Gefahr für sie auszugehen schien.

»Wer kommt mit mir, um sich diese lustigen Herrschaften mal näher anzuschauen?«, fragte O'Bailey herausfordernd.

Einer der Männer lachte leise. »Sir, nichts für ungut, ich weiß, Sie sind ein hervorragender Seemann und mutig wie ein verdammter irischer Terrier, aber ein Hai sollte nicht an Land auf die Jagd gehen, wenn Sie verstehen, was ich meine.«

»Ich glaube, den Part sollten mein Kumpel Nat und ich mit Ihrer Erlaubnis übernehmen, Sir«, schlug ein untersetzter Mann vor und deutete mit dem Kopf auf seinen Freund.

Sie waren beide wie Waldläufer gekleidet und hatten plötzlich beide Musketen mit überlangen Läufen in den Händen, deren Gebrauch in den Bergen üblich war. O'Bailey erinnerte sich, dass sie an Bord zu den Scharfschützen gehörten, die einer Fliege aus hundert Schritt Entfernung ein Auge ausschießen konnten.

Der Erste überlegte kurz, blickte sie nachdenklich an und nickte dann. »In Ordnung, Männer. Findet heraus, was da drüben los ist«, er machte eine Pause, »ach ja, noch ein kleiner Tipp, lasst euch nicht schnappen. Ich habe den Verdacht, dass man dort drüben für Spione keine großen Sympathien hegt und sich ein paar unangenehme Dinge ausdenken wird, um euch zum Reden zu bringen, falls man euch lebend erwischt.«

»Aye, Sir.« Die beiden grinsten breit, zwinkerten sich zu, glitten über das Dollbord und waren spurlos verschwunden. Nur eine besonders wachsame Ente, die aufgrund ihres Alters schon unter zunehmender Schlaflosigkeit litt, beschwerte sich mit einem mürrischen Quaken.

Das Warten war eine Qual. Die Moskitos peinigten die im Boot kauernden Männer bis aufs Blut. Der Mond wanderte am Firmament seinem höchsten Stand entgegen und machte sich gemächlich wieder auf den Abstieg. Die Flut lief weiter auf, kam zum Stillstand, dann kenterte die Tide und begann langsam abzulaufen. Die Feuer drüben brannten nach und nach nieder, die Lampions verlöschten, die Rasenfläche leerte sich allmählich, die Musik verstummte und erste Kutschen und Gruppen von Reitern verließen die Halbinsel und verschwanden im Dunkel des Waldes. Einer der Matrosen im Boot kratzte sich ausgiebig im Nacken, wahrscheinlich hatten ihm dort die Blutsauger besonders zugesetzt, dann flüsterte er langgezogen: »Sieht gut aus, Sir, kein Lärm, kein Tumult, kein Schuss, niemand läuft aufgeregt herum …«

»Amen!«, knurrte O'Bailey.

Nicht weit von ihnen entfernt war plötzlich das dumpfe Schlagen eines Rohrdommelmännchens zu hören. Die beiden Begleiter des Leutnants fuhren herum, drückten ihn brutal ins Boot hinunter, duckten sich tief und spannten die Hähne ihre Musketen. Ein leises Kichern erklang nur wenige Fuß von ihnen entfernt im Schilf.

»Nicht schlecht, Kumpels! Die alten Reflexe funktionieren noch. Aber im richtigen bösen Leben wärt ihr eure Skalps schon los!«

Mark und Nat schwangen sich ins Boot und hockten sich auf eine Ducht.

O'Bailey richtete sich auf, die beiden Seeleute sahen ihn schuldbewusst an, und der eine, Fred Blackwood, murmelte zerknirscht: »Entschuldigen Sie, Sir, aber keine Rohrdommel schlägt in der Nacht, da dachte ich … Dieser Kerl ist schlimmer als eine verdammte Rothaut.«

»Schon gut«, schnarrte der Erste, »vergiss es, Mann! Wie es aussieht, sollte ein Hai noch nicht mal im Schilf auf Jagd gehen. Aber nun zu euch, was habt ihr herausgefunden?«

»Das ist eine längere Geschichte. Vielleicht sollten wir uns erst mal aus dem Staub machen, es pressiert, Sir!«, drängte ihn der Seemann namens Mark.

⚓

»Und da dachte ich, dass es das Beste sein wird, die beiden Späher erzählen Ihnen direkt, was sie gesehen und gehört haben, Sir. Dann haben Sie auch die Möglichkeit, gleich nachzufragen«, beendete O'Bailey seinen kurzen Bericht.

»Gut mitgedacht, Patrick!« Es war das erste Mal, dass William seinen Ersten mit Vornamen anredete, der das so empfand, wie es gedacht war, nämlich als Auszeichnung. »Machen Sie das Schiff klar zum Auslaufen und lassen Sie es raus auf den Sund schleppen! Ach ja, und setzen Sie die Flagge der Rebellen!«

»Aye, aye, Sir!«

Kurz darauf herrschte auf dem Deck des Schoners hektische Betriebsamkeit. Die Pinasse und der Kutter übernahmen die Schlepptrossen, die Gig löste die Landfesten und bald glitt die *Shark* aus ihrem Versteck hinaus auf das offene Wasser des Sundes.

Unter Deck in der großen Kabine des Kommandanten rutschten Mark und Nat unbehaglich auf den Stühlen herum, die auf der einen Seite des großen Esstischs standen. Es war ein unerhörtes, wahrscheinlich einmaliges Ereignis im Leben eines einfachen Seemanns, in die Staatskabine des Kommandanten gebeten zu werden, und wenn sie auch noch so klein war. Ihnen gegenüber saßen der Kommandant und der Segelmeister, an einem Kopfende Midshipman Starke, der damit beauftragt war, die wichtigsten Fakten schriftlich festzuhalten.

»Tom, bring doch bitte allen Anwesenden ein schönes volles Glas von meinem besten Rum. Ich glaube, wir können einen Schluck gebrauchen. Mister Starke bekommt seins allerdings erst, wenn er mit dem Schreiben fertig ist.«

»Aye, aye, Sir, Rum für alle.«

Als Tom die Gläser servierte, stellte William fest, dass Tom auch für sich ein Glas eingeschenkt hatte. Er grinste in sich hinein, tat aber so, als ob er es nicht bemerken würde. So ein ausgekochtes Schlitzohr, dachte er, aber schließlich habe ich ja gesagt: Rum für *alle* Anwesenden. Er hob sein Glas. »Nun, auf den Erfolg des gestrigen Ausflugs!« Genüsslich schlürften die Matrosen den duftenden Rum. William Turner wartete geduldig ab, dann fragte er: »Nun, wer übernimmt den Part des Erzählers?«

»Äh, ich glaube, das werde ich wohl machen«, stotterte Mark.

»Nun, dann mal los.«

»Es war alles ziemlich einfach. Auf dem Anwesen waren keine besonderen Sicherheitsmaßnahmen getroffen worden und man erwartete wohl auch keinen ungebetenen Besuch. So kamen wir ungesehen auf das Gelände, wo wir uns erst mal in einer Baumgruppe versteckt haben, um die Lage zu sondieren. Ich habe dann beobachtet, dass ein Gentleman, der seinem Auftreten nach der Hausherr sein konnte, sich mit einem anderen auf der Terrasse des Hauses zu einem Schwätzchen niedersetzte. Na, dachte ich, das wäre doch interessant zu wissen, was die zu bequatschen haben. Nat meinte«, Mark deutete auf seinen Kumpel an seiner Seite, »dass ihn der Hunger quälen täte, und an dem großen Lagerfeuer gäbe es prima gebratenes Fleisch, frisch vom Rind, und da ist er dann hin. Aber das kann er Ihnen nachher selber erzählen. Ich bin weiter zur Terrasse.« Er grinste plötzlich breit. »Ich musste auf dem Weg dahin noch durch ein Gebüsch. Leider war das zu einem Teil schon besetzt. Ein junger Kerl war gerade dabei, seinen, ääh, Sie wissen schon, was ich meine, Sir, bei einer jungen Dame, äääh, unterzubringen. Er hat sich dermaßen blöd angestellt, dass ich beinahe Hand angelegt hätte, um ihm dabei zu helfen, aber ich hatte ja etwas anderes vor. Nun, wie ich mir gedacht hatte, konnte ich auf dem Erdboden in den Zwischenraum unter die Terrasse schlüpfen und mich genau unter den beiden Männern postieren. Ich hatte richtig vermutet, der eine Gentleman war dieser Dunbar, der andere ein Advokat, der die Verträge für den Verkauf der Ländereien Dunbars erstellte – und auch den über den Verkauf des Lands der O'Baileys.«

»Was? Das ist ja wohl die Höhe!«

»Aber es ist wahr, Sir. Der Rechtsverdreher hat die Kaufsumme in Gold bei sich, man wartet nur noch auf die Ankunft von Dunbars Sohn, der heute aus New York anreist und den Vertrag mit unterschreiben soll. Von einem zweiten Sohn liegt wohl eine schriftliche Vollmacht vor. Anschließend will sich dann die ganze saubere Familie nach Westindien absetzen. Das wertvolle Hab und Gut ist schon zum größten Teil auf einem Schiff verladen.«

»Interessant, sehr interessant! Und was haben Sie noch rausgefunden, Nat?«

»Wie Mark schon gesagt hat, bin ich einfach zu einem der Feuer und habe mir eine ordentliche Portion frisches Fleisch geholt. Ist doch ein gewaltiger Unterschied zum Salzfleisch der Marine, kann ich Ihnen sagen, Sir.«

»Ahem …«, räusperte sich William, dem der Speichel bei der Vorstellung im Mund zusammenlief.

»Na, ich habe mich einfach unter die Leute von Dunbar

gemischt und mich als Britenfresser aufgeführt. Ich muss sehr überzeugend gewesen sein, denn die haben mir alles geglaubt. Danach fingen sie an, mit ihren eigenen Heldentaten anzugeben, wie sie die papistischen Speichellecker des Königs – damit meinten sie die O'Baileys – massakriert haben, Sir. Ein besonders gelungener Spaß war ihrer Meinung nach, äh, Sir, Entschuldigung, aber das haben die Kerle genau so gesagt, dass die beiden Dunbarsöhne die Töchter der O'Baileys abwechselnd vergewaltigt haben und sie dann den schwarzen Knechten überlassen haben. Die eine hat Selbstmord verübt, nachdem sie noch einen der Nigger erstochen hat, die andere soll den Verstand verloren haben. Was aus ihr geworden ist, wussten sie nicht, Sir, es interessierte wohl auch niemanden. Aber dass die Schiffe heute Nachmittag mit der Ebbe auslaufen sollen, das war allen bekannt. Allerdings hatten die Angestellten keine Ahnung, dass die Dunbars an Bord sein werden. Ihnen ist nur gesagt worden, dass man alles Wertvolle vor den Briten in Sicherheit bringen wollte.«

»Was für Schiffe, Mann?«

»Auf der anderen Seite der Halbinsel befindet sich eine Bucht, die durch einen Haken gebildet wird, der von der Spitze der Landzunge nach Nordosten verläuft. In dieser Bucht liegt eine Schonerbrigg an der Pier. Ihrem Tiefgang nach ist sie fast abgeladen.«

»Der alte Dunbar muss einiges Vermögen angehäuft haben, denn eine Kiste voll Gold bringt so ein Schiff schließlich nicht auf seinen maximalen Tiefgang«, knurrte Turner böse.

»Aye, Sir, aber da sind sicher noch viele andere wertvolle Sachen an Bord. Draußen vor der Bucht liegt ein Kutter vor Anker. Es könnte der sein, der uns bei den Donkey Cays durch die Lappen gegangen ist, äh … mit Verlaub gesagt,

Sir.« Der Mann schluckte, als er den eisigen Blick Turners auf sich ruhen fühlte.

William blickte Lennon an, der bei der Erwähnung des Kutters zusammengezuckt war und sich kerzengerade aufgerichtet hatte. Bei ihren Vernehmungen leugneten die gefangenen Piraten jede Beteiligung an der Plünderung der *Pride of Liverpool.* Sie behaupteten steif und fest, dass dafür der Skipper Foucault mit seinem Kutter verantwortlich sei.

»Tom, noch eine Runde für alle, die am Tisch *sitzen.* Mister Starke ist ausgenommen, sein Glas ist noch voll. Übrigens musst du ein riesiges Glück gehabt haben, Mark, dass kein Hund in der Nähe der Veranda war, nicht wahr?«

Tom füllte mit einem schiefen Grinsen die Gläser der anderen Männer wieder, blickte auf sein leeres Glas und stellte dann die Flasche etwas wehmütig in den Weinschrank zurück. Mein Käptum ist schon ein ganz gerissener Kerl, dachte er bewundernd.

»Nun, Sir, da war ein Hund, als ich wieder unter der Veranda hervorkriechen wollte, 'ne riesige Dogge.«

William blickte ihn erstaunt an. »Na und …?«

»Ich habe ihr eine Ladung Schießpulver in die Nase gepustet, das hat ihr gar nicht gepasst und sie ist protestierend und mit eingekniffenem Schwanz abgezogen. Dunbar über mir auf der Veranda meinte lachend zu dem Anwalt, dass ihr ein Waschbär oder ein Skunk gezeigt hätte, wer das Sagen hat.«

»Na dann Prost, Mark Waschbär! Auf dass auch wir heute Erfolg haben! Ihr könnt dann wegtreten!«

»Aye und danke, Sir.«

⚓

Die *Shark* musste zwei Kreuzschläge machen, ehe sie abfallen und in den Nebenarm einlaufen konnte, in dem sich das Anwesen Dunbars befand. Turner war klar, dass er nur einen vollen Erfolg erzielen konnte, wenn er die beiden Schiffe noch überwältigte, solange sie an der Pier bzw. vor Anker lagen. Waren sie erst unter Segeln, genügte ein unglücklicher Treffer im Rigg, um sein Schiff so zu verkrüppeln, dass ihm das eine oder das andere – und wenn es ganz besonders dick kam – auch beide entwischten. Auf die Predigt, die ihm dann Mister Smith halten würde, konnte er gut und gerne verzichten. Ihr wesentlicher Vorteil war die Überraschung. Sein Plan basierte darauf, dass sie genau bei Stillwasser vor der Halbinsel erschienen und dass der Wind nach Richtung und Stärke durchstand. Das machte das Unternehmen ziemlich risikoreich. Aber O'Bailey hatte ihm versichert, dass er sich auf den Wind verlassen konnte – mit hoher Wahrscheinlichkeit. Der Teufel sollte den Kerl holen, falls er ihn angelogen hatte, weil er seine persönlichen Rachegelüste stillen wollte. Nicht dass William dafür kein Verständnis gehabt hätte, aber erst kam das Schiff, dann nochmals das Schiff und dann eine ganze Weile gar nichts. Allerdings würde sie der Teufel ohnehin alle holen, wenn sie wie eine lahme Ente in einem Flautenloch festhingen und der Kutter sie aus sicherer Entfernung mit seinen Langrohrgeschützen zusammenschoss. Turner wischte sich den Schweiß von der Stirn. In diesem Augenblick bereute er die hämischen Gedanken, die er früher gerne gehegt hatte, wenn er seinen kommandierenden Offizier beobachtet hatte, der, nachdenklich zum Himmel blickend, mit zögernden Schritten auf dem Achterdeck auf und ab geschritten war. Kommandieren machte Spaß, wenn alles einfach und klar war – und wenn man sich seines Erfolgs sicher sein konnte.

Sie passierten den kleinen Ort New Haven. Wolkenberge zogen über den Himmel und ließen den kleinen Ort im Schatten versinken. Ein paar Gestalten standen am Ufer und blickten zu ihnen herüber. Eine Frau winkte. Kinder schwenkten übermütig ihre Arme über den Köpfen hin und her. Turner blickte durch sein Teleskop, um den Wasserstand an der Pier abzuschätzen. Es musste schon Hochwasser sein, oder doch beinahe, nun ja, Dunbars Gut lag noch etwas weiter im Binnenland, zumindest das schien zu klappen, aber auch der Wind spielte mit, bis jetzt. Lieber GOTT, hilf diesen Schweinen nicht, lass diese dreimal verfluchten Hurensöhne nicht ungestraft davonkommen. Bedenke doch, was sie O'Bailey und Lennon und vielen anderen ehrlichen Christenmenschen angetan haben. Ich weiß, DU hast auch sie geschaffen, und es fällt kein Vogel vom Himmel, ohne dass DU es weißt, aber sollte es DIR gefallen, dann lass mich das Werkzeug DEINER Rache sein. Amen.

In diesem Augenblick brach die Sonne durch die Wolken und ein breiter Streifen aus grellem Licht fiel auf den weißen Kirchturm. Turner erstarrte, verbeugte sich knapp in Richtung der Kirche, dann überkam ihn eine große Ruhe. Er wusste plötzlich mit absoluter Gewissheit, dass sie diese Pestbeule des Verbrechens aufschneiden würden.

Wie immer hatten ihn viele Augen an Deck beobachtet, einige der Männer bekreuzigten sich, die Neuigkeit verbreitete sich im Schiff in Windeseile.

Kapitel 14

Juli 1776, Chesapeake Bay

Tom reichte William Turner den Degen und zwei Pistolen. Wie vor einem Gefecht üblich, hatte sich William, wie die anderen Offiziere auch, gewaschen und frische Unterbekleidung angelegt, um im Falle einer Verwundung die tödliche Gefahr des Wundbrands zu vermindern. Langsam steckte er die beiden Pistolen hinter den breiten Gürtel und blickte dann Tom ernst an. »Pass auf dich auf, Tom! Ich möchte mich nicht an einen neuen Burschen und Bootssteurer gewöhnen müssen.«

»Aye, Sir. Mir wird nichts passieren. Tom hat das Zeichen des Himmels gesehen, der HERR hat uns diese Ausgeburten der Hölle in die Hände gegeben, auf dass wir die Erde von ihnen befreien sollen. Amen!«

Turner schluckte. War seine himmlische Zwiesprache für alle so offensichtlich gewesen? Ja, sie würden gewinnen, davon war auch er überzeugt, aber ob das ohne eigene Verluste abgehen würde … in dieser Beziehung hatte sich der HERR nicht festgelegt. Es mochte gut möglich sein, dass ER der Meinung war, dass auch ein gewisser William Turner auf dieser Welt schon genug gesündigt habe.

Er räusperte sich: »Dann wollen wir mal.«

Er trat wieder auf das Achterdeck hinaus. Der Wind

stand durch. Die *Shark* rundete die letzte Biegung des Sundes und hielt auf die Spitze der Landzunge zu, auf der Dunbars protziges Haus stand. Er blickte zu den Booten hinunter, die achteraus im Schlepp hingen. An der Steuerbordseite war die Pinasse festgemacht. Sie war bis an die Grenze ihrer Tragfähigkeit mit Marineinfanteristen und schwer bewaffneten Seeleuten beladen, ihre beiden Segel wurden gerade gesetzt. Achtern an der Pinne stand der Erste Leutnant und sah mit seinen funkelnden Augen und düsteren Zügen wie der rächende Engel persönlich aus. Auch auf der Gig stieg das Segel in die Höhe, auf ihr drängten sich acht von *Sharks* ehemaligen Waldläufern mit ihren langen Musketen und tödlichen Messern. Ihre Schleppleine war achtern auf der Pinasse belegt. An der Backbordseite hing der Kutter, der vom alten Weißkopfseeadler Lennon befehligt wurde, der mit seinem lauernd vorgeschobenen Kopf, der Hakennase und den scharfen Greifvogelaugen mehr denn je seinem Spitznamen alle Ehre machte. Auch seine Männer waren mit Entermessern, Tomahawks und Pistolen ausgerüstet. Das Segel lag zwar klar, wurde aber nicht gesetzt.

William befahl: »Einen Strich abfallen, Quartermaster!«

Sie hielten jetzt genau auf das Haus oben auf dem Hügel zu. Er stieß den Arm hoch in die Luft und machte O'Bailey ein Zeichen, der zog grüßend seinen Hut und hielt ihn weit seitlich von seinem Körper weg. Die Leine wurde am Bug gelöst.

»Verrückter Hund!«, knurrte Turner. »Die Schleppleine einholen, Jungs!«

Zwei Seeleute holten mit langen schwingenden Armbewegungen die Leine ein und schossen sie routiniert auf. Die beiden Boote blieben etwas zurück, dann holten sie die Schoten dicht und schossen auf das Ufer zu. Die Pinasse wählte den kürzesten Weg, die Gig hielt tiefer in die Bucht hinein, um in der Höhe des Torhauses anzulanden.

»Voll und bei, Quartermaster!«

»Aye, Sir, voll und bei.«

Das Ruderrad wirbelte herum, der lange Klüverbaum wanderte über das Ende der Landzunge hinaus und zeigte auf das freie Wasser des Sundes. Die *Shark* legte sich auf die Seite und schnaubte mit einem kleinen weißen Knochen zwischen den Zähnen durch die grüngrauen Fluten.

»Den Rebellenfetzen wegnehmen und unsere Kriegsflagge setzen!«

Die Flagge der Kolonie Maryland sank herab und eine große rote Nationale stieg knatternd in die Höhe und wehte stolz nach achtern aus.

»Klar zum Aufgeien des Vormastgaffelsegels, Mister Baxter!«

»Ist klar, Sir!«, röhrte der Bootsmann zurück.

Die Spitze der Halbinsel war jetzt querab und Turner konnte hinter dem sich nach Nordosten flach im Wasser auslaufenden Haken den Mast des Kutters erkennen.

»Drei Strich abfallen! Fier auf die Schoten! Vormastgaffelsegel aufgeien!«

Die Geschwindigkeit nahm ab, als das Schothorn des Gaffelsegels mit Hilfe von Taljen zur Klau geholt wurde, das Gewicht des Baums wurde von den Dirken gehalten.

»Quartermaster, den Kutter eben an Steuerbord liegen lassen! Ich möchte den schlechten Atem dieses Halunken von einem Kapitän riechen können, verstanden!«

Der Quartermaster grinste breit. »Aye, aye, Sir!«

»Klar zur Halse!«

Der Bootsmann hob bestätigend den Arm.

Sie drehten mit dem Heck durch den Wind. Blöcke rumpelten und klapperten, als endlose Faden Tauwerk erst dichtgeholt und dann auf dem neuen Bug wieder ausgefiert wurden. Der Kutter kam rasch näher. Verblüffte und erschrockene Gesichter schauten zu ihnen herüber. Es mochten vielleicht ein Dutzend Männer sein, die sich drüben an Deck aufhielten.

»Klar zum Einholen der Schleppleine!«, rief Turner den beiden Matrosen zu, dann schnappte er sich eine Flüstertüte und sprang in die Wanten. »Im Namen des Königs! Ergebt euch! Wer Widerstand leistet, wird erschossen!« Er drehte sich nach achtern um. »Schleppleine los und einholen!«

Drüben auf dem Deck stieg eine kleine Pulverwolke auf, gleich darauf hörte er den scharfen Knall. Wohin die Kugel ging, konnte er nicht feststellen.

»Steuerbordbatterie! Achtung! Feuer frei, wenn Ziel aufgefasst!«

Die Karronaden spuckten unter dumpfem Donner Wolken aus vielen Pfunden gehackten Bleis über das Deck des kleinen Schiffes. Schwerer beißender Qualm legte sich ihnen auf die Lungen. Turner hustete keuchend.

»Verdammt! Quartermaster, dicht hinter dem Heck rum! Dann genau auf die Brigg am Steg zuhalten, und etwas Beeilung bitte, wenn ich bitten dürfte!«

»Aye, aye, Herr Kapitän!« Der Rudergänger grinste breit und drückte den Priem mit der Zunge in die andere Wange.

»Bootsmann: Schoten dicht! Klar zum Bergen der Vorsegel! Klar zum Aufgeien des Schonersegels!«

Bootsmann Baxter bestätigte stoisch. Die Matrosen schufteten an den Schoten, um dem Schiff nochmals Schwung zu verleihen, dann sanken die Vorsegel in das Netz unter dem Klüverbaum und dem Bugspriet, das Großsegel wurde rasch kleiner. Turner warf einen Blick nach achtern. Auf dem Deck des Kutters schwärmten seine Männer aus. Von

Gegenwehr keine Spur. Die Karronaden hatten ganze Arbeit geleistet. An der Gaffel stieg die Nationale empor. Lennon schien alles unter Kontrolle zu haben.

»Bringen Sie uns bei der Brigg längsseits, Quartermaster!«

»Aye, Sir!«

»Backbordbatterie, Achtung! Bootsmann! Klar bei Wurfdraggen! Mister Armstrong: Klar zum Entern! Wer mit einer Waffe in der Hand angetroffen wird, ist sofort zu liquidieren!«

Eine Art Hornisse schien bösartig an Turners Wange vorbeizusummen, einer der Rudergänger am großen Rad schrie auf, drehte sich um seine eigene Achse und stürzte wimmernd auf das Deck. Er presste eine Hand gegen seine linke Schulter, zwischen seinen Fingern quoll dunkles Blut hervor.

»Backbordbatterie! Feuer frei, wenn Ziel aufgefasst!«

Auch hier sorgten die Karronaden dank ihrer überzeugenden Argumente mit einer Salve für klare Verhältnisse. Sogar Männer, die sich auf dem Steg befanden, der die Kopfpier mit dem Land verband, wurden wie Stoffpuppen durch die Luft gewirbelt. Wurfdraggen flogen auf das andere Schiff hinüber, verbissen sich in das Holz, die restliche Fahrt wurde durch das kontrollierte Mitfieren der Leinen über Belegnägel aus dem Schiff genommen. Die Enterkommandos stürmten auf das Deck, Armstrongs Leute übernahmen das Deck und drangen in die Unterkünfte am Bug und am Heck ein.

Plötzlich herrschte Ruhe. Turner sah sich erstaunt um. Tom stand hinter ihm und zwinkerte ihm breit grinsend zu. Sie hatten die Lage hier unten an der Pier unter Kontrolle.

⚓

Segelmeister Paul Lennon stürmte den Niedergang zur großen Kabine des Kapitäns hinunter. Mit blank gezogenem Säbel stieß er die Tür auf und sprang in den Raum. Eine Kugel verfehlte ihn nur knapp und schlug klatschend hinter ihm in das Schott ein. Ein kleiner schwarzhaariger Mann mit einem Spitzbart und einem großen goldenen Ring im Ohr warf die schwere Pistole in seine Richtung. Lennon wich ihr geschickt aus und sprang mit weit ausgestrecktem Säbel vor. Der Pirat glitt zur Seite und packte einen Stuhl, den er schützend vor sich hielt. Lennon grunzte und stieß ihm durch das Polster den Stahl in die Brust. Der Mann ließ den Stuhl fallen, drückte die Hände erstaunt gegen die Brust und schaute dann ungläubig auf seine blutigen Finger. Lennon stellte einen Fuß auf den Stuhl und zog seine Säbelklinge wieder aus dem Polster. Er näherte sich mit angewinkeltem Arm und ausgestreckter Klinge.

»Gnade, Monsieur, Gnade! Töten Sie mich nicht, ich mache Sie zu einem reichen Mann! Zu einem sehr reichen sogar! Niemals in Ihrem Leben mehr müssen Sie einen Finger krumm machen.«

»Halt die Schnauze, Mistkerl! Bist du Foucault?«

»Oui, Monsieur. Foucault, Capitaine René Foucault. In den Kisten dort befindet sich Gold und Silber in Münzen und Barren, Edelsteine, wertvoller Schmuck für Ihre Gattin. Lassen Sie mich am Leben, Monsieur, ich flehe Sie an!«

»Kann ich damit meinen Sohn wieder lebendig machen, du Ratte?« Die Säbelspitze zuckte vor und fuhr von links oben nach rechts unten über das Gesicht des wimmernden Piratenhäuptlings, der auf die Knie sank. »*Pride of Liverpool*, sagt dir das was?«

Die weiße Hose des Mannes verfärbte sich gelb im Schritt, er keuchte überrascht. »*Non, non, Monsieur, ne jamais* …«

Die Säbelspitze sauste diesmal von rechts nach links über das Gesicht hin, ein blutiges X entstellte jetzt das Gesicht des Franzosen.

»Erinnerst du dich jetzt?«

»*Oui, monsieur*, wir haben sie aufgebracht.«

»Was habt ihr mit der Besatzung gemacht?«

Der Mann schluchzte und rutschte mit gesenktem Kopf auf den Knien zu Lennon heran. »*Je regret*, aber sie sind alle tot.«

Lennon biss die Zähne zusammen, dann zog er mit der scharfen Spitze einen Scheitel über den gesenkten Kopf. »Wie sind Sie gestorben?«

Der Mann krümmte sich zusammen und es hatte den Anschein, als wollte er ihm die Füße küssen. »Sie sind ... über die Planke ... gegangen.« In diesem Augenblick schnellte er wie eine Sprungfeder hoch, in der rechten Hand einen Dolch, den er in seinem Hosenbund versteckt gehalten hatte und den er nun Lennon von unten in den Bauch rammen wollte. Doch der alte Mann war instinktiv zurückgewichen, sodass die scharfe Klinge sich nur durch seinen Oberschenkel ganz in der Nähe der Leiste bohrte, aber er stürzte schwer zu Boden. Der Pirat kam behände wie eine Katze auf die Füße, beugte sich über ihn und holte weit aus. Plötzlich wurden seine Augen glasig, der Arm sank kraftlos herunter, sein Kopf fiel nach vorn. In seinem Hinterkopf steckte ein Enterbeil. Abe Lincoln, ein Matrose, trat auf seinen Rücken und brach den Tomahawk aus dem Schädel. »Wir haben uns gewundert, wo Sie bleiben, Sir. Da habe ich gedacht, ich schau' mal nach.«

»Das war eine sehr gute Idee, Lincoln, wirklich«, erwiderte Lennon und sein Kopf fiel zur Seite. Er war bewusstlos geworden.

⚓

Kaum war die Pinasse auf den Strand aufgelaufen, als auch schon die Matrosen heraussprangen und sie weiter nach oben schoben. Die Seesoldaten folgten und bewegten sich unverzüglich in einer aufgelockerten Schützenkette auf die Gebäude der Dienstboten und die Stallungen zu, aus denen auch umgehend Schüsse fielen. Der größte Teil der Seeleute hastete unter der Führung von Midshipman Starke geduckt zur Seite, um die Verteidiger in der Flanke zu packen. Aus dem Stall kamen vier Reiter herausgaloppiert, die sich durch das Tor davonmachen wollten. Aber das Tor war verschlossen, dafür hatten die Waldläufer gesorgt, und mit vier Kugeln befreiten sie die Rösser von ihren Reitern. In Zweiergruppen huschten die Männer in den Lederhemden von einem Gebüsch zum nächsten und feuerten aus der Deckung treffsicher in die Fenster. Die entmutigten Verteidiger hatten gegen den aus mehreren Richtungen schwungvoll vorgetragenen Angriff keine Chance und ergaben sich, als die Seesoldaten mit aufgepflanztem Bajonett in die Scheune und die Stallungen gestürmt kamen. Im Gesindehaus bedurfte es etwas Nachhilfe mit den Entermessern, um auch dort die Männer zur Aufgabe zu zwingen.

O'Bailey war mit fünf ausgesuchten Seeleuten und dem Steuermannsmaat in das Haupthaus gestürmt. Ihnen stellte sich ein indignierter Majordomus in den Weg, der aber im Angesicht der blanken Klingen darauf verzichtete zu fragen: »Wen darf ich melden?«, sondern nur erschreckt tief ausatmete und wie eine beleidigte Spukgestalt, vor der sich niemand fürchten wollte, im Schatten eines dunklen Korridors verschwand. Zwei Matrosen folgten ihm und fanden das gesamte Personal in der Küche versammelt vor. Die resolute Köchin sorgte dafür, dass alles friedlich blieb, indem sie die Seeleute mit großen Portionen frisch gebratenen Fleischs versorgte, das gestern übrig geblieben war.

Der Leutnant durchsuchte derweil mit einem Matrosen den linken Flügel des Erdgeschosses, Steuermannsmaat Quincy mit den anderen den rechten. Sie trafen sich schulterzuckend wieder in der Haupthalle, wo eindrucksvolle Gobelins an den Wänden hingen. O'Bailey deutete nach oben, Quincy nickte. Sie eilten die Treppe hinauf und blieben oben am Kopf der Treppe lauschend stehen, aber alles war ruhig, nur aus dem Erdgeschoss war das Quieken von Mägden zu hören. Der Erste zischte dem Steuermannsmaat zu: »Schauen Sie da unten nach dem Rechten, Quincy! Sorgen Sie dafür, dass unsere Männer nicht abgefüllt oder von den Mädchen so angemacht werden, dass Ihnen der Verstand in die Hose rutscht!«

Der Steuermannsmaat grinste breit. »Aye, Sir! Ich hoffe nur, dass mich Mister Starke und die Seesoldaten bei dieser Aufgabe bald unterstützen werden.« Er polterte die Treppe wieder hinab.

O'Bailey schickte mit einer Handbewegung zwei seiner Männer den Korridor nach rechts hinunter, mit dem letzten bewegte er sich zielstrebig auf eine Tür ganz am Ende des linken Ganges zu. Er kannte sich von früher im Haus einigermaßen aus und wusste daher, wo sich das Arbeitszimmer Dunbars befand. Vor der Tür hielt er kurz inne, zog eine seiner Pistolen, um die Ladung auf der Pfanne zu prüfen. Was den Matrosen Hastings, eigentlich ein besonnener, ruhiger Mann, veranlasste, sich an ihm vorbeizudrücken und die Tür zu dem Raum weit aufzustoßen, wird nie geklärt werden können. Kaum hatte er die Tür schwungvoll aufgerissen und war mit einem Satz hineingesprungen, krachten drinnen fast gleichzeitig zwei Pistolen. Hastings wurde durch den Anprall der beiden schweren Bleikugeln abrupt zum Stehen gebracht, er taumelte zwei, drei Schritte rückwärts, dann fiel er krachend zu Boden. Seine Augen schienen den Leutnant vorwurfsvoll anzuschauen. O'Bailey blickte in das Zimmer und sah einen Mann mit einer Langhaarperücke und einer rauchenden Pistole in der Hand rechts vom Schreibtisch stehen. Er sah so aus, wie man sich einen Winkeladvokaten vorstellte. Die Mündung von O'Baileys Waffe zeigte auf dessen Weste, die mit einem bunten floralen Muster bestickt war. Er gab Feuer. Eine Ewigkeit schien zu verstreichen: Der Feuerstein schlug am Stahl einen Funken, dieser entflammte das Pulver auf der Zündpfanne, das mit einem leisen *Puff* explodierte, dann erreichte das Feuer die Hauptladung und die schwere Waffe ruckte bösartig in seiner Hand. *Peng!* Die Kugel wirbelte den Mann herum und streckte ihn zu Boden. Der Erste ließ die Pistole fallen, packte wieder seinen Degen am Griff, der an einer Schlaufe an seinem Handgelenk hing, und sprang in den Raum. Auf der anderen Seite des Schreibtischs war ein junger Mann, offensichtlich ein englischer Offizier im roten Rock, behände damit beschäftigt, seine Waffe nachzuladen. Hinter ihm brannte im Kamin ein loderndes Feuer, das von Aktenstapeln gespeist wurde.

»Schön, dass wir uns mal wieder sehen, mein lieber alter Freund Stanley Dunbar. Wer hätte das gedacht? Ich habe da ein paar Fragen an Sie, die mir wirklich keine Ruhe lassen, aber dafür werden Sie doch sicher Verständnis haben, nicht wahr?«

Der junge Dunbar, stolzer Leutnant im Stab von General Howe, begann vor Angst zu schielen. Geschmeidig wie eine zum tödlichen Biss entschlossene Giftnatter war O'Bailey vor ihn geglitten. Ohne Warnung schlug er ihm mit voller Wucht den Degenkorb ins Gesicht. Dunbar stürzte zu Boden, verlor die Pistole und schüttete sich durch den Sturz eine gehörige Ladung aus dem Pulverhorn über seine Kleidung. Er blickte von schräg unten böse zu O'Bailey auf. »Was willst du von mir, du papistischer Tyrannenknecht? Eure Zeit hier ist abgelaufen! Ihr Monarchisten seid erledigt, fertig, *perdu*, Überbleibsel einer vergangenen Zeit!« Blut lief ihm aus der Nase und seine Lippen waren aufgeplatzt.

»Mag sein, mein lieber Stanley«, ironisch verbeugte sich O'Bailey, »aber eine neue Epoche, die mit der Vergewaltigung von unschuldigen Mädchen und der Ermordung von ahnungslosen Nachbarn beginnt, in der Mord, Totschlag, Raub, Diebstahl, Seeraub und Hochverrat üblich sind, scheint mir persönlich nicht sonderlich erstrebenswert zu sein. Aber wie Sie ja wahrscheinlich schon richtig festgestellt haben, Herr Leutnant, gehöre ich ja zu einer aussterbenden Spezies.«

Der Fußtritt traf den knienden Dunbar vor die Brust und warf ihn fast auf den Rücken. Der junge Mann keuchte schwer. Seine Augen funkelten tückisch, mit einer Hand tastete er am Boden hinter sich nach einem Holzscheit. »Mach doch nicht so ein Gewese wegen deiner verhurten Schwesterchen, mein Lieber«, versuchte er O'Bailey abzulenken, »die fanden es ganz toll, dass es ihnen mal so richtig besorgt wurde ...«

Weiter kam er nicht. Er sah O'Baileys Degen aufblitzen, rollte sich nach hinten, um dem Hieb zu entgehen, doch das brachte ihn direkt vor den Kamin. Mit dem Ellenbogen stieß er in die Flammen, eine Wolke aus kleinen Funken und Ascheteilen stieg auf, und mit einem dumpfen Knall stand er in Flammen, als sich das verstreute Pulver auf seinem Rock entzündete. Die Stichflamme der Explosion ließ O'Bailey erschrocken zurückweichen und sich die Hände vor die Augen halten. Eine lodernde Fackel eilte an ihm vorbei auf den Flur hinaus, aber diese Fackel schrie und brüllte. Kreischend polterte der junge Dunbar die Treppe in die Halle hinunter, vorbei an Turner und seinen Männern. Niemand stellte sich ihm in den Weg. Er stürmte brennend aus dem Haus, tobte ziellos im Zick-Zack über den Vorplatz. Sein animalisches Gebrüll ließ den Umstehenden das Blut in den Adern gefrieren. Dunbars Leiden wurden erst durch eine Kugel aus der langen Muskete Marks ein Ende bereitet, der den Tanz des heulenden Derwisches abrupt stoppte.

»Auch wilde Tiere haben ein Recht auf den Gnadenstoß«, murmelte Mark leise und spuckte aus.

Der Erste der *Shark* wischte sich die Augen und stützte sich auf der Schreibtischplatte ab. Das Pulverhorn explodierte und die Flammen erfassten die Vorhänge, Teppiche und hölzerne Wandtäfelungen. Der beißende Rauch ließ seine Augen tränen und wie durch einen Schleier fiel sein Blick auf gesiegelte Dokumente. Mühsam entzifferte er halb geblendet die Präambeln: Es waren die Kaufverträge über Dunbars Besitzungen und ... seine Ländereien. Er packte die Pergamentbögen und warf sie kurzentschlossen ins Feuer! Plötzlich fuhr ihm siedend heiß ein Gedanke durch den Kopf: Wo war der alte Dunbar, der Anstifter all dieser ungeheuerlichen Verbrechen? Er sah sich um. Neben dem Kamin befand sich eine Tür. Er hörte draußen Schritte auf der Treppe und Turners befehlsgewohnte Kommandostimme, die Sergeant Bull Anweisungen erteilte. Er stieß die Tür auf und sprang mit einem Satz in die Mitte des kleinen Zimmers, bei dem es sich allem Anschein nach um eine Schreibstube handelte. An den Wänden befanden sich deckenhohe Aktenschränke, deren Türen jetzt aber offen standen. Scheinbar war die Schreibstube leer, doch der junge Ire meinte, unterdrückte Atemzüge zu vernehmen. Nebenan hörte er Turner fluchen, weil durch die Verpuffung zur Verbrennung bereitgelegte Akten und die gesamte Einrichtung Feuer gefangen hatten und der Raum mit beißendem Qualm erfüllt war. Lauernd blickte sich O'Bailey um. Nur eine Schranktür stand nicht ganz so weit offen wie die anderen. Mit einem langen Schritt ging er hinüber und riss sie energisch auf. Vor ihm stand Lord Dunbar mit einer kleinen Pistole in der Hand, aus deren Mündung eine kurze Feuerlanze auf seinen Kopf zuraste. Er spürte einen Schlag am Hals, aber keinen Schmerz. Langsam hob er seinen Degen und durchbohrte Dunbars Brust, genauer gesagt, nagelte er ihn mit Hilfe des Degens an der hinteren Schrankwand fest. Dunbars Augen weiteten sich, er stieß einen gurgelnden Klageton aus und Blut quoll ihm aus Mund und Nase.

Turner packte seinen Ersten an der Schulter.

»Gott sei Dank, O'Bailey, da sind Sie ja! Ich habe schon befürchtet, Ihnen wäre etwas zugestoßen. Ah, den alten Fuchs dieser räudigen Sippe haben Sie auch noch waidmännisch erlegt. Meinen Glückwunsch, Sir! Aber jetzt kommen Sie schnell, nebenan steht schon alles in hellen Flammen!«

O'Bailey lächelte ihn ungewohnt fröhlich an. »Es freut mich aufrichtig, dass ich Ihnen einen Dienst erweisen konnte, Sir, aber ich fürchte, ich werde hier Anker werfen müssen.« Mit diesen Worten stürzte er zu Boden.

Entsetzt sah Turner den dicken Blutstrom, der im Rhythmus des Herzschlags aus O'Baileys Hals gepresst wurde. »Mister Starke! Legen Sie ihm einen Verband an!«

William sprang zu einem Tisch, der an der Wand stand, warf ihn um, sodass er krachend auf der Platte zu liegen kam, dann stellte er sich zwischen zwei Beine und brach sie nach außen weg. Das wiederholte er auch auf der anderen Seite, dann winkte er zwei Seesoldaten heran. »Legt den Leutnant auf die Platte und bringt ihn sofort an Bord zum Arzt!«

»Aye, aye, Sir!« Die beiden Marineinfanteristen verzogen keine Miene, aber sie hatten schon genug Männer sterben sehen, um zu wissen, dass es hier keine Rettung mehr gab.

»Sir«, röchelte O'Bailey, »es ist schade, dass es so enden

muss. Ich habe gerne unter Ihnen gedient. Sie sind ein sehr guter Kommandant, Sir, der beste …« Sein Kopf rollte zur Seite.

Turner schluckte, seufzte tief, dann räuspere er sich: »Ahem, bringt ihn an Bord. Wir wollen ihn, wie alle unsere anderen Kameraden auch, würdig bestatten.« Seine Stimme zitterte, und er wischte sich über die Augen. »Verdammter Rauch!«

Kapitel 15

August/September 1776, Chesapeake Bay, Antigua

Die drei Schiffe kamen ohne größere Probleme in Fahrt, obwohl sie alle unterbemannt waren. Als sie mit wehender Kriegsflagge wieder New Haven passierten, winkte ihnen diesmal niemand freundlich zu, im Gegenteil, die Männer am Ufer drohten ihnen wütend mit den Fäusten, einige rannten ins Haus und tauchten mit Musketen in den Händen wieder auf und schossen hinter den vorbeisegelnden Schiffen her.

Das größte Problem für die lange Reise nach Süden blieb der Mangel an seemännischem Personal für drei Schiffe. Zwar hatten sie die überlebenden Männer der Brigg in den Dienst gepresst und auch einige von Dunbars Leuten, die so aussahen, als würden sie etwas von der Seefahrt verstehen, hatte man »überredet«, freiwillig das Handgeld des Königs zu nehmen. Aber darunter befanden sich gewiss ein paar unsichere Kantonisten, die bei der ersten sich bietenden Gelegenheit die Seiten wechseln – oder an der Rahnock baumeln würden.

Midshipman Armstrong kommandierte die Brigg, Steuermannsmaat Quincy würde darauf achten, dass sie auch ihren Bestimmungsort English Harbour auf Antigua erreichen würden. Sorgen machte sich Turner um den jungen Starke, der den Kutter übernehmen musste. Er hatte ihm seine besten Matrosen an Bord geschickt, die das Schiffchen seemännisch in den Griff bekommen würden, aber theoretisch müsste Starke vierundzwanzig Stunden am Tag Deckwache gehen, da ihn niemand ablösen konnte. Dasselbe galt leider auch für Turner, denn die ersten zwei Tage hatte Ian MacKinnon es unnachgiebig zu verhindern gewusst, dass der alte gerupfte Weißkopfadler sich eine Sitzstange an Deck suchte, um von dort seine Wache hinter sich zu bringen. Einer der neuen Matrosen, ein gewisser Carl Carter, hatte ihn, ohne sich aufzudrängen, sehr effizient unterstützt, wenn er auf Wache war. Turner nahm sich vor, Tom nach diesem Mann zu befragen. Aber ehrlich gesagt, war Turner heilfroh gewesen, als er endlich für Lennon einen der bequemen Korbstühle an Deck zurren lassen konnte, aus dessen Schutz dieser lauthals seine Kommandos krähte. Zum Glück trafen sie auf keinen tropischen Wirbelsturm, sondern kamen mit günstigen Winden problemlos voran.

Als der Schiffsarzt in der Kabine des Kapitäns am Tisch saß, um mit ihm die Listen der Gefallenen, Verwundeten und neu Angemusterten abzugleichen, nahmen sie ein paar Gläschen Wein zusammen. Turner war nach vier Gläsern dem Zusammenbruch nahe. Er hatte dicke dunkle Tränensäcke unter den Augen, seine Augen leuchteten rot aus seinem fahlen Gesicht. Müde und erschöpft lallte er mehr vor sich hin, als dass er zu MacKinnon sprach: »Da lernt man einen verdammt guten Kameraden kennen, einen anständigen, loyalen Iren, der auch noch seinen Job versteht. Und was macht der Kerl? Lässt sich von einer dreckigen Filzlaus, von einer lordsmäßigen Kakerlake sozusagen, abknallen! Verblutet einfach, läuft einfach so aus, peng, wie ein geplatzter Weinschlauch. Ist Ihnen das auch schon mal so gegangen, mein alter Schotte, dass Sie jemanden verloren haben, von dem Sie das Gefühl hatten, dass Sie ihn eigentlich erst ein paar Minuten vorher richtig kennen gelernt hatten? Nein, natürlich nicht, nein, das passiert bloß immer dem alten armen Will Turner!« Er rülpste laut und anhaltend. Die beiden Rudergänger, die das Röhren durch das offene Skylight mitbekamen, sahen sich verwundert an. »Ich glaube, ich muss mich jetzt mal ein paar Minuten aufs Ohr legen.« Er wankte in seine kleine Schlafkammer und stürzte vierkant in die Koje. Leise zog sich der Arzt zurück und gab Tom ein Zeichen, der daraufhin seinen Kapitän in eine bequemere Lage brachte und ihm die Stiefel auszog. Dann bewachte er Turners Schlaf, der keineswegs traumlos war, denn wie sollte man es sich sonst erklären, dass das Kopfkissen am nächsten Morgen tränennass war.

⚓

In English Harbour erwartete sie außer vielen mehr oder minder neidischen Glückwünschen und ehrlich gemeintem Schulterklopfen auch eine ziemlich unangenehme Neuigkeit.

Bei seinem obligatorischen Treffen mit Mister Smith von *Hermes Worldwide Enterprises* eröffnete ihm dieser Gentleman säuerlich, nachdem er ihm anstelle der Zitronenlimonade ein großes Glas Gin-Lemon aufgenötigt hatte, dass es den Anwälten der Krone gelungen war, die Ansprüche der *Shark* auf Prisengeld weitgehend abzuschmettern. Die spitzfindigen Begründungen waren aller juristischen Ehren wert. So wäre das französische Schiff nicht wegen Piraterie eingebracht worden, selbstverständlich erst recht nicht als Kriegsbeute, sondern nur als eine Art Werkzeug eines rechtmäßig verurteilten Mörders. Die Schiffe aus den Kolonien wurden auch nicht als Prisen bewertet, da es zum Zeitpunkt der Beschlagnahme zwar gewisse Unstimmigkeiten zwischen den gewählten Regierungen der verschiedenen Kolonien und der Krone gegeben hätte, aber auch in diesem Fall könne man bestenfalls erst seit der rechtswidrigen Unabhängigkeitserklärung von einem Kriegszustand ausgehen. Die Schiffe und ihre Ladungen fielen daher wegen Verstößen gegen das Steuerrecht der Krone anheim.

Turner stürzte den Drink in einem Zug hinunter, ohne den scharfen Alkohol zu schmecken. Er fluchte innerlich verbittert vor sich hin. Am liebsten hätte er mit der Faust auf den Tisch gehauen und seinen Zorn herausgebrüllt. Verdammt, da hatten ihn die Vergangenheit und seine Herkunft wieder eingeholt! Wäre sein Vater ein Lord und würde Abgeordnete ins Unterhaus entsenden, hätte man das in London nicht gewagt. Aber ich bin ja auch selbst schuld, warf sich William vor, ich konnte nie meinen vorlauten Mund halten und mir durch Schleimen die Gunst eines einflussreichen Gönners sichern. Urplötzlich fiel ihm die kryptische Bemerkung von Lennon in Chatham wieder ein. Er hatte immer wieder vergessen, ihn daraufhin an zusprechen. Was hatte der Alte damals gesagt? ‚Sie gehören zu den Widdern und nicht zu den Schnecken! Also war Kampf seine Bestimmung, nicht Kriechen und Schleimen! Aber was half ihm das jetzt? Er knirschte laut mit den Zähnen. Wie sollte er das seinen Männern vermitteln. Sicher war für viele ihr Hass auf die Rebellen und die Aussicht, Rache nehmen zu können, ein schwerwiegendes Argument gewesen, auf der *Shark* anzumustern. Die Erwartung auf Prisengeld stellte aber zumindest eine gute zusätzliche Motivation dar. Für diejenigen, die in Amerika ihr gesamtes Hab und Gut verloren hatten, war dieses Geld überdies die einzige Möglichkeit, in England eine neue bescheidene bürgerliche Existenz aufzubauen. William knurrte böse, seine Augen funkelten eisig. Wie konnte er mit gutem Gewissen vor die Seeleute hintreten, die gekämpft hatten wie die Löwen, die ihr Blut vergossen hatten und von denen auch mancheiner seinen besten Freund verloren hatte. Sollte er den Männern vielleicht leichthin mitteilen, dass der König zwar sehr zufrieden mit ihrem Einsatz war, aber zu der Überzeugung gekommen wäre, dass er bessere Verwendung für das Geld hätte als sie?

Mister Smith konnte den schäumenden Turner erst etwas beschwichtigen, als er ihm mitteilte, dass man an höchster Stelle entschieden hätte, ihm als Kommandanten ein Drittel des Wertes der Schiffe und Waren zur Verteilung zur Verfügung zu stellen. Man *empfahl* ihm, den für die Verteilung des Prisengeldes üblichen Schlüssel anzuwenden. Dazu kamen die Erlöse für die Wertgegenstände und Edelmetalle – geprägt und in Barren –, die sie auf dem Kutter sichergestellt hatten, der die Lagerhöhlen der Korsaren auf den Donkey Cays geplündert und alles Wertvolle an Bord genommen hatte. Außerdem mussten sie ihren Anteil an der Ladung und dem Geld von Dunbars Brigg bekommen, und für die beiden eingebrachten Schiffe stand ihnen dieses Mal unabweislich Prisengeld zu.

Alles in allem bedeutete dies, versicherte Smith dem immer noch verärgerten Turner, dass er seiner Besatzung eine schöne Stange Geld versprechen konnte, jedenfalls so viel, dass selbst die Leichtfertigen unter ihnen ihren Anteil nicht im Handumdrehen durch die Gurgel jagen und verhuren konnten. William beruhigte sich langsam wieder, als Smith ihm versprach, dass die *Firma* für die Auszahlung des Geldes bürgen würde.

Über den nächsten Einsatz hüllte sich Mister Smith in Schweigen, aber Turner sah ihm an, dass er schon wieder

Pläne schmiedete. Langeweile würde gewiss nicht aufkommen, da war Hermes vor. Smith blickte ihn kurz forschend an, dann schaute er gedankenverloren hoch zur Decke und schnarrte: »Im übrigen, Mister Turner, sorgen Sie dafür, dass die *Shark* so bald wie möglich wieder klar zum Auslaufen ist. Ich denke, eine Woche ist eine faire Frist, nicht wahr? Um einen Ersatz für Ihren unglücklichen Ersten Offizier werde ich mich kümmern, das gilt auch für Ihr Gesuch, einen zusätzlichen Steuermannsmaaten einzustellen. Auch was die gepressten Yankees angeht, bin ich vollständig Ihrer Meinung. Sie können keine unzuverlässigen Kerle bei Ihren Einsätzen an Bord gebrauchen. Verfassen Sie entsprechende Eingaben an den Admiral. Unsere Firma wird über entsprechende Kanäle dafür sorgen, dass Sir Samuel Blake spurt.«

Smith grinste breit. Er ähnelte in diesem Moment einem dicken rotweißen Kater, der dem Fischhändler einen fetten Kabeljau geklaut hatte und sich nun daranmachte, ihn genüsslich zu verspeisen.

»Ach ja, Leutnant Turner, bevor ich es vergesse, der Gouverneur und die örtlichen Honoratioren haben beschlossen, Ihnen zu Ehren am Sonnabend einen kleinen Empfang zu geben. Große Uniform, Sir! Übrigens vermisst der Gouverneur seit zwei Tagen seinen Sekretär. Wie beliebte er ihn gerne leutselig zu nennen? Seinen Premierminister! Hi, hi, hi! Jedenfalls hat sich dieser hochwohlmögende Gentleman unter Mitnahme erheblicher Regierungsgelder grußlos verdrückt. Der Gouverneur soll menschlich tief enttäuscht sein. Hi. hi, hi!« Smith lachte meckernd. »Wenn es Ihnen gelingen sollte, ihm Cecil Dunbars Kopf auf einem silbernen Tablett zu servieren, könnte Ihnen das den Ritterschlag einbringen, Sir!«

Turnerl stieß unwillig den Atem aus. Dunbars Kopf – pah! Ritterschlag – puh, mochte das glauben, wer es wollte.

Was ihn im Augenblick viel mehr bewegte, war, dass ihm ein Abend von der Zeit verloren ging, die er zusammen mit der überaus reizenden, aufregenden Elizabeth zu verbringen gedachte. Eine Woche war schnell um! Aber vielleicht hatte sie sich während seiner Abwesenheit auch schon in ein neues Abenteurer gestürzt – oder hatte eine alte Bekanntschaft erneuert. Turner spürte, wie der scharfe, giftige Zahn der Eifersucht an seinem Herzen zu nagen begann. Er seufzte.

⚓

William Turner saß auf dem luftigen Balkon vor dem Schlafzimmer. Er trug einen leichten Hausmantel aus Seide, der kühl auf seiner verschwitzten Haut lag. In der Hand hielt er ein Glas Champagner, an dem er von Zeit zu Zeit nippte. Er dachte an den vergangenen Empfang zurück. Was war das für ein Abend gewesen!

Er war eher widerwillig zum Fest des Gouverneurs und der Kaufmannschaft gegangen. Schon als er an der Pier das Boot verließ, war ihm unter der dicken Galauniform der Schweiß in Strömen ausgebrochen. Lautlos hatte er vor sich hin geflucht. In der Kutsche, die ihn erwartet hatte – leider ohne Elizabeth –, war es fast unerträglich schwül gewesen. Zum Glück dauerte die Fahrt nicht lange. Die Kalesche hielt vor einer imposanten Stadtvilla im Kolonialstil. Der Lakai sprang vom Bock, klappte den Fußtritt herunter und riss dann den Wagenschlag auf. Im selben Augenblick, da Turners Füße den Boden berührten, brüllte die martialische Stimme eines Sergeanten: »Kompanie! Präsentiert das Gewehr!«

Eine vollständige Kompanie der königlichen Linieninfanterie war ihm zu Ehren angetreten und präsentierte die

Musketen mit aufgepflanztem Bajonett. Der Hauptmann kam mit abgezirkelten Schritten auf ihn zu, hob seinen Degen vor das Gesicht und schnarrte dann: »Kompanie zu Ihrer Begrüßung angetreten, Sir!«

Turner grüßte zackig, obwohl ihm vor Überraschung etwas flau im Magen war.

»Danke, Herr Hauptmann!«

»Wenn Sie mir bitte folgen wollen, Sir!«

Der Offizier machte auf dem Hacken kehrt und in diesem Moment begann eine Militärkapelle *Heart of Oaks* zu schmettern. William folgte dem Hauptmann, der mit steifen, sorgfältig abgemessen Schritten an der Front entlangstolzierte. Vor der Regimentsflagge hielt er kurz an. Turner zog grüßend seinen Hut und nickte dem Fahnenträger knapp zu. Am Ende der Formation baute sich der Infanterieoffizier wieder vor ihm auf und präsentierte den Degen.

»Danke, Herr Hauptmann. Ihre Männer machen einen ausgezeichneten Eindruck!«

»Ich danke Ihnen, Herr Kapitän. Wir sind hier leider zum Nichtstun verdammt, unser größter Feind ist das Fieber. Da ist es für uns eine große Befriedigung, dass wenigstens die Navy den verräterischen Yankees einheizt.«

Turner salutierte zackig und der Hauptmann marschierte wieder vor das Zentrum der Front. Die Kapelle schwieg abrupt nach einem letzten Trommelwirbel. Neben Turner räusperte sich ein Lakai in einer goldbetressten Uniform.

»Wenn Sie mir bitte folgen wollen, Sir!«

Sie betraten die große Empfangshalle. Turners Hut und sein leichter Regenumhang wurden ihm abgenommen. In der Mitte der Halle erwartete ihn ein beeindruckender Mann in einem weißen Rock. Darunter spannte sich eine weiße mit Goldfäden durchwirkte Weste über einen beachtlichen Embonpoint. Er war sicher gut sechs Fuß groß und mochte beachtliche zwanzig Stone auf die Waage bringen. Die Kurzhaarperücke saß tadellos über den energischen Zügen. Die empfindliche Gesichtshaut wies die permanenten Verbrennungsschäden durch die Sonne auf, die für viele Engländer in den Tropen anscheinend unvermeidlich waren. Die hellblauen Augen musterten Turner durchdringend, dann streckte er ihm mit einem herzlichen Lächeln beide Hände entgegen, packte Williams rechte Hand und drückte sie kräftig und anhaltend. Der Händedruck war trocken und für einen Nichtseemann erstaunlich fest.

»Mein Name ist Charles Woolwidge. Ich freue mich, Sie in meinem bescheidenen Haus begrüßen zu dürfen, Kapitän Turner.«

Ohne eine Antwort abzuwarten, packte er ihn am Arm und zog ihn auf eine große Doppeltür zu, die vor ihnen von Dienern aufgerissen wurde. Vor Turners erstaunten Augen erstreckte sich eine lange Tafel über die gesamte Länge des Saals. Alle Gäste hatten sich erhoben und applaudierten, während Woolwidge den Ehrengast an das Kopfende der Tafel führte.

Der Rest des Abends rauschte wie ein buntes Kaleidoskop an Turner vorbei. Die erste große Überraschung war gewesen, dass seine Tischdame Elizabeth war, um die er sich aber leider viel zu wenig kümmern konnte, denn ständig musste er entweder aufmerksam Reden lauschen, die seine Taten glorifizierten, oder sich den Delikatessen widmen, die ihm vorgelegt wurden. Sein Gastgeber achtete darauf, dass er nichts ausließ.

Einer der Höhepunkte des Abends war die Rede von Woolwidge gewesen, die darin gegipfelt hatte, dass er Turner im Namen der Kaufmannschaft von Antigua einen mit Juwelen besetzten Ehrendegen im Wert von 500 Guineen überreichte.

»Mein lieber Kapitän Turner, ich bin sicher, dass Sie sich nicht daran stören werden, dass die Klinge in Toledo geschmiedet worden ist. Mögen Sie mit diesem Degen allen Feinden unseres lieben Königs den Garaus machen. Darauf trinke ich!«

Nachdem alle ihr Glas geleert hatten, ergriff der Sprecher der Pflanzer das Wort, lobte Turner und gab seiner Hoffnung Ausdruck, dass der Transport ihrer Erzeugnisse nach Kanada und England jetzt wieder ungestört verlaufen werde. Dann trat er zu Turner, der sich mühsam erhob, und überreichte ihm mit beiden Händen einen großen silbernen, mit goldenem Weinlaub verzierten Trinkbecher – geschätzter Rauminhalt eine Pint –, der randvoll mit goldenen Guineen gefüllt war. Turner stieß stotternd ein paar unbeholfene Dankesworte hervor, in denen von selbstverständlicher Pflichterfüllung die Rede war und dass der weise König ihn ja zur Erledigung dieser Arbeit hierher geschickt habe. Dann sank er überwältigt wieder auf seinen Stuhl. Danach waren noch viele Trinksprüche gefolgt und William hätte sich sicher den Rausch des Abends angetrunken, wenn da nicht immer wieder die kleine feste Hand von Elizabeth gewesen wäre, die ihn vom ungezügelten Griff zum Glas zurückgehalten hatte. Auch hatte er im Nachhinein den Eindruck, als wäre sein Glas immer nur zu einem Drittel gefüllt gewesen.

Irgendwann hatten sie dann endlich in Elizabeth' Kutsche gesessen und waren zu ihrem Stadthaus gefahren. Ihre erste Umarmung nach den langen Wochen der Enthaltsamkeit war wild, leidenschaftlich – und kurz gewesen. William war danach einfach erschöpft und wohl auch ein klein wenig betrunken eingeschlafen. Nach zwei oder drei Stunden war er aufgewacht, leise aufgestanden und mit einer kühlen Flasche Champagner hinaus auf den Balkon gezogen. Nun stellte der Schampus zwar nicht unbedingt das beste Mittel gegen seinen brennenden Durst dar, aber besser als abgestandenes Wasser war er allemal.

Er reckte sich müde und blickte auf seine Schätze, die er neben sich auf dem Tisch aufgebaut hatte. Da war der Ehrendegen. Es war eine wundervolle Waffe, das Beste, was die europäische Waffenschmiedekunst herstellen konnte. Die Scheide glänzte schwarz lackiert, Ornamente aus kunstvoll verschlungenen Golddrähten, die obendrein mit Edelsteinen besetzt waren, verzierten sie. Die Spitze und der obere Teil bestanden aus sorgfältig getriebenem Goldblech. In der Mitte streckte sich ein Löwe aus getriebenem Goldblech im Sprung. Die Parierstange und der Korb bestanden aus meisterhaft verarbeitetem vergoldetem Stahl. Den Abschluss des Griffes bildete ein Löwenkopf aus massivem Gold, die funkelnden Augen bestanden aus Diamanten.

Er packte den Griff, der aus angerautem Leder bestand, und zog die Klinge blank. Die Waffe lag in seiner Hand, als wäre sie ein natürlicher Körperteil von ihm, eine Verlängerung seiner Hand. Andächtig betrachtete er das typische Flammenmuster des weit über hundertmal gefalteten und geschmiedeten Damaszeners. Oben am Ende der Blutrinne entdeckte er eine vergoldete Inschrift. *Quos ego!* Puuh, fünfhundert Pfund, dachte Turner jetzt auf dem Balkon und leerte sein Glas. Wenn ihm das jemand vor einem halben Jahr erzählt hätte, den hätte er für verrückt erklärt. Für meinen Geschmack vielleicht etwas zu protzig, sinnierte er, aber eine wundervolle Waffe! Er schob die Klinge wieder in die Scheide und schenkte sich das Glas wieder voll.

Sein Blick wanderte weiter zu dem großen, im Halbdunkel schimmernden Weinpokal. Die goldenen Weinblätter, die wie ein Kranz den Kelch umrankten, sahen so täuschend echt aus, dass man denken konnte, der Künstler hätte echtes

Weinlaub einfach mit Gold überzogen und dann verarbeitet. Vorsichtig manipulierte er an einem Blatt herum – es war pures Gold. Allein das Gefäß musste ein Vermögen gekostet haben. Wie viele Guineen die Pflanzer für den Inhalt lockergemacht hatten, hatte er noch nicht nachgezählt, aber so viel war sicher, dass sie mindestens ebenso großzügig wie die normalerweise buchhalterischen Reeder und Kaufleute gewesen waren. Er legte den Kopf schief, denn ihm schoss ein Gedanke durch den Kopf. Es würde ihn nicht wundern, wenn die Pflanzer nur den Pokal gekauft hatten, der Inhalt aber von der klugen Elizabeth gestiftet worden war. Sie wusste genau, dass er niemals direkt von ihr Geld annehmen würde.

Nachdenklich strich er sich über den Kopf. Innerhalb eines halben Jahres war aus dem kleinen unbedeutenden Leutnant der angesehene Kommandant eines schmucken Kriegsschiffs geworden. Zudem konnte er ein nicht unbeträchtliches Vermögen sein Eigen nennen. Nun ja, für westindische Verhältnisse war er nicht wirklich reich, aber in England konnte er von seinem Vermögen sehr gut leben. Sicherlich besser als ein Kapitän zur See, der seine gesamte Dienstzeit auf einem Linienschiff verbracht und niemals Gelegenheit gehabt hatte, an Prisengeld zu kommen. So ein Vollkapitän verdiente je nach Klassifizierung seines Schiffes etwa fünfundzwanzig Pfund im Mondmonat, das machte nach rund fünfundzwanzig bis dreißig Dienstjahren gut gerechnet runde zehntausend Pfund. Davon musste man aber noch die Kosten abziehen und der arme Kerl hatte dann praktisch sein gesamtes Leben an Bord verbracht. Über ungefähr sechs- bis siebentausend Pfund konnte William schon jetzt verfügen. Wenn man ihn irgendwann auf Halbsold setzen sollte, konnte er sich in England einen hübschen Grundbesitz kaufen und das geruhsame Leben eines Landjunkers führen, auch ohne dass er den Ehrendegen und den Weinpokal versilbern müsste. Zufrieden nahm er einen großen Schluck Champagner.

Eine kleine Hand legte sich leicht auf seine Schulter, fuhr ihm dann sanft durch das zerzauste Haar.

»Bekomme ich auch einen Schluck von meinem Champagner, du schnarchendes Seeungeheuer«, gurrte eine dunkle Stimme in sein Ohr, kleine scharfe Zähne nagten an seinem Ohrläppchen, eine feuchte Zungenspitze ging auf Erkundungstour. Er erschauderte und reichte ihr das Glas nach oben. Er spürte den Druck ihrer festen Brüste auf seinen Schultern. Er sprang auf, wobei das Glas zu Boden fiel, hob sie auf und trug sie zum Bett hinüber. Bevor die Brandung der Leidenschaft über ihnen zusammenschlug, schoss ihm durch den Kopf, dass sich noch etwas in seinem Leben geändert hatte. Er liebte zum ersten Mal eine Frau aus vollem Herzen. Die schöne leidenschaftliche Elizabeth war jedes Mal eine neue Offenbarung für ihn. Er wagte kaum sich vorzustellen, dass die *Shark* in vier Tagen wieder bereit zum Auslaufen sein würde und er dieses breite weiche Bett mit seinen angenehm nach Lavendel und Zitrusfrüchten duftenden Betttüchern gegen seine enge, spartanische Schwingkoje eintauschen musste. Nein, daran durfte er wirklich nicht denken. Elizabeth und ihre Liebe waren wohl in der Tat das Wertvollste, was er errungen hatte. Wie sehr würde er ihre Gesellschaft und die langen, anregenden Gespräche über Gott und die Welt vermissen. Ein tiefes Glücksgefühl überkam ihn und sein Herz flog ihr zu.

»Eine Romanserie aus Seefahrt und Abenteuer, die süchtig macht.«
The New York Times Book Review

DEWEY LAMBDIN – Die Alan-Lewrie-Romane

Bereit zum Kampf
Alan Lewrie wird Midshipman des Königs
ISBN 978-3-548-25326-8

Volle Breitseite
Midshipman Alan Lewrie und die Schlacht vor Turk Island
ISBN 978-3-548-25438-8

Eine Hand für den König
Alan Lewrie auf der Alacrity
ISBN 978-3-548-25910-9

Eine Hand für das Schiff
Alan Lewrie in den Gewässern der Bahamas
ISBN 978-3-548-26127-0

HMS Cockerel I
Alan Lewrie zwischen Erfolg und Meuterei
ISBN 978-3-548-26294-9

HMS Cockerel II
Alan Lewrie gegen die Franzosen
ISBN 978-3-548-26401-1

ULLSTEIN

Mar.05